著 まはぷる
illustration 蓮禾

Characters
アンジー
アルクイン侯爵家の令嬢。男勝りなタクミの婚約者(仮)。
タクミ
先日定年退職した平凡な男。異世界ではなぜか若返っている。職業は『神』だが、本人はよくわかっていない。
レナン
元役人見習い。先日の戦いで軍にスカウトされた。

ダンフィル
アンジーの護衛人。
元Aランク冒険者。
ガレーシャ
犯罪者ギルドの長。
数々の無効化スキ
ルを持つ。
シシリア&クリス
カレドサニア王国の王女様と
その幼馴染。
シレストン
主家を変え、現在
はアルクイン家の
執事。

目次

第一章　真と偽と、表と裏と

こんにちは。

私の名は斉木拓未、年は還暦を迎えての六十歳、定年後を日本でのんびりと暮らす平凡な一市民です。正確には、〝でした〟と過去形なわけですが。

ひょんなことから異世界とやらに召喚され、十万もの魔王軍との戦争を皮切りに、まあ起こるわ起こるわ非日常のオンパレードです。以前の日常とは隔絶した生活を送る羽目になりました。

王様暗殺未遂容疑やそれによる逃亡生活。魔物の軍勢に魔窟に巨大イカと、相次ぐ戦闘。エルフという異種族との邂逅と共闘。国教〝教会〟総本山でのお家騒動……もう、お腹いっぱいですね。

それこそ、なぜこんな目に遭うのかと神様に問い質したいところですが、どんな因果か、私がその『神』でした。なんの冗談なのでしょうかね、まったく。

とはいえ、異世界の生活自体はわりと捨てたものでもありません。知人も増えまして、それなりに楽しくやっているつもりです。

国家反逆罪で護送されたときも出会いや再会がありましたし、魔王軍による王都陥落のときでも新たな戦友を得ました。……不穏な事態ばかりな気がしますが、そこは置いておきましょう。

その後、ついに私も冒険者デビューしました。ちょっとした理由から、サブ的なサポートメンバーではありますが。

SSランク冒険者パーティ『青狼のたてがみ』に加えてもらい、女王様直々の指名依頼を受けることになりました。依頼内容は人捜し。同じ日本からの召喚者にして三英雄のひとりである、行方不明の『勇者』の捜索です。

目的地は国土の約三割を占めるというトランデュートの樹海。

ここでも、色々と事件が起こりました。なにか、行く先々でトラブルが巻き起こっているのは、気のせいでしょうかね。

そして、今――場所を移り、ここは王都カレドサニア。『青狼のたてがみ』の皆さんに先行して、一足先に戻ってまいりました。

皆さんと別れて、早二日。行きの馬車旅では半月くらいかかりましたが、帰りは〈万物創生〉を駆使して急いだだけに、思いのほか早く帰り着きましたね。『勇者』のエイキに『剣聖』の井芹(いせり)くんと、身体的に頑丈(がんじょう)な方ばかりでしたので、多少の無理も利いてなによりです。

まずは戻った足で登城し、女王様に事の経緯を報告しました。

そのときには、もう『青狼のたてがみ』に同行しているフウカさんからの〈共感〉スキルによる報告が届いており、面会自体はすんなりと終わりました。

そして、肝心のエイキの処遇についてですが……

人の魔物化――つまりは魔人化。『勇者』だけに『勇魔』ですか。これについては、意外に重要視されまして。要は危険視なわけですが、今後の経過を見るためにも、エイキは王城内に留め置くことになるらしいです。

あれ以降、エイキに例の兆候はありませんでしたが、実態が解明できない以上、いつまた正気を失わないとも限りません。いざというときに対処できる監視役が必要となり——そこは大いに悩みどころでした。なにせ、相手は『勇者』です。並みの者では防波堤になることすら難しいでしょう。

そこに立候補したのは、なんと『剣聖』の井芹くんでした。正直なところ、他に最適な人材は思いつきませんでしたので、渡りに船です。

一時は敵対したとはいえ、お互いに剣を交えた間柄ですから、友情でも芽生えたのかと喜ばしく思ったのですが——

「あやつの軟弱で捻じ曲がった性根を鍛え直してやろう」

との、にべもないお答えでした、はい。

まあ、三人で一緒に過ごしたこの二日間、エイキの態度に幾度となく憤慨していた井芹くんですから、なんだかごもっともな気がします。

ちなみに、エイキは青い顔をしていました。通常の腕っぷしでは敵わないのを理解しているみたいです。あと、冗談や軽口が通じない性格も。

さんざん嫌だとごねていましたが、「では仕方ない。念のために両腕を落としておくか。なに、安全と判断したらくっつけてやろう……斉木が」という真顔の脅迫に、さすがの『勇者』の心も折れました。結果的に承諾を得られてよかったのですが、さりげなく責任だけをこちらに投げる無茶振りはやめていただきたいものです。

嘆いているエイキの裏で、井芹くんがこっそり「あやつには才能がある」と教えてくれましたので、ただいたぶるのではなく、心身ともに鍛えてあげるつもりのようですね。どちらにせよ、スパルタにはなりそうですが、自身のためにもエイキには頑張ってもらいたいところです。

そんなこんながありまして、私はまた気ままな独り暮らしに戻ってしまいました。


もともと王都に知人も少なく、暇を持てあました私は、冒険者ギルドに顔を出すことにしました。冒険者ギルドのカレドサニア支部では、職業斡旋業務も行なっておりますから、王都復興作業がいち段落したとはいえ、私にもできる仕事がなにかあるかもしれません。

『スカルマスク、クリエイトします』

冒険者ギルドといいますと、やはりこれでしょう。特になぜかこの王都支部では、〝タクミ〟という素性に過剰反応されてしまいますから、変装すべきですよね。

「……ごめんくださーい」

久しぶりに訪問した冒険者ギルドは、さすがの熱気と混み具合です。繁盛しているようですね。

人波を躱しながら（といっても、勝手に道を譲ってくれるのですが）奥に進みますと、受付カウンターの傍に気難しい顔をした背の高い女性の姿が見えました。

大柄な人が多い冒険者さんたちの中でも、頭ひとつ分突き出た鮮やかな赤毛の女性は、こちらのギルドマスターのサルリーシェさんですね。

「おお、黄金の髑髏仮面ではないか！　久しいな！」

挨拶でもと思った矢先、こちらに気づいたサルリーシェさんのほうから足早に歩み寄ってきました。迎え入れるように両腕を広げたまま、満面の笑みですね。

嫌な予感に首を傾けますと、たった今まで私の頭部があった位置を、豪腕が唸りを上げて通りすぎました。

「よし、見事な反応だ！　腕は鈍ってないようで結構結構！」

サルリーシェさんはご機嫌のあまり気にされていなそうですが、私の背後にいた数名が拳の余波を受けて弾き飛ばされていったのですが……大丈夫でしょうかね？

「聞いたよ、北の都カランドーレで、また派手に活躍したそうだね？　そろそろギルドに加入する気になってくれたかな？　ん？」

がっちりと肩を組まれました。本当にサルリーシェさんはノリが体育会系ですよね。

「いえいえ、気が早いです。それはまだ先の話ですよ」

「そうか、今回は残念だが諦めよう。しかし、いつまでも待っているぞ？」

両手を固く握り締められ、熱い眼差しを向けられました。

実際には、私は〝タクミ〟なわけですから、そちらで登録してしまうと〝スカルマスク〟としては登録できないわけで……話す機会を逸してしまっている分、熱烈さには困ってしまいますね。

「登録でないというなら、今回はなんの用かな？　もちろん、どんな瑣末な用件でも歓迎するが」

周囲から注目も浴びていますし、ちょっとした仕事探しに……とはいい出しにくい雰囲気になってしまいましたね。それによくよく考えれば、スカルマスクとして仕事を受けてしまいますと、仮に土木作業に従事するとしても、この仮面姿でやるわけですよね。日中では篭った熱と息苦しさで倒れそうな気もします。失敗しました。ここは出直したほうがよいでしょう。

「……特に理由はなく、ふらっと……ですかね？　まあ、私のことはいいではありませんか。そちらこそ、なにか難しい顔をされていたようですが？」

とりあえず、誤魔化しておきましょう。

「いやなに、無効依頼が溜まってきたから取捨してほしいと、受付から苦情があってね。本来はわたしの仕事ではないのだが、立ち寄ったついでに見にきたのだよ。それでキミと会えたのだから、無駄ではなかったかな？　ははっ」

「はあ、無効依頼ですか……」

サルリーシェさんが指し示すデスクの上には、紙束が重ねられていました。一見しただけでも、相当な量ですね。

「そう。大半は依頼人名や報酬、依頼事項の記入ミスだね。いったんは受理されたものの、不備があった場合はこうして集められる。なにせこの支部には、各支所から送られてくる分もあるのでね。定期的に処理しないとこの有様というわけだ」

ぽんぽんと叩く依頼書の束は、数百枚に及びそうです。冒険者ギルドの支部ともなりますと、このような職務もあるのですね。

この量を手作業で確認するのでは、数人がかりでも一日仕事でしょう。担当者のうんざり顔が目に浮かぶようです。こちらの世界の事務方も大変そうで、ご苦労様ですね。

「そうでしたか。では、仕事のお邪魔になりそうですので、私はこの辺でそろそろ……」

上手いこと話も逸らせたようですし、そそくさと帰ろうとしたのですが。

（……ん？）

なんでしょう。ふと後ろ髪を引かれるような思いに駆られました。

「どうしたのかね？」

「いえ、その……なんでしょうね？」

具体的にそれがなんなのかは説明できませんが、このまま帰ってはいけないような気がします。

無造作にデスクに重ねられた依頼書の束――気づいたときには、そこから飛び出た一枚の紙の端を、無意識に引き抜いていました。

「おおっと、悪いが無効依頼でも守秘義務があってね」

中身を目にする前に、即座にサルリーシェさんにもぎ取られてしまいました。

「……うん？　これは酷い」

依頼書に目を落としたサルリーシェさんが、不意に顔をしかめました。

「見るかね？」

「いいのですか？」

「これなら構わんよ。どうせ子供の悪戯だろう。これまでも、無垢な子供からのペットや失せ物捜しといった他愛のない依頼はあったが、これはあんまりだ。報酬や内容が曖昧などと、それ以前の問題だな。送り先は……ケルサ支所か。東の城砦の先、南東にある小さな村だったかな。なにを思ってこのようなものを受理したのか……職務怠慢で査察対象だな」

サルリーシェさんが拳を打ち鳴らしながら、にやりとサディスティックに微笑みました。処分されるのがこの依頼書だけで済むといいのですが……どなたか知りませんが、ご愁傷様です。

「お言葉に甘えまして……どれ。なるほど、これはたしかに」

サルリーシェさんが憤るのも当然で、この紙はそもそも依頼書としての体を成していませんでした。通常、依頼書には専用の用紙があるのですが、これは単なる折り畳まれたそこいらの紙切れです。紙の下の部分には、依頼人でしょうか、名前が記されていました。その名は――

「……アンジー？」

って、あのアンジーくんじゃありませんよね？　〝アンジー〟とはあくまで愛称で、本名は〝アンジェリーナ・アルクイン〟ですから、こうした正式な書類にまで愛称を書かないでしょう。

「ふむぅ？」

仮に私の知るアンジーくんだとしましても、侯爵令嬢が、わざわざこうして冒険者ギルドに依頼を出す意味がわかりませんよね。やはりこれは、単なる偶然の一致なのでしょう。

などと、呑気に構えていたのですが、紙の残りの部分を広げて依頼内容を目にした途端に、そんな気分は吹き飛びました。そこにあったのは、子供の稚拙な字での大きな殴り書き――

『たくみにいちゃんたすけて』の一文だったのですから。

◇

隙間風の吹き抜ける朽ちかけた小屋の中に、男と少年の姿があった。

頬に傷を持つ壮年の男は、申し訳程度のシーツ代わりの枯草に身を横たえており、顔は血色を失い青白く、それと対照的に胴体に巻かれた包帯が鮮血で染まっていた。一見すると死体と見紛う状態だが、わずかに残された生を主張するかのように胸元がかすかに上下し、ひび割れた唇からは弱々しい吐息が漏れている。

そして、オーバーオールを着た少年――の格好をした少女は、傍らで膝に顔を埋めて座っていた。

表情は窺えないが、丸めた小さな身体が小刻みに震え、嗚咽が隠しきれずに漏れている。

目深に被った少女の大きな帽子から零れている銀色の長い髪の束が、男――ダンフィルには、ぼやけた視界の中で、彼女の流す涙のように見えていた。

「お、お嬢……？」

「ダンフ!?　気がついたのか！」

咄嗟に顔を上げた少女――アンジェリーナが、目元を拭って這い寄ってきた。

どうもまた、しばらく気を失ってしまっていたらしい――ダンフィルはそのことを悟り、不甲斐なさに自嘲する。

「……なんですかい、俺が死んだとでも思いましたか？　勝手に殺さないでもらいたいもんです」

自嘲ついでにいつもの軽口を叩くが、己の声のあまりのか細さにダンフィル自身が驚いた。主たる少女にこれ以上の心配をかけさせまいと、意識して声を張り上げないといけなかった。

「………あ」

その軽口に、アンジェリーナの肩が震えたのが見て取れた。

どうも、本気でそう思われるくらいには酷い状況らしい。失言に気づき、安心させたくて手を伸ばそうとしたが、意識に反してダンフィルの腕はぴくりとも動かなかった。

（けっ。元Aランク冒険者、『紅い雷光』の〝雷火〟ダンフィル様ともあろう者が、情けねえ……）

冒険者時代を含め、悪運でなんとか生き永らえてきたが、どうやらここまでのようだった。アンジェリーナを庇って、先日負った傷は悪化の一途を辿っている。ろくに手当てもできずに、戦闘に次ぐ戦闘、昼も夜もなく逃げ回り続けたのだから、回復する見込みがないのも道理だろう。

「ダンフ……ダンフ……」

声が聞こえ、ダンフィルは重い瞼を持ち上げた。

また一瞬、意識が飛んでしまっていたらしい。こちらを覗き込みながら、不安げに眉をハの字にするアンジェリーナの顔が至近距離にある。

ダンフィルのおぼろげな意識の中で、アンジェリーナが先代――彼女の祖父と重なった。アンジェリーナは隔世遺伝の気が強く、見事な銀髪は先代と同じもので、顔立ちは美人と評判だった先代の奥方から受け継いでいる。

幼子の時分は妖精のような可憐さで、将来は清楚で美麗な令嬢になるだろうと誰もが疑わなかったが、先代の交友関係の影響で、中身と言動はだいぶ男勝りになってしまった。侯爵家にはそれを惜しむ声もあったが、ダンフィルにとってはまるで先代を見ているようで、失望も退屈もしなかった。むしろ、好ましくすら感じていた。

先代には、冒険者時代に命を救ってもらった大恩がある。そのときの怪我が原因で、結局は冒険者を引退せざるを得なかったが、ダンフィルは逆にそれが恩返しをする機会だと、かなり無茶をして先代のもとに転がり込んだ。そして、わずかながらも恩に報いている実感を得られはじめた矢先——先代は急死してしまった。

だからこそ先代が亡くなるとき、孫娘のアンジェリーナを託されたことは、ダンフィルにとっての新たな生きがいとなった。この娘の成長を見守り続けよう、それが先代への恩返しとなると。

（それも、どうやらここまでか……わかっちゃいたが、こんなちんけな俺の願いを叶えてくれる酔狂な神様はいねえようだ）

ダンフィルはすでに覚悟を決めている。

冒険者稼業が長かっただけに、人の生き死にに何度も立ち会い、どんな傷を負えばどれだけ生きられるかなど、容易に判断できた。そして、客観的にそれに当てはめると——この傷では、まず自分は助からない。明日が知れないどころか、数秒先を生きていられる保証もないだろう。

「ダンフ、しっかりしろよ！　もうしばらくの辛抱だからさ！　きっとタクミ兄ちゃんが助けにきてくれるから！」

（タクミ、か……）

ダンフィルの脳裏にぼんやりと像が浮かぶ。サランドヒルの街で出会った不思議な青年。

結果的に冤罪ではあったようだが、国家反逆罪の疑いをかけられていた男。罪人扱いの身でありながら、それをまったく感じさせないくらい飄々としており、雲のように掴みどころがなく、そして底が見えないほどに強い。それは、在りし日の先代を彷彿させた。

あの男勝りだったアンジェリーナが、港町アダラスタから帰ってきてから、恋する乙女になっていた。ダンフィルは、それ自体は驚きだったが、そんな年頃の少女らしい心境の変化に、嬉しさも覚えていた。毎日、タクミのことを楽しそうに語るアンジェリーナを目の当たりにし、穏やかな幸せすら感じていたほどだ。

あの男が来れば、アンジェリーナを窮地から救い出してくれるかもしれない。そんな根拠のない予感はある。だが、あくまで〝本当に来れば〟だ。

アンジェリーナが制止を振り切り、単身でケルサ村の冒険者ギルドに駆け込んだのが十日前のこと。独立組織の冒険者ギルドとはいえ、連中の息がかかっている恐れがある以上――職員の目を盗み、王都支部行きの書類の中に、その場で急いで綴った手紙を紛れ込ませるのが精いっぱいだったと聞いている。

それ以来、アンジェリーナはあの男が助けに現われるのを疑いもせずに一途に待ち続けているが……ダンフィルは重ねた齢の分だけ、世間がもっとろくでもなくできていることを知っている。

運よく手紙が処分されず、運よく王都に届き、運よくタクミが目にして、運よくこの場を割り出し、運よく助けにきてくれる――呆れるほどに都合のいい運頼り。

問題はそれだけではない。ケルサ村から王都までの距離は軽く二百キロ以上。手紙が王都に届くまでに要する日数として十日前後。つまり、最低でも移動に同じ日数を要することになる。これまで十日間逃げ続けただけでもこのざまなのに、さらに倍の日数を持ち堪えろなど無謀にもほどがある。これからは、もう自分もいなくなるというのに。

　どれだけの奇跡、どれだけの幸運を積み重ねれば、それが成し得るというのだろう。それこそ、まさに神の御業の領域だ。現実的に考えて、あるわけがない。ただそれでも、この愛らしい幼い主が生き延びるためには、その蜘蛛の糸よりも細い希望に縋るしかないのだ。

「……！　……！」

　ダンフィルの霞みがかった視界の中では、アンジェリーナが自分の手を握り締めながら口をぱくぱくさせていた。もう耳も聞こえなくなってしまったらしい。手を握られているという感触もない。次第に、残る視覚も暗い闇に閉ざされようとしていた。

……ついに、時間切れらしい。願わくは、神の恩寵がわずかなりともこの娘のもとに――腕を頼りに生きてきた無頼漢が神頼みなど、柄ではないことは自覚していたが、そう祈らずにはいられない。

◇

　ダンフィルが己の最期を悟ったそのとき――

　咽び泣くアンジェリーナの背後で、小屋の扉が開いたのが見えた気がした。

「ぎゃあああああ――!!　がががががが、骸骨(がいこつ)！　お化け出た～～～～！」

扉を開けた私を、どこかで聞いたことのある金切り声での絶叫(ぜっきょう)が出迎えました。

古びた小屋の中で硬直しているのは、大きな帽子(ぼうし)にオーバーオール、初めて出会った頃の格好そのままの、捜し求めたアンジーくんです。ようやく会えました。

「……やっと見つけましたよ。私ですよ、アンジーくん」

スカルマスクを脱ぎ、アンジーくんに笑いかけました。

大口を開けたままびっくりしていたアンジーくんですが、次第にその双眸(そうぼう)に涙が溢(あふ)れ――怒涛(どとう)の勢いで腰に体当たりしてきました。うん、ナイスタックルです。

「兄ちゃん兄ちゃん兄ちゃーん！　ぅあぁ～！　兄ぢゃ～ん！」

アンジーくんが私のお腹に顔面をぐりぐりと擦(こす)りつけてきました。ついでに右の脇腹に、どすどすと左拳で連打されています。

うん、ナイスレバーブローです。相変わらず、過激な感情表現ですね。

「よかった、元気そうですね。安心しました」

帽子(ぼうし)の上から頭を撫(な)でますと、はっとしたようにアンジーくんが顔を上げました。

「あ！　全然、元気じゃないんだよ！」

「え？　そうなんですか？」

どこをどう見ても、力がありあまっていそうですが。

「違うよ、ダンフが！　ほら、ダンフ！　タクミ兄ちゃんが来てくれたよ！　もう大丈夫だから!!」

急ぎ足で小屋に戻るアンジーくんに続いて、私も中に足を一歩踏み入れますと――むせるほどの濃厚な血の臭いがしました。これは、死臭といってもいいかもしれません。

朽ちかけた小屋の中で仰向けに倒れているのは、アンジーくんの護衛のダンフィルさんでした。久しぶりにお会いしましたが、あれだけ生気に満ちていた精悍な面立ちはそこになく、重篤患者どころか、まるで死人が横たわっているようです。

臭いの原因は彼でした。胴体に巻かれた包帯が、白い部分がないほどに血でどす黒く染まっています。一見しただけでも、かなりの大怪我をしているとわかりました。

「ダンフィルさん！」

即座に駆け寄って抱き起こしますと、辛うじて意識はあるようで、焦点が定まらない視線が宙を泳ぎました。身体を揺らして声をかけますが、反応は痙攣にも見える微々たるもので、こちらの声が届いているのかもわかりません。

「う、あ……あんた、か……」

ほとんど聞き取れないようなか細い声が、血を滲ませた唇の隙間から漏れました。

「……ああ……よかっ……お嬢、を……頼……」

途切れ途切れの微かな声――それでも残った渾身の力を振り絞っての言葉だったのでしょう。ダンフィルさんはいい終えますと、満足げに目を細めました。笑おうとしたのでしょうか。

そして、なにかを求めて掲げようとした手が、あえなく空振り……力を失くして下に落ち――

「ダンフ!?　や、やだ――！」

おっとこれはいけませんね。

「ヒーリング」

――落ちかけた手が、途中でぴたりと止まります。

アンジーくんもまた、ダンフィルさんに手を伸ばした状態で固まっていました。

「…………」

「…………」

危ないところでした。間一髪でしたね。

ダンフィルさんは私に抱えられながら、アンジーくんと一緒に目をぱちくりとしていました。

「ふう。で、ご気分はいかがでしょう？　念のためにもう一回、ヒーリング。おまけにヒーリングッと――あ」

どごすっ。

「～～～～！」

ダンフィルさんは、あまりに勢いよく上体を起こしたので、私の顎に頭突きをする羽目になりました。私は痛くないですが、ダンフィルさんは物凄く痛そうです。すごい音がしましたしね。頭を抱えて悶絶しています。

「大丈夫ですか？　気をつけてくださいね。ということで、ヒーリング。どうですか？」

「…………痛くない」

「それはよかった」

頭のことかと思ったのですが、ダンフィルさんはいきなり上半身をはだけた上、巻いてあった包帯すらも剥(は)ぎ取って、自身の身体をつぶさに観察していました。うーん、ワイルドですね。

「傷が……治って、る……？」

「まあ、回復魔法をかけましたからね。治らないと困りますよ」

「は、ははは……」

ため息を吐(つ)くように息を漏らしたかと思いますと、ダンフィルさんは脱力して、下を向いたまま力なく笑いはじめました。どうしたというのでしょうね。

「やった……やった、やったー！　やっぱすごいや、兄ちゃんは！」

対して、アンジーくんは狭い小屋の中を跳(と)んだりはねたりの大騒ぎでした。元気いっぱい、喜びいっぱいな姿を見ていますと、こちらまで嬉しくなりますね。記憶通りのアンジーくんです。

(どうやら間に合ったようですね)

急いで王都を出発して以降――一時はどうなることかと心配しましたが、おふたりとも、無事でなによりです。

「ははは…………はあ。あの悲愴(ひそう)な思いはなんだったんだ……こっ恥ずかしくなってきた。なんかもう、どっと疲れたぜ。ってか、まさに生き返った気分だな」

ダンフィルさんはひとりそんなことを呟(つぶや)いていました。

ふたりが落ち着くのを待ってから、あらためて情報交換することにしました。

掘っ建て小屋には床板など高級なものはありませんので、剥き出しの地面には敷物代わりにわずかばかりの枯草が重ねてあります。その上に座るダンフィルさんが姿勢を正しましたので、私もそのお向かいに腰を下ろしました。

「まずはお嬢の危機に馳せ参じてくれたことに礼を言わせてくれ。あとは、俺の命を救ってくれたことも。感謝している」

胡坐をかいた両膝に手を置き、まるで武士のようにダンフィルさんが深々と頭を下げました。

ダンフィルさんにとっては自分の命を救われたことよりも、アンジーくんのことのほうが、優先順位としては上なのですね。表面上はいつものぶっきら棒そうなダンフィルさんですが、端々に垣間見えるその真摯な気持ちに、胸が温かくなる思いです。このような方がそばについていてくれて、アンジーくんは本当に幸せ者ですね。

ちなみに、そのアンジーくんはといいますと、当然とばかりに私の膝の上でした。普段は正座が慣れているのですが、アンジーくんの椅子代わりとしてはお尻の座りがいいだろうと、私も胡坐をかいています。

「ん〜♪」

……のはずだったのですが、なぜかアンジーくんがこっち向きでコアラ抱っこになっているため、若干座りにくそうでした。本人はご満悦の様子で私の胸に頬をすりすりしていますので、気にしないでもよさそうですが。

それはさておき。今のこの有様を見ても、のっぴきならない状況でしょう。

国内有数の大貴族であるはずのアルクイン侯爵家の方々が、逃亡生活と思しき現状。ダンフィルさんが落命しかけるほどの大怪我をしていたことからも、その怪我をさせた相手がいるということです。駆けつけるのがもうほんの少し遅ければ、確実に命を落としていたでしょう。そして、ダンフィルさん亡き後、残されたアンジーくんにも、どのような運命が待ち構えていたのか……想像したくもありませんね。

　無意識にアンジーくんの頭を撫でていますと、当の本人は気持ちよさそうに目を細めていました。

「あんたは、今、俺らが置かれている状況をどのくらい理解している？」

「現状から推測しますと……あなた方には敵対者がいて追われている。しかもこちらは寡兵で、侯爵家としての力はもちろん、頼れる味方もいない。対して相手は組織立っているのではないですか？　ダンフィルさんほどの方がこうして追い込まれているくらいですから。違いますか？」

　とりあえず、思いついたままに述べますと、ダンフィルさんが感心したように口笛を吹きました。

「へえ、意外に鋭いじゃないか。状況証拠だけで、それだけわかりゃあ充分だ。冒険者の素質があるかもな」

「それはどうも。それからついでに付け加えますと……もしかして、その相手こそがアルクイン侯爵家に属する方々だったりしませんか？」

　その言葉を口にしますと、ダンフィルさんの顔色が明らかに変わりました。

「……どうしてそう思う？」

「実は私、こちらへ向かう際に途中で不時着したのですが」

「不時着？」

あ、そこは流してもらって結構です。

「目的地としていたケルサ村までは、それなりに距離がありましたので、そこからはアンジーくんを捜しがてら、徒歩で向かっていたのですが……途中でほうぼうの道路を封鎖する一団を何度も見かけましてね。その方々の身につけていた家紋に見覚えがありました」

以前にサランドヒルの街で目にした、アンジーくんたちの馬車に掲げられていた紋章と同じものでしたからね。記憶に残っています。

「最初はアンジーくんを捜索しているのかとも思ったのですが……あの様子では、とてもとても」

全員が殺気立っており、まるで脱走者を逃がすまいと包囲網を張っているかのようでした。どう好意的に見ましても、誰かの身を案じているふうではありませんでしたから。

「……身内の恥を晒すが、そいつらはあんたの予想通り当家の人間だ。アルクイン家の所有する元冒険者や軍部出身者を集めた私設部隊の連中でな。普段は領内の守護、有事には先鋒となり荒事を担当している」

「そのアルクイン家の方々同士で、どうして敵対するようなことに？」

アンジーくんは侯爵令嬢、ダンフィルさんは付き人です。むしろ、その方々に守られる立場にある人たちなのに、逆に狙われるというのは腑に落ちません。

ダンフィルさんは終始難しそうな顔をしていました。よほど、口にしにくい重大な理由でも――と思ったのですが。

「正直、わからん」

あっけらかんといい放ちました。

「わからない……ですか？」

「ああ。それこそさっぱりでな、こっちが説明を求めたいくらいだ。もともとケルサ村の近くは、アルクイン家の避暑地でな。そこの別荘に、うちの旦那――アルクイン侯爵が先月から滞在している。俺らは半月遅れてやってきて、到着してから数日は何事もなく過ごしていたんだが……ある日突然、旦那の命令で追われる身となったわけだ。参るぜ、ったくよ」

ぼりぼりと力任せにダンフィルさんが頭を掻いていました。口にしにくいのではなく、口にできるだけの理由がなかったということですか。

「なんでも、お嬢が『偽者』だから捕まえろ、ということらしい」

「……は？　なんです、それ？」

偽者？　アンジーくんが？

思わず胸元を見下ろしますと、そのアンジーくんも上を向いていましたので、お互いの鼻先が触れ合いそうな距離で目が合いました。

大きな瞳に長い睫、整った顔立ちの白い肌に輝く見事な銀髪が映えます。ちょっと高めの体温に、幼さを残した丸みがかった頬はぷにぷにで、勝気な表情が微笑ましい――いつもの通りの愛らしいアンジーくんですね。

「ちょ、タクミ兄ちゃん、ほっぺをむにむにしないでよ！　オレだって照れんだよ!?」

あまりに手触りがよさそうでしたので、いつの間にか両手でつんつんしちゃってました。

アンジーくんは途端に赤みを帯びた顔になり、照れ隠しの右拳が鳩尾にヒットします。

うん、この活発な言動といい、私の記憶通りのアンジーくんですね。なんら問題はありません。

「アンジーくん自身に心当たりはありますか？」

「ううん、オレにも全然……」

ふむ、なんとも奇妙な話ですね。娘さんであるアンジーくんの前でなんですが、お父さんが錯乱したとしか思えません。

遠回しにダンフィルさんに訊きますと、さらにまたおかしな答えが返ってきました。

「それが旦那含めて、全員がそう信じ込んでいるみたいでよ。こっちが何度説明しようとしても聞きもしない。それどころか逆賊扱いで、問答無用と襲いかかってくる始末だ。なんでも、別荘にはきちんと『本物のお嬢』がいるらしくてな」

「……それはまた、なんとも」

「だろ？」

お互いに首を傾げるほかありません。

「ま、それはそれとしてよ。変装かなにか知らないが、ずっとさっきのあの珍妙な髑髏を被って行動してたんだろう、あんた？　そんな中をよくお咎めなしに通ってこられたな？　発見即捕縛されて然るべきってな気もするがよ」

「ちっちっちっ、そこは秘策がありまして……〝姿なき亡霊〟――存在を認識できなくなる古代遺物（アーティファクト）です」

　立ち上がり、創生したコートを身に纏（まと）いまして、ダンフィルさんから数歩距離を取りました。それだけでダンフィルさんからは、目の前にいるはずの私が消えたように映るはずです。

「ほお、これは素晴らしいな！」

「でしょう？　声も聞こえなくなるんですよ」

「だがよ。そんなものがあるんなら、そんな髑髏で変装する必要はないんじゃないか？」

「……………ああ」

　もとの位置に座り直し、静かにコートを脱ぎます。

「様式美です」

「いや、その間（ま）は、〝今初めて気づいた〟ってやつだろう？」

　そうともいうかもしれません。


「これからの対応だが、まずはお嬢を安全な場所に逃がすことを第一としたい。そのコートを複数用意することは可能か？　あんたが王都からここに来たルートは利用できないか？」

「コートの用意は可能です。ですが、ルート……といいますか、方法はお勧めできません」

「一応、訊（き）いておくが……なぜだ？」

「まずは大砲の砲身に、こうやって弾代わりに身体を詰め込むのですが――」

「そうか、もういい。訊（き）いた俺が馬鹿だった」

　至極（しごく）、真面目（まじめ）な表情で打ち切られてしまいました。

「ともかく、アンジーくんの身の安全を図ることには賛成ですが、このまま逃げ続けて大丈夫なのですか？　原因を解明しなければ、事態を先延ばしにするだけで、解決には至らないでしょう？」

　あらためて、アンジーくんの頭を撫（な）でました。

　目が合い、にぱっとアンジーくんが微笑（ほほえ）みます。今はダンフィルさんが助かった安堵（あんど）と、私との再会の喜びで一時的に忘れてしまっているようですが、実の父親に追っ手を差し向けられているという現状は、わずか十歳の少女には並々ならぬストレスでしょう。アンジーくんのこの微笑（ほほえ）みを曇らすわけにはいきません。

「じゃあ、どうすると？」

「せっかく近くに事情を知る方がいるのですから、ここで解決してしまいましょう。別荘に乗り込み、アンジーくんの親御さんに直接問い質（ただ）してみようかな、と」

　ダンフィルさんがあんぐりと大口を開けていました。

　そんなに突拍子（とっぴょうし）もないことを言いましたかね、私？　実に効率的だと思うのですが。

「……おいおい、そりゃあ大胆すぎんだろ。兄ちゃんにしてみれば、悪の親玉のいる場所だぞ？　そこに気軽に乗り込もうだなんて、豪傑（ごうけつ）なのか馬鹿なのか阿呆（あほ）なのか……お嬢の捜索に大半が出払っているとはいえ、それでもかなりの警護は残してあるはずだ。あんたの実力は知っているつもりだが、いくらなんでも死ぬかもしれんぞ？」

「大丈夫ですよ」

「そうだよ。タクミ兄ちゃんが死ぬわけないじゃんか！　ダンフは心配性なんだから。兄ちゃんに任せとけば、全部上手くいくって！　ねー？」

アンジーくんの絶対の信頼が、なんだかこそばゆいですね。

「ふたり揃いも揃って……お嬢もあれだけ泣きべそかいてたくせに、愛しの〝タクミ兄ちゃん〟が来た途端に現金ですね。少しは危機感とか持ちましょうよ」

「だ、誰が泣くもんか！　余計なお世話だ、ダンフの意地悪！　べ～だ！」

おやおや、見事なあっかんベーですね。

「でもよ、兄ちゃん。実際問題、今も旦那が必ずしも別荘にいるとは限らないぜ？　それだけの危険を冒して、空振りだったときはどうするんだよ？」

「そのときは、あちらさん曰く『本物のアンジーくん』とやらに会ってくることにしますよ」

「……そうか、本気なんだな？」

ダンフィルさんから、怖いほどの真剣な表情で凝視されました。睨まれるように——といいますか、本当に睨まれていたわけですが、視線を合わせたまま数秒が経過します。

膝の上のアンジーくんも、私の手助けをしようと負けじとダンフィルさんを睨み返していますね。こちらは眉を吊り上げて眉間にしわを寄せるさまが、とても愛らしくはありましたが。

「はあ～、わかりましたわかりました。俺の負けですよ」

降参の意を示して、ダンフィルさんが両手を上げました。

「それはどうも」

「やったー」

「……たしかにあんたのいう通り、お嬢の今後を考えると、ここではっきり白黒つけとくのが最善だ。ええい、くそっ、俺も歳かな。どうも守りに入っていかんな」

「いえいえ、なにを仰いますか。それだけダンフィルさんがアンジーくんを大事に考えているということでしょう？　私だって、ダンフィルさんがアンジーくんを守っていてくれると信じているからこそ、提案できたのですし」

後顧の憂いなくとは、このことですね。さすがに、アンジーくんをひとり残したまま、大それたことをしようなどとは思いませんからね。今の万全な状態のダンフィルさんがついていてくれるのでしたら、心配はいらないでしょう。

「そうと決まりましたら、さっそくその別荘とやらに向かいたいと思います。詳しい情報をもらえますか？」

「まあ、待ちな。そう急くなよ。そういうことなら、もうひとりが戻ってからにしよう。あいつもそろそろ戻る頃合いだ。ですよね、お嬢？」

「ん〜、多分。昼過ぎには戻るっていってたし」

「もうひとり、ですか？　他にもお仲間が？」

そういえば、怪我をしたダンフィルさんは、応急ながらも手当をされて、枯草の簡易ベッドにきちんと寝かされていましたね。重傷の身でわざわざ自分でそんなことをする余裕があるとも思えませんし、アンジーくんの子供の腕力では大柄なダンフィルさんを抱えるのは無理でしょう。別の大人の方が他にもいたとしますと、納得できますね。

「タクミ兄ちゃんも知ってる人だよ」

「そうなんですか？」

私にアンジーくん絡みでの知り合いは、ほとんどいないはずですが……

「……ちょうどいい。いったそばから帰ってきたみたいだな」

ダンフィルさんの言葉通り、小屋の外に人の気配を感じました。

控え目にノックする音が聞こえます。申し訳程度に形を保っただけの壊れかけの扉ですのに、なんとも律儀なことですね。

「………おや？」

しばらく待ってみましたが、その後は外からの反応がありません。どうしたのでしょうね？

アンジーくんを膝から下ろし、こちらから扉を開けてみます。

「はて。誰もいませんね？」

と、私が入口から首を覗かせた瞬間――

小屋の側面の壁を突き破り、人影が飛び込んできました。開いた大穴の逆光を背にしたその人物とは――くすんだ銀髪を几帳面にオールバックに纏め、怜悧そうな顔には銀縁眼鏡、隙なく燕尾服を着こなした――まさしく執事さんでした。

片膝をついて伸ばされた手には、小型の折り畳みナイフが握られており、刃先が私の首筋に添えられています。

油断を誘ってからの奇襲とは。タイミングといい、なんとも見事な手際ですね――シレストンさん。

「待って待って！　やめろよ、シレストン！　兄ちゃんは味方だから！」

身体を潜り込ませるように、間に割って入ったのはアンジーくんでした。

「これは、お嬢様……失礼いたしました」

シレストンさんが咄嗟に身を引いて距離を取りました。いつの間にか折り畳みナイフもしまわれており、胸に手を添えた直立不動の姿勢から、上体だけをきっちりと折り曲げて臣下の礼を取っています。

身なり同様の寸分の隙もない作法で、まるでここが高貴なお屋敷の一室かと錯覚してしまうほどでした。この埃っぽく小汚い小屋で暴れたにしては、黒い燕尾服や白色のシャツ、白手袋にも汚れひとつないのには、なにかコツでもあるのでしょうかね。

「よう、執事殿。お疲れさん」

ダンフィルさんが胡坐をかいたまま、呑気に声をかけました。

「これはいったい……？　ダンフィル殿も……どう申したらよいのか。ことのほかお元気そうで」

ダンフィルさんに視線を向けたシレストンさんが、わずかに目を見開いて眼鏡のブリッジを上げていました。先ほどまでの瀕死だったダンフィルさんしか知らなかったでしょうから、驚くのも無理はないのかもしれませんね。

「おうよ。おかげさんでな。かつてないほど絶好調なくらいだ」

「……事の次第をお訊（き）きしても？」

ここは代表ということで、アンジーくんが説明することになりました。小柄な身体を懸命に動かし、身振り手振りを交えて説明しています。

……そこまで大仰（おおぎょう）なことはなかったようにも思えるのですが、その必死な解説っぷりも微笑（ほほえ）ましいものですね。必要以上に私を褒（ほ）め称（たた）えるのだけは、気恥ずかしくありましたが。

「なんと、わたくしが留守にしている間に、そのようなことが。ほう、タクミ……貴方（あなた）が。お嬢様よりお噂はかねがね聞き及んでおります。この度は、我が主の窮地（きゅうち）にご尽力いただき、ありがとうございました」

分度器で測りますと、ぴったり斜め四十五度になりそうな角度で、深々とお辞儀（じぎ）をされました。

しかし、感謝の意はあっても、同時に胡散（うさん）臭く思われているのもたしかなようですね。アンジーくんの死角からこちらに向ける眼差（まなざ）しは、明らかに怪訝（けげん）そのものです。ただ、お互いにまったく知らない仲でもありませんし、ここは仲良くしたいところですね。

「ご無沙汰（ぶさた）しています、シレストンさん。お仲間とは、あなたのことだったのですね」

「さて、わたくしと貴方（あなた）は初対面かと存じますが？　どこかでお会いしたことがございましたか？」

素っ気ない返事です。むしろ冷然と聞き流されている感じがします。つれないですね。

「……そういえば、こうして素顔での対面は初めてでしたか。それではわからないのも無理はありませんね。これでどうでしょうか？」

『スカルマスク、クリエイトします』

創生したマスクを装備して、あらためて向き直りました。

「ほら、どうですか？　見覚えありません？」

「…………‼」

……おや？　シレストンさんが直立姿勢のまま固まってしまいましたね。心なしか顔色が悪くなり、滝のような汗を掻いてます。

「どうしました？」

「い、いいえ……まさか、貴方が世に名高き黄金の髑髏仮面その人でしたとは……遅ればせながら、あのときは傷を負い失神したこの身を癒していただいたそうで、ありがとうございました」

シレストンさんがわざわざ白手袋を脱いで右手を差し出してきましたので、快く握手に応じました。

ですが、反対の左手が神経質そうに眼鏡のブリッジをしきりに上下させていました。どこか目も虚ろですし、やはりこの状況下でお疲れなのでしょうかね。

「再会の挨拶はそれくらいでいいだろう。執事殿、状況はどうなっている？　新しい情報は掴めたか？」

「それが、なかなかガードが固く……別荘に侵入するのはやはり無理がありました」

「あんたのスキルでもか……そいつは厳しいな」

ふたりの会話を横で聞いていますと、アンジーくんがこっそり耳打ちしてくれました。

「シレストンはね、〈盗聴〉スキルに〈気配遮断〉スキルも使えるんだよ」

「それはそれは……多才なのですね」

最近の執事さんは、そんな技能をお持ちなのですね。私の知る限りでの執事さんの仕事内容では、使いどころがいまいちわかりませんが。

「つかぬことをお訊きしますが、シレストンさんは今ではアルクイン家に仕えているのですよね？それなのに当主様ではなく、どうしてアンジーくんの味方をしてくれているのです？」

ふと気になりました。ダンフィルさんは、もともと先代さんに仕えており、先日のサランドヒルの街での話しぶりからも、あまり今の当主様寄りではなさそうでした。なので、赤ん坊の頃から可愛がっていたというアンジーくんに味方するのも理解できるのですが……

「それは失礼ながら愚問というものですよ、タクミ様。わたくしの雇い主はご当主の旦那様ですが、わたくしが現在お仕えしているのは、アンジェリーナお嬢様なのです。執事とは、主人のために尽くす者。ましてやそれが身命を賭して仕えるに足る主人であればなおのこと。それが執事の矜持というものです」

誇らしげに断言されました。門外漢の私には理解しがたいですが、そういうものなのですね。

「……あのさ、シレストン。自分でいうのもなんだけど、オレはそこまですごいやつじゃないぞ？口悪くて女らしくないし、悪戯して暴れて、よくダンフィルに叱られるし……」

「それは年幼くあれば仕方のないこと。おいおい直してゆけばよいのです。僭越ながら、このわたくし自身が、お嬢様はお仕えするに足ると確信しているのです」

シレストンさんは、再びアンジーくんに向かい、臣下の礼を取りました。

「おお、わかってるじゃないか、執事殿。お嬢が大成するのは、俺も思うところよ。なにせ、先代の血を色濃く引いているんだ。先代は故人であり変人であり偉人だった。お嬢の破天荒な奇行は、先代と通ずるものがあるからな！　ははっ！」

ダンフィルさん、それ褒めてます？　どちらかといいますと、恩人含めて貶していませんかね？

「そっかあ……照れるな」

照れるんですね。当のアンジーくんが満更でもなさそうですから、よしとしましょう。

「きっと将来、アンジーくんは素敵なレディになりますよ。私だって、今のアンジーくんが大好きです。だからこそこうして、アンジーくんのピンチに、取るものもとりあえずここまでやってきたのですから」

いってしまった後に、アンジーくんが瞳をうるうると潤ませているのに気づきました。

「オレ、嬉しい――タクミ兄ちゃん、結婚して！」

ひしっと首もとにしがみつかれます。ついつい墓穴を掘ってしまいました。

なんにしても、話が脱線しまくってしまいましたね。

「こほんっ。では、話を戻しましょう。整理しますと、この時点での新情報はなし。さりとて、現状打破と事態解決を目指すには、情報不足は否めません。ですよね？」

「そうだな」

「遺憾ながら」

「だね！」

三者三様の声が上がりました。

「それでしたら、やはり原因であるアンジーくんのお父さんにお会いして、事情を伺（うかが）うのが手っ取り早いのではないかと思うのですが」

「すると、夜を待って警備の隙（すき）を突き、別荘に侵入を？」

「いいえ」

シレストンさんの言葉に首を横に振りました。

「そうか、例の姿隠しの古代遺物（アーティファクト）があったか！　あれなら日中でも簡単に忍び込めるな！」

「それも違いますね」

ダンフィルさんは自信ありげだったので申し訳ありませんが、またはずれです。こそこそ侵入するつもりも、忍び込むつもりもありませんから。

「そっか、わかった！　正面突破だ！」

アンジーくんがここぞとばかりに立ち上がり、意気揚々と腕を振り上げました。

「おいおい、お嬢……」

「お嬢様、それはいくらなんでも……」

苦笑いしたダンフィルさんとシレストンさんでしたが――

「アンジーくん、正解です。こちらに非はないわけですし、こっそりなどとアンジーくんのお父さんにも失礼です。ここは堂々と、真正面からお宅訪問ですね」

唖然（あぜん）と顔を見合わせるおふたりをよそに、正解したアンジーくんは無邪気に喜ぶのでした。

◇

シレストンは〈気配遮断〉のスキルを駆使して追跡していた。ろくに周囲に注意も払っていないタクミ（あの男）にはその必要もないだろうが、それを取り巻く連中に見つかるわけにはいかないからだ。

かつて、〝黄金の髑髏仮面〟には苦汁（くじゅう）を嘗（な）めさせられた。今もって、真意がどこにあったのか推（お）し量ることさえできない。

後ろ暗さを持つシレストンにとって、〝黄金の髑髏仮面〟はいっそ消えてくれたほうが清々する存在ではあるが、その正体の〝タクミ〟は、仕える主人が将来の伴侶（はんりょ）にと望む相手だ。それがどれほど従者の意に反しようとも、主人の願いを叶（かな）えたい――そんな執事としての本能が、シレストンの胸中で燻（くすぶ）っている。だからこそ、シレストンは心苦しくも、大事な主人をダンフィルに任せて、こうして自身は単独行動を取ることにしたのだ。

主の願望が混じっているので話半分としても、あのタクミなる人物はかなりの凄腕（すごうで）らしい。あのダンフィルまでもが認めているからには、実際にかなり腕が立つのだろう。

ただし、今回は状況が状況、どれほど腕に自信があろうとも、しょせんは多勢に無勢だ。どんな秘策や奇策の類（たぐい）を用いても、どうにもならないことはある。それこそ、ダンフィルがいい見本だろう。あれほどの腕利きでも、多勢の前には不覚を取ることもある。

いざというときは主のため、不本意なれどタクミの危機には助勢に駆けつけ、無事に逃がしてやらねばならない。そして、あわよくば手玉に取られた相手の実力を、この目で見極めたいという気持ちもある。

（……であったはずなのに、なんなのだ、アレは……）

シレストンは身を隠していた木陰で独白していた。

正面突破——それはあくまで言葉の綾であり、実際には当然なんらかの策が用いられると予想していた。

しかし、シレストンの予想は完全に裏切られ、タクミが取った行動は、なんの捻りもない言葉通りの正面突破だった。しかも突破というのもおこがましい、正面訪問といえるものである。

侯爵家の別荘周辺は、侯爵の滞在時には平時であっても特に警備が厳しい。のんびりとした足取りでまっすぐ歩くだけのタクミは、当然ながらすぐに警備網に引っかかった。

取り囲む多数の警備兵たち相手に、どう切り抜けるのかと思いきや——タクミはなんと普通に挨拶をして通りすぎようとしていた。そんなものが通じるはずもなく、すぐさま身柄を取り押さえられるが、タクミは意に介することなくその警備兵ごと引きずって歩き続けた。

最初はなんの戯れかと談笑交じりに傍観していた他の警備兵たちだが、数人がかりで足に掴まり、胴にしがみつき、羽交い締めにしても——なおも涼しい顔で歩みを止めない異常な姿に、いつしか顔色を変えていた。

それからはもう酷かった。シレストンは遠目で追いながら、なんの悪夢か冗談かと目を覆いたくなるほどだった。

どんどん増え続けるアルクイン家が誇る私兵団。大地を揺るがし炸裂する攻撃魔法、集団で取り囲んで繰り出される凶刃の数々、果てはスキル攻撃のオンパレード――しかし、そのすべてを無防備に受けながらも悠然と歩く姿は、まるで無人の荒野を闊歩するがごとし。

進行方向にバリケードが構築されるも、それすら存在しないものとして無視して突き進む。重厚なバリケードごと、なんというか普通に歩いてしまっている。力比べにすらなっていない。

背後からは延々と攻撃が繰り返されているものの、やがて魔法は魔力が底を尽き、武器はことごとく折れてしまい、なんの反撃もされていないはずなのに、続々と戦線離脱者が増えてゆく。

（なんなんだ。この地獄絵図は……）

シレストンは恐怖した。敵対しかけた相手が、こんな化物であったとは。もはや、同じ生物であること自体が疑わしい。

伝承では、かつて魔道人形と呼ばれた不死身の古代遺物もあると聞く。これは、その類ではなかろうかと。

◇

その後、タクミが足を止めたのは、たったの一度だけ。泥濘に足を滑らせて、勝手に転んだときだけだった。泥で汚れた膝をはたきながら、照れ笑いで誤魔化していた。

気候は穏やかで、緩やかな丘陵と森林が占めるこの地方。かつては酪農や農作で生計を立てる方々が細々と暮らす地域だったそうですが、土地柄や景観が避暑地として向いていることもあり、現在では大部分が貴族たちの所有地となってしまったそうです。

多くの村々が土地を追われて廃村になる中、ケルサ村は土地の委託管理で生き残った村落のひとつでした。かの大貴族アルクイン侯爵家の保護下にあるため、生活水準はそこらの小さな町以上に高いかもしれません。村内には、宿や商店などの外来者を迎える施設まで用意されており、加えて冒険者ギルドの支所もあり、かなり発展しているといえるでしょうね。

午前中の初来訪では、村のいたる箇所でアルクイン家の私兵らしき集団を見かけたものですが、今ではまったく見受けられません。きっと、先ほど私が起こした騒動により緊急招集がかけられたのでしょうから、目論見としては成功したわけですね。

こうして私がこのケルサ村を再び訪れたのは、アンジーくんたちとの合流が目的でした。これ以上、あの狭苦しい小屋に皆さんを押し込めておくのは、衛生面でもあんまりですからね。本格的な脱出を前に、まずは隠れ家を移そうということになりました。

侯爵家の勢力圏内という意味では、このケルサ村も含まれてしまうのですが——これまでの十日間、シレストンさんが秘密裏に駆けずり回って得た情報によると、少なくとも冒険者ギルドは侯爵家の勢力下にないと判明したそうです。

シレストンさんの〝執事の嗜み〟には、巧みな変装技術も含まれているそうで、スキルとあわせても隠密行動に向いているのでしょう。情報の収集に加えて攪乱、食料などの物資の調達役まで担(にな)っていたそうですから、まったくもって執事さんという職業は多才なのですね。

アンジーくんを守るため、矢面(やおもて)に立っていたダンフィルさんもご立派ですが、裏方としておふたりを支えていたシレストンさんも大したものです。両者一丸となっての素晴らしいコンビですね。心から尊敬してしまいます。

「だからこそ……いえ、今はやめておきましょう」

念のために、例の井芹くん直伝の——といいますか、要は無断拝借なのですが、〝姿なき亡霊(インビジブル・コート)〟を羽織(はお)り、皆さんとの集合場所である冒険者ギルドへ向かうことにしました。

ギルドの二階部分は冒険者専用の簡易宿泊施設になっているそうで、冒険者に扮(ふん)したシレストンさんが事前に活動拠点として押さえていた部屋をそのまま利用させてもらうことにしました。別れ際にアンジーくんたちの分のコートも創生して渡しておきましたので、すでに誰にも悟られることなく集合していることでしょう。

冒険者ギルド内は、場所柄のせいか他の冒険者さんたちの姿はなく、閑散としていました。受付では、椅子に座った中老の私と同じくらいの年齢の男性が、だらしなくカウンターに両足を投げ出して寝こけています。

「お邪魔しま～す。ちょっと通らせてもらいますね……」

コートの効果で相手に認識されることはありませんが、一応声をかけてから、カウンター横をすり抜けて奥の階段へと進みました。

指定された部屋番号の前で足を止め、軽くノックします。

「私ですよ。開けてください」

……しばらく待ちましたが、返事がありません。と思いましたら、コートを着たままでしたね。

廊下に誰もいないことを確認してからコートを消し、あらためて小声で名乗りながらノックします。

「合言葉！」

今度はすぐにバタバタと慌ただしい反応がありました。が――

「……はて？　合言葉ですか？」

扉の向こうから聞こえてきたのは思い切りアンジーくんの声なのですが、合言葉を決めていた覚えはありません。これいかに。

「愛しの人は？」

しばし悩んでから、閃きます。

「…………アンジーくん、ですか？」

「正解！　お帰り、兄ちゃん！」

勢いよく扉が開き、満面の笑みと体当たりで出迎えられました。

見上げるアンジーくんの顔が真っ赤です。いかにも女の子らしい可愛い遊戯なのですが、恥ずかしいのでしたら無理してやらなければよかったのでは――とも思わないでもありません。ですが、それもまたアンジーくんの愛らしさでしょう。思わず、頭を撫でてしまいますね。

「よう、兄ちゃん。首尾は上々だったようだな？」

借りている部屋はかなりの広さがある、団体用（パーティ）の大部屋でした。

ダンフィルさんは部屋に備えつけのソファーの肘かけ部分に、どっかりと腰かけていました。

「その口ぶりでは……もうご存じで？」

「ああ、執事殿が心配して後をつけていてな。先にある程度は掻（か）い摘（つま）んで聞いておいた」

そのシレストンさんは、部屋の片隅の壁際に寄り添い、直立不動の姿勢を崩しません。

「そうだったのですか。まったく気づきませんでしたね。ご心配をおかけし……まし、た？」

私が近づこうとしますと、歩み寄った歩数だけ、シレストンさんが壁伝いに離れていきました。

きっかりと五メートルの距離を保ち、それ以上は近寄らせてもらえません。

……どことなく緊迫した空気を感じるのはなぜでしょうかね。

「いえいえ、とんでもありません！　差し出がましい真似（まね）をいたしたことを、果てしなく後悔しているところです。あの、恐縮ではありますが、あまり距離を縮めないようにしていただけると——わたくしとしては、とてもありがたいのですが！　ええ、はい！」

「……？　それは構いませんが……」

どうしたのでしょうね。

「タクミ兄ちゃんは、こっちこっち！」

アンジーくんに手を引かれるままに、複数並んだベッドの内のひとつに座らされました。そして当然のように、アンジーくんが私の膝の上を定位置として落ち着きます。

それにしても、あの場にシレストンさんがいたとは、思いも寄りませんでした。

（……さて、ダンフィルさんが聞いたという〝ある程度〟とは、〝どの程度〟までなのでしょうね）

「なんでも、とんでもない暴れっぷりだったたってな。どういうわけか、執事殿は思い出したくないとかいって、頑なに詳細を語ってくれなかったがな。兄ちゃん、なにかしたのか？」

なにかと思えば、そのことでしたか。

「暴れっぷりなどと、とんでもない。私は平和主義ですよ。大げさにいわれているだけでしょう。ね、シレストンさん？」

なにせ、私は歩いていただけですしね。攻撃にもいっさい無抵抗でしたし、相手が諦めるのを待つ作戦は大成功だったといえるでしょう。

同意を得ようとシレストンさんに向き直りますと、びくっと肩を震わせて壁に張りつかれてしまいました。おや？

「なんか、シレストンがおかしくなってるぞ！　あははは！　おっかしー」

上機嫌で足をぱたぱたさせているアンジーくんを見下ろしながら、あらためてシレストンさんに問いかけます。

「……それで、シレストンさんは別荘の中までついてこられていたのですか？」

「誰があんな死地に——ではなく、こほんっ！　失礼いたしました。あの状況下では、いくらわたくしが隠密行動に長けているとはいえ、存在が露見する恐れがございましたので……建物の外から様子を窺うに留めさせていただきました」

なるほど。中にまでは入られていないというわけですね、それは重畳。あれはとてもお見せできませんでしたから、ちょっと安心しましたね。

「それでもタクミ様の移動には爆音に悲鳴や怒声、阿鼻叫喚をともなっておりましたから、屋敷のどの辺りを進んでいるのかは外からでも手に取るように判別できました」

「……耳が痛いですね」

なにせ別荘に入りましたら、私兵団の方々のみならず、使用人の執事さんにメイドさん、果てはコックさんや庭師さんにいたるまで、屋敷中の方々が猛然と襲いかかってきましたからね。椅子に帚に鋏に鍋に花瓶に包丁と、手にできそうなものは片っ端から飛んできましたので、それはもう驚きましたよ。

しかも皆さん戦闘のプロではない分、慣れない行動で焦って滑って転んだり、勢いあまって壁に突っ込み無用な傷をこしらえたりと散々な有様で、怪我をした方には回復魔法をかけておきましたが、あれには参りました。

やはり、別荘に入る際に玄関で呼び鈴を押しても反応がなかったので、ノブを回したら施錠してある鍵ごと捻じ切ってしまい、ついでに扉も外れて壊してしまったのがまずかったのでしょうか。家人のアンジーくんに許しを得ているとはいいましても、事情を知らない方からしますと、あれでは押し込み強盗に他なりませんし。

「で、旦那には会えたのかい？」

「……残念ながら。不在のようでした」

「ま、そりゃあそうか。仮に在宅していたとしても、それだけの騒動の中で呑気に部屋に留まっているわけがないわな。それで、『本物のお嬢』とやらは見つけたか？」

アンジーくんの寝室での情景が思い起こされます。

「……いましたね。アンジーくんを模った精巧な人形が……ベッドに寝かされていました」

「はああ、なんだそりゃ？　じゃあ、皆はそいつを本物のお嬢と信じ込んでしまっているというわけか？」

「ええ。ベッドに近づこうとしましたら、お付きと思しき侍女さんたちに、決死の覚悟で身を挺し防がれましたよ」

あれらはあまり思い出して気持ちのいいものではありません。生気のない姿を晒したアンジーくんがベッドに横たわるさまも、周りの方々の私に対する反応も。

あの方々にとって、侵入者である私はどれだけ恐怖の的だったのでしょう。腰を抜かしながらも、仕える主のために必死に食い下がろうとする方々の信念といいますか——執念をまざまざと見せつけられたような気がしました。良識ある方から敵意を向けられる悪者役は、とても気分が悪いものでした。本物の悪人は、よくこんな気持ちに耐えられますね。

「なら、人形はそのままか？　いっそ、破壊すればよかったのにな」

「とんでもない、アンジーくんですよ!?」

「むむ……タクミ兄ちゃんの愛を感じる」

膝の上のアンジーくんが、頬を押さえて身を捩っていました。

アンジーくんを破壊するだのしないだのと、本人には結構物騒な話に聞こえると思うのですが。

「見た目は、だろ？　もしかしたら、それで暗示なり幻術が解けたかもしれないしな。ただ、いっておいてなんだが、見た目お嬢っぽいものにそういう扱いは、俺もごめん蒙りたいところだがよ」

「でしたら、無茶いわないでくださいよ……」

私にだって、できるわけないじゃないですか。想像したくもありません。

「結局は、収穫なし――でもないか。人形の件で、旦那を含む全員が何者かの術中にいることが判明した。ということは、その術者を潰せば万事解決ってこったな。漠然と逃げ回るより、目標が定まってやる気も湧くってもんだ！」

ダンフィルさんが獰猛に牙を剥いて、拳を打ち鳴らしました。

これまで敵対していたとはいえ、もとは同じ家に仕える仲間同士です。きっと、意味もわからずに傷つけ合うことへのフラストレーションも溜まっていたのでしょうね。

「では、ダンフィル殿。ここは脱出よりも攻勢に出るおつもりですか？」

シレストンさんの質問に、ダンフィルさんは鷹揚に頷いていました。

「おうよ、執事殿。これはチャンスだ。魔法にしろスキルにしろ、効果が継続しているからには術者が近くにいるはず。うちの連中には、俺たちがこの騒動で領外へ逃げたと外に目を向けさせる。さらに別荘への侵入を許したばかりとあっちゃあ、今以上に旦那の守りを固める必要もあるだろう。そうなりゃ、他はスカスカだ。術者を探るだけの猶予もあるってこったろ。執事殿は反対か？」

「お嬢様の身の安全を考慮しますと当然反対です！　――と、普段でしたら主張するところですが……あれだけ理不尽な暴力装置を拝見したからには、お嬢様の防備の面は万全でしょう。今後の憂いを取り除くためにも、ここは賛成させていただきましょう」

シレストンさんに、眼鏡越しにちらりと意味ありげな視線を向けられました。きっかりと距離五メートルの安全基準も保持されています。

理不尽な暴力装置とか、ずいぶんな物言いですね。直接的に私が壊したのは、玄関のノブと鍵とドアくらいですよ。多分。

「そこでわたくしからも提案なのですが、術者の所在に加えまして、術者の目的も調べたほうがよろしいかと。第三者の介在が証明されたからこそ、わたくしには相手の意図が量れません。無礼を承知で申しますと、侯爵の地位にある旦那様でしたらまだしも、お嬢様は侯爵家令嬢という父君ありきの立場でしかございません。その父君と家人がすでに術中にある中、さらにお嬢様を欲する真意とはなんだというのでしょう？」

「たしかにな。であるなら……口封じか？　口外されてはまずい秘密を見たとか」

おふたりの視線が私――といいますか、その膝の上のアンジーくんに集まりました。

普通に十歳の女の子でしたら、こんな物騒な話題の中心にあっては泣き出しでもしそうなものですが、アンジーくんは物怖じせずにケロッとしていて余裕のよっちゃんです。さすがは元海賊の荒くれ者に紛れて育った、男の子顔負けの行動派のアンジーくんといったところでしょうか。実に頼もしい。

おふたりもそれを心得ているのか、歯に衣を着せぬ物言いをしていますね。

「う～ん。どうだろ？　逃げ出す直前、別荘でなにか見た……気がしないでもないけど。よく思い出せないや。へへっ」

「……頼みますよ、お嬢。そこははっきりさせておかないと」

「覚えてないものは仕方ないだろ！　気づいたときには、ダンフに抱えられて逃げるとこだったんだから！　ダンフの意地悪！」

アンジーくんは両手を振り回してプンスカしていました。怒っていても愛らしいですが、今ちょっとばかり気になることを聞きましたね。

「ダンフィルさんは、どうしてアンジーくんを抱えて逃げる事態になったのです？」

「ん、いってなかったっけか？　別荘には地下室があってよ。俺が階段下の入り口で倒れているお嬢を見つけたのが事の発端でな。大慌て（おおあわ）てで助け起こしてみりゃあ、旦那がいきなり地下室から飛び出してくるわ、血相変えてお嬢を渡すように命令されるわで……とにかく嫌な予感がしたんで、なにはともあれお嬢を担（かつ）いで逃げ出したってわけだ」

当時の状況を思い出しながら、ダンフィルさんが説明してくれました。

地下室などあったのですか。割と満遍（まんべん）なく別荘内をうろついたつもりでしたが、地下には気づきませんでしたね。

「当然、そこでなにかあったと考えるのが妥当（だとう）ですよね。調査対象にしておくべきでしょう」

「でもオレ、なんで地下室なんか行ったんだろ？　いつもは近づかない場所なんだけど……」

「お嬢は昔っから暗いところが怖いですもんね」

「ち、違う——苦手なだけだから！　ダンフ、兄ちゃんの前でカッコ悪いじゃんか！」

「ははは っ」

　アンジーくんを過度に緊張させないよう適度に場を和(なご)ませるあたり、いつものダンフィルさんらしいですね。

　方向性も定まったことですし、ダンフィルさんが空気を変えたということは、これでいったん話し合いを区切るつもりなのでしょう。

　でしたら私はその前に、ひとつだけ確認しておかないといけないことがあります。あまり気は進まないのですが……そうもいっていられません。

「頼みますね、〈森羅万象〉――」

　アンジーくんを膝に乗せたまま、その小さな背中にそっと触れました。

「な、なに？　タクミ兄ちゃん？」

「――くっ⁉」

　途端に襲う視界を揺るがす強烈な頭痛に、思わずそのままアンジーくんにもたれかかってしまいました。

「っ～～～～～！」

　やはり――

「どしたの、兄ちゃん！　大丈夫⁉」

　上半身を捻(ね)じって心配そうに抱きついてくるアンジーくんに、なんとか頭を撫(な)でて応(こた)えるだけの余裕はありました。笑顔は口元が引きつるくらいで、ちょっと無理でしたが。

「おいおい、本気で大丈夫か？　顔、真っ青だぞ⁉」

慌てた様子でダンフィルさんも駆け寄ってきました。

シレストンさんは、五メートルの距離が四メートルに縮まっていました。

皆さんに心配をかけてしまい、申し訳ない上に情けないですね。

「……ご心配なさらず。ただの、アンジーくんに鑑定のスキルを使った反動ですから、すぐに治ります。アンジーくん、無断で盗み見るような真似をしてしまい……すみませんでした」

「別にオレのことはいいよ！　そんなことよりも、兄ちゃんは本当に大丈夫なの？」

「ええ、なんとか。だいぶ落ち着いてきました」

「鑑定だって？　お嬢を鑑定しても、当時の原因なんかわからなかっただろ？　鑑定系スキルで得られるのは、対象に関する付加情報だけだぞ」

「……そうですね。やはり、地下室でなにがあったのかはわかりませんでしたよ。痛み損ですね、はははは」

「ダメもとでもやってみたい気持ちはわからんでもないがな。それにしても、そんな代償があるとは、兄ちゃんは難儀な鑑定スキルを持っているな」

「ええ、まったくですよ」

難儀なのはスキルだけではありませんけれどね。こちらもまた頭が痛いところです。

今回の事態が解決を見るまでには、まだ問題がひと山もふた山もありそうです。予想はしていましたが、一筋縄ではいかないようですね。

——こんこんっ。

扉がノックされたのは、皆さんと今後の打ち合わせを始めて小一時間ほど経った頃でした。

室内には、アンジーくんにダンフィルさん、シレストンさんと全員が揃っています。この地では、私たち以外に味方といえる人物もいないはずですから、全員に緊張が走りました。

『姿なき亡霊（インビジブル・コート）、クリエイトします』

即座に創生したコートをアンジーくんとダンフィルさん、私とで纏（まと）いまして、なるたけ入口から距離を取れるように三人一緒に部屋の隅に移動しました。この部屋を借りているシレストンさんはそのままです。在室中の部屋の主まで消えてしまうわけにはいきませんからね。

「ここは、わたくしめにお任せを」

小声で告げてから、シレストンさんが扉に行きつくまでに完了させた変装技能には目を見張りました。

手早い所作で顔面を弄（いじ）りはじめますと、相貌（そうぼう）は白髪交じりの髭（ひげ）を蓄えた厳（いか）つい中年男性へ——着ていた燕尾服（えんびふく）も、脱いだ瞬間には麻のラフな服装へと変貌していました。わずか十秒にも満たない短時間で、いかにも熟練の冒険者といった出で立ちの完成です。

「……誰だ？　なにか用か？」

扉越しに応答する声まで、低音が利いたダンディさを加えるとは、芸が細かい。

「あんたにお客様じゃよ」

扉の向こうの声の主は、喋り方からしてもかなりのご年配のようでした。わざわざノックしてきたことからも、おそらくは一階の冒険者ギルドの受付の方でしょう。

シレストンさんには声に聞き覚えがあるようで、右手でドアノブを握りながら、残った左手でこちらに「待て」と合図してきました。

半開きにされた扉の隙間から見える廊下には、やや腰の曲がった男性が立っていました。やはり、先ほど見かけた受付カウンターで寝こけていた方で間違いないようですね。

「あ、タクミ兄ちゃん。シレストン、行っちゃうよ？」

いくつかやり取りをしたのち、ふたりは連れ立って退室してしまいました。

「どうすんの、タクミ兄ちゃん？　オレたちも行ってみる？　これ着てるとわかんないんだよね？」

「……やめておきます。ここはシレストンさんにお任せしましょう」

ここにお客が訪ねてくること自体不可解ではありますが、こちらに説明がないということは、シレストンさんにもなにかしらの意図があってのことなのでしょう。

それから十分ほど経過したでしょうか。

皆でやきもきして待っていますと、複数人の足音が近づいてきました。廊下の床板が軋むような、ずいぶんと大きな足音も交ざっていますね。

「ただ今、戻りました」

ノックの後に入室してきたのは、冒険者に変装したシレストンさんひとりだけでした。他の方は部屋の外に待機しているようで、その姿は視認できません。

念のためにコートで存在を隠蔽したままなりゆきを窺うことにしましたが、シレストンさんは別段気にした様子もなく続けます。

「実はわたくし、今回の事態打開の手助けになるかと思いまして、あらかじめ冒険者ギルドに依頼を行ない、助っ人を手配いたしておりました！　その助っ人がようやく到着したのです！」

シレストンさんの表情が珍しく得意げでした。興奮しているといい換えてもいいかもしれません。

（……助っ人、ですか？）

ダンフィルさんに視線を向けますと、怪訝そうに手を横に振っていました。

今度はふたりしてアンジーくんを見つめますと、アンジーくんは上半身ごとぶんぶんと左右に振っていました。

ふたりとも初耳どころか寝耳に水とは、どうやら完全にシレストンさんの独断みたいですね。

「では、ご紹介いたします！　生ける伝説として世に名高き『剣聖』様です！　――どうぞ！」

意気揚々とシレストンさんが扉を開け放ちました。


「ええっ!?　まさか、こんなところに井芹くんが――…………って、誰です？」

扉の向こうには、見上げんばかりの巨体の大男が突っ立っていました。縦も横も大きすぎ、完全にドアの枠からはみ出ていますね。顔など顎しか見えていませんし、身体の半分が枠外です。

……見たこともない方ですよね。どう考えても、井芹くんとは明らかに別人なのですが。

ダンフィルさんが息を呑む音が聞こえます。

「これが……あの『剣聖』か。聞きしに勝る威圧感だな……」

いえ、違いますよ、ダンフィルさん？　確かに井芹くんは威圧的ではありますが、こんなにごつくありませんよ？

お隣ではアンジーくんが大口を開けています。

「ふええ～、でっかいね～。強そうだ……」

井芹くんはでっかくなくて、ちっこいけれど強いんですよ、アンジーくん。

「いえいえ、待ってください、ふたりとも！　人違い――といいますか、この人、偽者ですよ？」

見た目もそうですが、そもそも井芹くんと別れたのは今朝の王都――こんな場所に来ているはずがありませんでしたね。

のっそりと身を捻じ込むようにして、『剣聖（仮）』さんが部屋に入ってきました。

恰幅のよすぎる酒樽体形に、顔には凹凸のないのっぺらとしたお面のようなものをつけています。

身長は軽く二メートルはあるでしょうか、身を屈めてなお頭が天井を擦ってしまっていますね。

『剣聖（仮）』さんは、無言のまま不気味に戸口に佇み、入室以降は微動だにしません。口も鼻もなく、目の部分だけが丸くぽっかりと開いたお面では、どこを見ているのかも、その心情すらいっさい判断できません。なにか、昔映画で見た猟奇殺人鬼的な気配がしますね。

「ちょっとおー、そこ退いてくだせーよ、『剣聖』様！」

新たな第三者の声がして、出入口を完全に塞いでいる『剣聖（仮）』さんの背後から、窮屈そうに押し入ってきた人影がありました。

今度は随分と小柄な人物で、先の『剣聖（仮）』さんとの対比で、ますます小さく見えますね。

痩(や)せた身体に長布を巻きつけただけの独特な身軽な軽装。日に焼けた赤ら顔に赤茶けたざんばら髪。小柄で人懐(ひとなつ)こそうな印象の女の子——だと思うのですが、なんといいますか……表現しにくい違和感がありますね。

（……ん～？　なにか、縮尺が……？）

隣に巨漢が並んでいますから、遠近感がおかしくなってしまったのでしょうかね？

「ほう、珍しい。ありゃあ、小人族だな」

「……小人族、ですか？」

首を傾(かし)げる私に、ダンフィルさんが教えてくれました。

「兄ちゃんは見るの初めてか？　ま、平たくいえば小人だな。ぱっと見で子供と見間違えそうになるが、人族の子供とでは等身が違うだろ？　俺が以前に会ったやつは、身長が腰までくらいしかなかったからな。あれでも種族の中では背が高いほうじゃねえかな」

「そういうことでしたか。なるほど」

また新たなこちらの異世界特有の亜人さんでしたか。どうりで単体での見た目は普通なのに、周囲と見比べたときに違和感を覚えたわけです。大人の等身そのままに、全体的なサイズが子供並みに小さいのが原因でしたか。この異世界では、本当に色々な種族の方々が暮らしているのですね。

「今回はご用命(よーめー)、ありがとーごぜーます！　あちしはマネージメントを担当(たんとー)してるチシェルともーします！　そして、こちらが——かの世に知らぬ者なしとされたSSランクの大冒険者(だいぼーけんしゃ)ー！　『剣(けん)

聖』イセリュート様にごぜーます！」

身軽に部屋の中央に躍り出て、チシェルなる小人さんが声を張り上げて大仰に頭を下げて――

「って、誰もいないやーん！　どーゆーこと!?」

と、ひとり地団太を踏んでいました。

(さもありなん。あちら側からは見えないはずですしね)

「少々お待ちくださいませ。皆様方、どうぞご安心なされて、姿をお見せくださいませ」

シレストンさんが室内へ向けて優雅にお辞儀をされますが、だからといってどこの誰かもわからない相手に、おいそれと正体を晒すわけにもいきませんよね。

しばし、沈黙の時間が流れます。

「……なんなんですか？　どー見ても誰もいないでしょー？　ふざけてます？　あちしたちを馬鹿にしてないですかー？」

あからさまに不機嫌そうにしている小人さんの背後では、塔のようにそびえ立つ『剣聖（仮）』さんから、無言の重圧が降り注いでいました。

「お、おや？　滅相もございません、このようなはずでは――ねえ、皆様方、いらっしゃるのですよね？」

『剣聖』の機嫌を損ねては大変と、シレストンさんの顔色が変わりました。なにせ、相手は生きた伝説（を騙っている）、数々の武勇を残す剣の最高峰（と信じ込んでいる）ですから、気が気ではないのでしょう。ちょっとかわいそうですが、相手の意図が知れない以上、シレストンさんにはしばし我慢してもらいましょう。

「それで、あの『剣聖』が偽者というのは確かか？」

「ええ、それは断言できます。私とは既知の間柄ですので。といいますか、今朝も本人と会いましたし」

「……兄ちゃん。本当にあんた何者だ？　そんな伝説の人物と気軽に会えるとかよ？」

「単に郷が同じだっただけですよ」

同郷で同級生で同じ異世界人なだけです。

「さすがはタクミ兄ちゃん！　惚れ直した！」

私はなにもしていませんが、なにやら評価がうなぎのぼりですね。

「いらっしゃるのですよねー？　隠れていないで出てきてくださると、ひじょーにありがたいのですが」

そうこう話し込んでいる間にも、シレストンさんが的はずれな場所を懸命に捜していました。

「兄ちゃんが顔見知りでなかったら、俺も騙されたかもしれないな。なにせ、相手があの『剣聖』だ。下手に疑ってかかるわけにもいかないしな」

「きっと、それも相手の狙いなのでしょうね」

腕自慢はプライドが高い傾向があり、それゆえに気難しい人も多いでしょうから。『剣聖』などその最たるものだと世間に誤認されていてもおかしくありません。不用意な発言で招く面倒ごとなど、誰しも避けたいものですよね。

井芹くん本人の性格を知っていれば、そんなことは——……ないといえなくもないのが切ないところですが。

『剣聖』の正体は謎に包まれたところが多い分、昔から騙る者が多いと聞く。連中も、その口だろうな」

良くも悪くも『剣聖』の名が知れ渡りすぎているということですか。それでいて実像を知る者が少なく、騙るほうとしてはやりやすいのかもしれませんね。あのような外見で罷り通ってしまうことからも、経歴や実力から想像される人物像がひとり歩きしてしまっている証拠なのでしょう。

「本人とは、似ても似つかないのですけれどね。どちらかといいますと、見た目はあちらの小人さんのほうに近いですよ」

おそらく身長は十センチほどしか変わりませんし、身体の線の細さもどっこいといったところではないでしょうか。

「……マジか。剣のみに生きる孤高の屈強な剣士、ってイメージが……ガキの頃から密かに憧れていただけに、ちとショックだ。なんにせよ、だったら連中は何者かってことになるよな？　もしや、旦那の手の者か？」

「……う〜ん。それはないですね」

「やけにきっぱりといい切ったな。どうしてだ？」

あ、つい。

「いえね。あれだけ広範囲に手勢を張り巡らしていたのは、皆さんを逃がさないこともそうですが、余所者を介入させずに内々で処理したいという思惑があったのではないかな、と。シレストンさんが事前に冒険者ギルドに依頼をされていたのでしたら、それは少なくとも数日前まで遡るはずです。その時点から、わざわざ外部の者まで使って搦め手など用いないのでは――と、そう思いまして」

「ほう、冴えているな。指摘されるともっともだ。旦那の手法は、基本、圧倒的なまでの力押しだからな。小細工なんぞ、たしかにらしくない。政敵には権力と財力で。反抗する者には武力と暴力で。とにかく、〝力〟とつくものが好物な御仁だからなあ」

……ダンフィルさん。相手の実の娘さんを目の前にして、しかも自らの雇い主でもある方になんといういい方を。

「ん？　どうかした、タクミ兄ちゃん？」

アンジーくんを盗み見ますと、こちらの心配をよそに、本人は特に気にした様子もなく、逆にきょとんとしていました。アンジーくんと出会った当初から、大好きだったというお祖父さんの件に出てきた話しぶりで薄々感じてはいたのですが……根本的に、娘さんには好かれていないみたいですね、あの侯爵様。

「ちょっとぉ～。お戯れはこのくらいにして、お願いいたしますよ～。そろそろ出てきてくださいませ～。それとも、本当にここにはいらっしゃらないのですか～？」

しばらく放置していましたら、シレストンさんが精も根も尽き果てた様相になっていました。小人さんの訝しげな熱視線を背中に浴びながら、ふらふらと部屋中を彷徨うように手探りで捜し回っています。捜し場所が変わる度、こちらは三人揃って捜し終えた場所に移動していますから、見つかるわけがないのですけれどね。

「……執事殿には気の毒だが、このまま道化役を演じてもらって、偽『剣聖』ご一行にはお帰りいただくか？」

それはあまりにも辛辣な。思わず苦笑してしまいますね。

「それも手ではありますが……ただ、少人数のこちらとしては、今後のために人手が欲しいところですよね。素性がどうあれ、今の状況では協力を得られるだけでも貴重な人材ではないでしょうか。いっそ、騙されたふりをして、雇っちゃいませんか？」

私の提案に、ダンフィルさんはしばし黙して思案していました。

「……背に腹はかえられないか。騙りで信用ができないことは懸念材料だが、この危急の際、贅沢もいってられんな。それで行こう」

そう告げてから、ダンフィルさんはアンジーくんに聞こえないように私の耳元で囁きました。

「ギルドの依頼で来たってんなら、連中は正式な冒険者だろう。冒険者ギルドでの偽称は重罪。いざというときには、それをネタに脅して囮に使うのもアリだな」

にやりと笑います。顔の傷も相まって、こういう悪どい仕草が似合いますね、ダンフィルさん。

「ははは……では、シレストンさんにもそれを伝えましょう」

「そうだな、少し待て」

ダンフィルさんはひとりテーブルのほうに移動しますと、卓上に備えつけてあったメモ帖に何事かを書き込み、その部分を破いて丸め、シレストンさんに投げつけました。

〝姿なき亡霊（インビジブル・コート）〟を纏（まと）っていたとしても、距離が開くと認識阻害効果を失います。すぐに紙に気づいたシレストンさんは、偽『剣聖』ご一行に悟られることがないように、さりげなく中身を確認していました。

途端に大きな安堵（あんど）の溜息（ためいき）が聞こえてシレストンさんが天を仰ぎます。ひとり耐え忍んで辛（つら）かったのでしょうね。

「これは失礼をいたしました！　当方の手違いがあったようでして、顔合わせは後にしまして、まずはお部屋にご案内しましょう！　長旅でお疲れでしょう。すでに別室を押さえております！　さあ、ささ、こちらに！　一刻も早く、ささ！」

復活したシレストンさんは、即座に丸まっていた背筋を伸ばし、異様なほどのハイテンションでいい放ちました。

「は？　なんです、ここまでしといてー。今さら手違いってあーた？」

「お気になさらず、お気になさらず、ささ！」

「ちょ、え、わかった、わかりましたーってば。押さねーでくだせーよ」

シレストンさんは小人さんの背中を押しながら、部屋を出ていってしまいました。

ひとり室内に取り残された『剣聖（仮）』さんは、数拍も遅れたタイミングで辺りをきょろきょろと見回してから、入ってきたときと同じようにのっそりとした動作で廊下へと出ていきました。

扉が閉まり、足音が遠ざかるのを確認してから——

「ぷはっ！　なんか、かくれんぼみたいで面白かったねー！」

開口一番、アンジーくんの発言でした。

あの見た感じ猟奇殺人鬼的な『剣聖（仮）』さんと同じ部屋にいる状況下で、子供ながらにそういってのけるアンジーくんの胆力は大したものです。そこいらの子供でしたら、目にしただけで泣いて逃げ出すのではないでしょうかね。


その後、戻ってきたシレストンさんを交えて検討し、私たちの方向性もまとまりましたので、偽『剣聖』ご一行と今度こそ正式な顔合わせとなりました。相手は冒険者なので、依頼主との本契約ということになりますね。

足並みを揃えるためにも、すべてを秘密にするというわけにもいきませんでしたから、こちらもある程度の事情は打ち明けることにしました。さすがに侯爵家令嬢が実父の侯爵に狙われているという醜聞を流すわけにはいかない、家人による内輪揉め程度の内容に抑えてあります。

依頼主は、正しくは侯爵家令嬢であるアンジーくんになるわけですが、ここはダンフィルさんが代行して交渉を行ない、シレストンさんには仲介役の冒険者として変装したまま同席してもらうことにしました。そのアンジーくんと私は、例のごとく〝姿なき亡霊〟で姿を隠し、傍らのベッドの上に陣取っています。

すでに双方、室内に用意したテーブル席についています。

「じゃ、じゃー……今度の依頼は、戦闘はあっても、本格的なものはなしってことでいーんですよね？　あくまで侯爵家の内輪揉めのお手伝いってーことで？」

相手側は、マネージャーだという小人族のチシェルさんが、交渉に応じていました。

椅子に座り切れない『剣聖（仮）』さんは、背後の床に奈良の大仏様がごとく胡座をかいており、終始無言を貫いています。

「そうなるな。今回は人伝で依頼をかけたもので、内容に不備があったことは詫びよう」

シレストンさんも依頼をかけた当時はとにかく窮地で味方を得たい一心だったのか、冒険者の依頼の種類を表す語呂あわせ『とうさんたんさいぼう』の『ぼう』――すなわち防衛依頼として戦闘職の急募をかけていました。しかし、今回明かされた詳細な依頼内容では、実際には『ぼう』の〝戦闘があるかもしれない〟の防衛依頼ではなく、『とう』の〝戦闘あります〟の討伐依頼に近い内容となります。

まだ正式契約を交わしていないので、この時点での選択権は相手側にあるそうですから、ここで受けるにせよ断るにせよ、これからの交渉次第となるでしょう。

内輪揉めとはいえ、かの大貴族のアルクイン侯爵家に関する案件とくれば、そこら一般の冒険者では尻込みしそうな内容でしょうが……なまじSSランク冒険者の『剣聖』を騙っているからには、正体が露見しかねない『臆して断る』という選択は難しいでしょうね。あちらには不幸でも、こちらには幸いだったというところでしょうか。

思考の読めない『剣聖（仮）』さんはさておき、チシェルさんはすでに及び腰のようですね。愛想笑いを受かべているものの、頬が引きつっていました。

「次に当方が提示する報酬だが――」

それを心得ていながらも、ダンフィルさんは澄まし顔で続けます。仮に断られてしまったとしても、そこはダンフィルさんの例の手法で〝依頼〟から〝強制〟に代わるだけでしょうから、詐称の自業自得とはいえご愁傷様です。ただ、それではあまりに可哀相なので、できればお互い合意の上で、円満な交渉成立を望みたいですね。

「依頼書には、報酬は金貨二十枚とあったはずだが、詫びも兼ねてこちらは前金とさせていただこう。完遂報酬は――いくらがいいかな？」

ダンフィルさんの言葉に、チシェルさんが目を丸くしました。

本来の報酬を前金にするという大盤振る舞いの上、成功報酬を相手に決めさせる――普段の依頼交渉ではまずやらないことでしょう。ここは大金を手に入れる絶好の機会であり、同時に無難に依頼を断る最後の機会でもあります。相手の真意を測る上では有効でしょう。

のるかそるか――チシェルさんが取った選択とは――

「金貨……三百枚で、どーですかね……？」

ぷるぷると小刻みに震える指が三本、ダンフィルさんの前に差し出されました。

金貨三百枚となりますと、日本円換算でなんと三百万円もの大金です。これはまた、とんでもない額を吹っかけてきましたね。おいそれと、ぽんっと支払える金額でもありません。冒険者の一回の依頼報酬としては、まさに破格でしょう。

これはつまり、チシェルさんたちが……というよりも、マネージャーのチシェルさんがですが、よほど依頼を受けたくなくなったということになりますね。逃げの一手を選んだようです。そうなりますと、不本意ながらも強引に——となってしまうわけですが。

彼らを雇う提案をいい出したのは私ですが、ここまで拒絶を表した以上、巻き込むのは可哀相になってきました。脅迫などという非人道的な手段もやはり避けたいところですから、ここは口止めだけして穏便にお帰りいただくこともやぶさかでは——

「——了解した。金貨で三百枚だな」

「いささか相場よりも割高ではありますが、緊急時ですので致し方ありませんね」

ダンフィルさんとシレストンさんがあっさりと納得していました。

……おや？　三百万円ですよ？

私と同様に、提示したチシェルさんも、唖然として固まってしまっています。

「あの……アンジーくん？　金貨で三百枚ですって……いいんですか？　三百枚ですよ、三百枚」

念のためにアンジーくんにも確認してみましたが、不思議そうに首を捻っていました。

アンジーくんまで——ああ、なんということでしょう！　忘れていましたが、ここにいる方々は大家アルクインに属する者——すなわちブルジョアの関係者でしたね。大金持ちたる者、信じられないことに三百万円くらいでは、なんら動じないようです。

「これで契約成立ということで。頼りにしているぞ」

なかば茫然としたままのチシェルさんの手を取り、ダンフィルさんが握手していました。

なんにせよ、提示した額で交渉がまとまってしまいましたので、偽『剣聖』ご一行は自ら退路を失くしてしまったことになりますね。これはもう、なんといいますか……頑張ってください、としか。

「さっそくだが、今後の打ち合わせの前に、そちらの腕前のほどを確認しておきたい。ここの地下の修練場にご足労願えるかな？」

椅子から立ち上がったダンフィルさんの言葉に、固まっていたはずのチシェルさんが驚いて飛び上がりました。

「そんな必要性は認められません！　な、なにを無礼なことを！　『剣聖』イセリュート様の腕を疑うともーされますか!?」

チシェルさんは動揺も露わに、両腕をぶんぶんと振りながら必死の形相での猛抗議でした。

三十センチ近い身長差がありますので、急角度から睨め上げるチシェルさんに、ダンフィルさんはきょとんとして顔の傷痕を掻いています。

「……そんなつもりはないぞ？　これから仲間として行動をともにするのだから、お互いの力量を把握しておくのは大事かと思うが」

「そ、そいつは……そーかもしれませんが！」

道理でしょうね。それはチシェルさんも理解しているのか、言葉に詰まっていました。

「……で、でで、でもでも！　『剣聖』様ですよ、あの！　冒険者でもない人を傷つけたとなれば、その名声にも傷が入るってーもんです！　あちしは反対です！　ね？　『剣聖』様だって、そーでしょ!?」

チシェルさんが勢いよく振り返りますが、背後で座したままの『剣聖（仮）』さんは、同意を求められたことに気づいているのかいないのか、緩慢な動作でわずかにお面を傾げるだけでした。

「なあに、現役時代より勘は鈍ったとはいえ、俺も昔はAランクの冒険者だ。『紅い雷光』の〝雷火〟といやあ、ちょっとは名の知れたもんだったんだぜ？ 怪我しないように捌くくらいはしてみせるさ」

「『紅い雷光』の〝雷火〟──あの⁉」

……どの？

チシェルさんの反応からして、ダンフィルさんも冒険者時代は結構な有名人だったようですね。

二の句が継げないチシェルさんをよそに、当のダンフィルさんは鼻歌交じりに腕まくりなどして、やる気満々でした。たとえ偽の『剣聖』とはいいましても、腕試しとなると血が騒ぐのでしょうか。

チシェルさんが慌てる気持ちもわかります。ダンフィルさんが元Aランク冒険者だろうとなかろうと、現SSランクの『剣聖』では負けるどころか苦戦することも許されませんからね。相手が誰であれ圧勝して当然、そうでなければいろいろとおかしなことになります。

ただでさえ相手は依頼主にして大貴族アルクイン家の関係者。謀ったことが露見しては、冒険者ギルドからの制裁以上に厳罰に処される可能性が大です。それこそ、依頼を断りたかった真意でもあるのでしょうし。

もちろん、ダンフィルさんには正体を暴こうなどの思惑はなく、言葉通りに協力者の実力を知りたいだけなのでしょうが、正体がバレていないと思っているチシェルさんにとっては、堪ったものではないでしょうね。

慌(あわ)てふためくチシェルさんを前に、対戦相手である『剣聖（仮）』さんは自信があるのかわかっていないのか、のほほんとその様子を眺めているだけでした。

冒険者ギルドの地下は、ちょっとした広間となっていました。ギルドを利用する冒険者さんたちの訓練場となっているそうで、私は知りませんでしたが、だいたいどこの冒険者ギルドにも常設されているそうです。私が一番多く通ったギルドとなりますと、キャサリーさんが受付嬢をしているラレント支所になるわけですが、あそこはもともと改装前が酒場だったこともあり、地下自体がありませんでしたからね。

冒険者さんにとって仲間同士での連携の確認や訓練は必須でしょうから、武器を振るうにしろ魔法を使うにしろ、近隣住民の迷惑にならないようにとの配慮もあるのでしょう。さすがは地域密着型の広域組織、冒険者ギルドだけに、よく考えられていますね。

今回は、ダンフィルさんによる『剣聖（仮）』さんとの腕試しを兼ねた模擬戦に利用するのですが、内々で行なう必要がありましたから、他に利用者がいなくて助かりました。

ダンフィルさんの準備は万全のようで、ウォーミングアップも済ませて、施設備えつけの刃を潰(つぶ)した練習用の模擬剣の具合を確かめています。

一方、『剣聖（仮）』さんは——先ほどからチシェルさんがしきりに耳元でなにかをいい含めているようですが、当の本人は理解しているのかいないのか、微動だにしていません。

見上げんばかりの巨漢と、その肩に乗った子供のような背丈の女性——懸命に興奮しながら話している様子は、遊園地で肩車をしてはしゃぐ親子連れを彷彿させないでもありません。ただ、あの不気味なお面のせいでほのぼのとした様子は微塵もなく、子供を担いで連れ去ろうとする猟奇な男チックに見えなくもありませんでしたが。うーむ。

『剣聖（仮）』さんはサイズの関係で、用意されていた模擬剣だと小さすぎることもあり、本来の得物である大鉈を鞘付きで使うことになりました。それ自体は対戦相手のダンフィルさんからの提案ですのでいいとしましても――気になるのは、『剣聖』を名乗っているにもかかわらず、武器が鉈とはこれいかに。それをいい出しては、井芹くんも愛用武器は剣ではなく刀でしたから、あまり関係ないのかもしれませんけれど。

「それでは、これより模擬戦をはじめたいと思います。両者、前にどうぞ」

僭越ながら、私が行司役を引き受けましたので、訓練場の中央に歩み出ました。

「ってか、誰ですか、あーた!?　いつの間に？」

間髪いれずに、チシェルさんから突っ込みが入りました。

そういえば、私はずっと創生した古代遺物の姿なき亡霊で身を隠していましたから、初見のあちらのおふたりには突然湧いて出たようなものですね。

ちなみにアンジーくんは、いまだこの場でコートを羽織って潜んでいるはずです。すでにコートを脱いでしまった私にはもう見えませんが、訓練場のどこかでなりゆきを見守っていることでしょう。

「名乗りが遅れまして、申し訳ありません。私は〝タクミ〟です。お見知りおきを」

ぺこりと頭を下げますと、慌てたようにチシェルさんも頭を下げ返してきました。

「これはどーも、ご丁寧に。あちしはチシェルとも一します。こっちがリセ——ではなく！　『剣聖』のイセリュート様です。えへへ」

……今、なにかいいかけたように聞こえましたが、聞こえなかったことにしておきましょう。

「私は神聖魔法が使えますので、今回は行司役と回復役を務めさせてもらいます。致命傷でも死なないようにしてもらえるのでしたらなんとかなりますので、即死だけはご遠慮くださいね」

「いや普通、誰だって全力で遠慮すんだろ」

ダンフィルさんから手厳しく突っ込まれました。

おかしな表現でしたかね？　チシェルさんが心なしか青くなっています。

「危ないですから、チシェルさんは下がっていてくださいね」

促しますと、チシェルさんは後ろ髪を引かれるように、後ろ向きで下がっていました。

模擬戦なのでそこまで心配しなくてもよいのでは、と思えるほど物凄く不安げですね。口許に手を添えて、挙動不審なほどに、はらはらそわそわしています。

「それでは、そろそろ開始しましょう。おふた方とも準備はいいですね？」

「おうよ。いつでも」

「…………」

訓練場の中央で、ふたりが五メートルほどの距離をもって相対しました。

「純粋な腕試しということで、スキルや魔法の使用はなしでお願いしますね。それ以外、特に制限はありません」

『剣聖（仮）』さんは相変わらず猟奇お面でその心情はわかりかねますが、ダンフィルさんは闘志溢れるといった様相ですね。

「――では、待ったなしですよ？　見合って見合ってー、はっけよ～い――のこった！」

「なんだ、その気合いの抜けるかけ声はよ!?」

律儀に突っ込みを入れつつも、先手をしかけたのはダンフィルさんでした。

身を低くして滑走するように、五メートルの間合いを一息でゼロにします。まさに電光石火、〝雷火〟の異名を持つだけありますね。

対する『剣聖（仮）』さんは、真っ向から受けて立つようです。あの巨漢で振り上げられる大鉈は、さながら断頭台のごとく――地面のダンフィルさん目がけて叩き落とされました。

「のこった、のこった！」

「そのかけ声いるか!?」

伝統芸なもので。

ダンフィルさんは大鉈の軌道からわずかに身を翻しただけで逃れますと、さらに距離を詰めました。

速攻で虚を衝き大振りを誘い、そのまま懐に潜り込むつもりだったようですね。全力で大鉈を振り下ろした体勢で、『剣聖（仮）』さんの動きは完全に停止しています。

すでにダンフィルさんは模擬剣を薙ぐ体勢に入っていました。この巨体だけに、いったん懐に入られては避けようがありません。ダンフィルさんの思惑通りに、これで決まったかと思ったのですが――

「なにっ⁉」

大鉈に打ち据えられた地面が、爆音とともに弾けました。

同時に四方に飛び散る石礫が、懐に滑り込もうとしていたダンフィルさんを真横から襲います。

ダンフィルさんにとっては完全に不意打ちだったようで、即座に方向転換して被弾を避け、攻撃範囲から逃れていました。

「ふぅ～、危ねぇ……なんつー馬鹿力だ」

大鉈と地面の激突跡が、ちょっとした大穴になってしまっていますね。『剣聖（仮）』さんの動き自体は遅くて大したことありませんが、反応速度と膂力には目を見張るものがあります。伊達に井芹くんの偽者を名乗っているわけではないということでしょうか。

ダンフィルさんはいったん距離を置き、模擬剣を肩に担ぎます。ダンフィルさんとしては、今ので早々に決めてしまうつもりだったのでしょうね。

「やるじゃないか、『剣聖』殿？」

「のこった、のこった！」

「こちらも敬意を表して、もう少し本気で行くことにしよう」

「のこった、のこった！」

「――って、うるせえっての！」

そういわれましても。

「仕切り直すぜ」

ダンフィルさんは模擬剣を構え直し、飛び出しました。

前回の焼き直しではありますが、今回は無理に懐に潜り込もうとはしないようです。『剣聖（仮）』さんの大鉈の射程圏は、およそ二メートル——そのぎりぎりを見極めて、ダンフィルさんは瞬間的に足を止めました。これは誘いですね。フェイントというやつでしょう。

今度もまた大鉈が振り下ろされて、石礫が散弾のごとく飛び散りますが、ダンフィルさんはそこも考慮してから余裕を持って回避したようですね。器用に身体を反転させながら、引いては押し、押しては引きのフェイントを繰り返しています。流れるようなこの体捌きの達人芸は、さすがとしかいいようがありません。

（それにしても……ふむう）

対する『剣聖（仮）』さんのほうは、精彩を欠いていました。動きが素直といいますか、愚直といいますか——フェイントすべてに反応し、幾度となく地面に穴を掘っていますね。

……これってもしかして、単に射程圏内に入ってくる相手に、闇雲に攻撃を仕掛けているだけじゃないですかね？　作戦や技術云々もなく、攻撃方法も全力で遮二無二鉈を叩きつける一辺倒ですし。

この戦闘素人の私でさえわかってしまうのですから、専門家のダンフィルさんはとうの昔に見抜いてしまっているでしょう。剣こそまだ構えていますが、表情は拍子抜けしているように見受けられました。

あの巨体から繰り出される膂力に加えて、あの重そうな大鉈ですから、攻撃力としては絶大でしょうね。あくまで、当たればの話ですが。

力重視の戦士さんなどが相手でしたら、力押しでどうにかなるかもしれません。ですが、相手は技巧派で速度も一流のダンフィルさん。恵まれた生来の体格がどれほど勝っていても、力自慢の腕力頼りだけでどうこうできるほど、甘くはありませんよね。

ダンフィルさんは特に大振りの一撃を選んで器用に受け流し、『剣聖（仮）』さんの体勢を大きく崩しました。そのまますするりと背後に回り込み、足を踏み締めて模擬剣を両手に握り直します。

「さあ、これはどうかな？　――っと！」

無防備に背中を晒した『剣聖（仮）』さんの脇腹を目がけて、ダンフィルさんは模擬剣を振り抜きました。刃を寝かせて、斬るというよりも叩きつけるような攻撃は、野球でのアッパースイングに似ていますね。

――すぱぁんっ！

盛大な打撃音が訓練場に響き渡りました。

わざわざ皮下脂肪がぱんぱんに詰まっていそうな腹部を狙ったのは、骨折などの大怪我をさせないためのダンフィルさんの心配りでしょう。

ただ、これは痛い。音を聞いただけでも、とても痛そうです。

しかしながら、『剣聖（仮）』さんは痛がる素振りすらありません。無言のままで大したリアクションもなく、無表情のお面がくるりと回って、背後のダンフィルさんに向けられました。

「…………」

「ほう、やるじゃないか。それなりに力を抑えたにせよ……倒すまではいかなくても、膝ぐらいはつくと思ったんだがな。ビクともしないとは、見かけ通りの呆れた耐久力だな」

いくら斬撃によるダメージはないといいましても、あれに耐えるどころか意に介さないとは驚きですね。あの重量がありそうな巨体が一瞬浮きましたから、相当の威力がこめられた打撃だったはずですが。

『剣聖（仮）』さんはゆっくりとダンフィルさんに向き直り、微動だにせずにダンフィルさんを見下ろしました。そこからはダメージのほども焦りなども窺えません。まあ、お面だからなのですが。

ぽっかりと黒く開いた目の部分が、言葉を投げかけるように、まっすぐにダンフィルさんに向けられていました。

……重苦しいほどの重圧ですね。もしや、これまでの素人然とした戦いぶりは、ダンフィルさんがそうであったように、実力を隠して相手を値踏みしていたとでもいうのでしょうか。

「……面白い。これからが本番ってか？　いいだろう、付き合ってやるぜ。来なっ！」

気圧されまいと、ダンフィルさんが自らを鼓舞するように歯を剥きました。

そして、それに応じるように、『剣聖（仮）』さんは振り上げた大鉈を落とし――……って、落とし？

「ふぇ……」

どこからか、幼子の愚図るような声がしたかと思いますと――

「ふぇ、ふえぇぇぇ――！　ネエちゃ、痛いよー！　このオジさん怖いよー！」

なんと、『剣聖（仮）』さんが顔面を押さえて泣き出してしまいました。ずれたお面の下から、大泣きに泣く幼い素顔が現われます。

「「「えええええ！」」」

私とダンフィルさん、ついでに遠巻きに観戦していたシレストンさんの声もハモりました。コートで隠れているので聞こえませんが、きっとアンジーくんも声を張り上げていることでしょう。

「待った待った！　そこまで！　そこまででご勘弁くだせー！　降参です、降参しますぅー！」

直後、矢のように割り入ってきたチシェルさんからタオルが投げ込まれました。

……こちらでも降参はタオルなんですね。勉強になりました。


模擬戦も無事（？）に終了しまして……訓練場の中央では、先ほどまでとは若干違った空気で、両者が相対していました。

地べたにしゃがんで巨体を丸めてぐずる『剣聖（仮）』さん（くん？）と、その前で神妙に正座しているチシェルさん。その向かい側には、呆れた様子のダンフィルさんとシレストンさん、そして私の三人が、どうしたものかと立ちすくんでいるわけで。

「騙そーといたしまして、もーしわけごぜーませんでした！」

チシェルさんは、小さい身体をさらに縮めて土下座する勢いで頭を下げました。

私は三人の一番後ろにいたのですが、シレストンさんがさりげなく後方に下がり、ダンフィルさんからは腕を引かれたせいで、最前列に押し出されてしまいました。

「任せた」

任されちゃいました。仕方がありませんので、私が代表して事情を聞くことになりました。

「顔を上げてください、チシェルさん」

「そんな！　畏れ多いこと！」

頑として受け入れようとしませんので、こちらもふたりの前に正座してみました。

チシェルさんは少し驚いたようですが、話をするのに相手を見下ろすのもなんでしょう。相手が詫びているからこそ、こうして顔を突き合わせるのは礼儀ですよね。

「一応、理由をお訊ねしても構わないでしょうか？」

「……はい。実は……こっちの子は、本名をリセラン。『剣聖』イセリュート様とは、真っ赤な嘘だったのでごぜーます！　もーしわけごぜーません！」

チシェルさんが驚愕の爆弾発言をしたように謝罪しますが、こちらは全員知っていましたので、温度差が凄まじいです。

そもそも、叩かれて泣きじゃくる『剣聖』というのも、騙す騙される以前にどうかと思います。井芹くん本人が聞いたら、三枚くらいにおろされてしまいそうです。もちろん、比喩ではなく。

『剣聖（仮）』――ではなく、リセランくんでしたか。チシェルさん越しにあらためてじっくりと確認してみました。

どうにか泣きやんだものの、まだ少々愚図っているようです。体格だけは立派でも、お面を外した表情はあどけないですね。先ほどの言動からも、もしやずいぶんと年若いのではないでしょうか。

「ちなみに、彼はおいくつで？」

「……十歳です」

「十歳⁉　……なんともまあ、十歳ですか……はあ、そう、十歳……」

若いどころか幼いといってもいい年齢ではないですか。もしや十代前半かも――とは思いましたが、顔以外のこの迫力で、まさかアンジーくんと同い年だったとは。おったまげですね。

「――するってえと、この坊主は巨人族か？」

ダンフィルさんがリセランくんに近づき、その肩をぽんぽんと叩いていました。

決して背の低くないダンフィルさんですが、横に並んでも座っているリセランくんと身長は同じくらいにしかなりません。横幅にいたっては倍以上は違うでしょう。

そのリセランくんですが、苦手意識どころかダンフィルさんはいまや恐怖の対象らしく、せっかく泣きやんだのにまた涙目になってしまいました。

「……そーです」

「なるほど、そうでしたか。して、ダンフィルさん。その巨人族とは？」

「〝なるほど〟と納得した意味がわからんな。まあいい、巨人族ってのはその名の通り、種族的に生まれながらに巨体の一族の総称だな。特殊な能力があるわけじゃないが、巨躯だけに身体能力のみでも他の種族を圧倒する。個体差はあるが、成人の平均身長は四メートルほどだな。普段はもっと東の山奥に住んでいるはずなんだが、こんな場所まで出張ってくるのは珍しいな」

「山奥に隠れ住む……もしや、他の種族との確執や……迫害が？」

口にするのもあまり気持ちのいいものではないですが、嘆かわしいことにいつの世も見た目で差別する者はいます。この異世界が必ずしもそうだとはいいませんが、知らないからこそ最初に正しい知識を得ていたほうがいいでしょう。

「ってか、どちらかというとサイズの問題だな。一緒に住むには巨人族側が不便すぎるってだけだ。それに、巨人族に比べると他種族はひ弱だからな。不用意に怪我させないためにとの、あちらさんの配慮らしい」

あ。そうでしたか。深読みしすぎましたね。

ダンフィルさんのせいで泣きべそをかいているリセランくんの口に、創生した袋入りのアメちゃんをひょいひょいと放り込みました。

「うまうま」

すぐにリセランくんもほっぺを押さえて至福の表情です。ここらへんは本当にまだ子供ですね。

「それと……ヒーリング。も一回くらいヒーリング」

先ほどダンフィルさんに打ち据えられた脇腹を庇うようにしていましたので、ついでに癒しておきます。子供が辛い顔をして我慢しているのは、可哀相ですからね。

「………ん？」

袖口を後ろから引っ張られた気がして、そちらを向きますと――気のせいでもなく、アンジーくんが大口を開けてこちらに顔を突き出していました。完全隠蔽の〝姿なき亡霊〟を羽織っていても、この距離ではさすがに認識できますね。

「ん！」

雛鳥のように催促されましたので、アンジーくんには棒付きアメちゃんを創生して差し出しました。

「じゃなくて！　あ〜ん」

「……ああ。どうぞ」

袋を剥いてから差し出しますと、アンジーくんは幸せそうにアメちゃんを咥えて、てててーと走り去っていきました。微笑ましいですね。

それにしても、数歩も離れると途端に姿を認知できなくなる辺り、古代遺物の姿なき亡霊の性能はさすがですよね。

「………？」

不審そうにチシェルさんが私を眺めていました。

チシェルさんの少し離れた位置からでは、アンジーくんの存在を認識できなかったようですね。

もしかして、恥ずかしいひとり芝居をしているように見られていたのでしょうか。

「……ははは。チシェルさんもどうです？　アメちゃん？」

「いえ……あちしは十九歳、子供ではないもんで。ご遠慮します。すみません」

平伏して断られてしまいました。

チシェルさんは小人族――この異世界では十四歳で成人ですので、チシェルさんは見た目は小さくても、こちらでは立派な大人の女性でしたね。これはとんだ失礼を。

「そういえば、おふたりはどのようなご関係なのです？」

リセランくんはチシェルさんをお姉さんと呼んでいましたが、ふたりの種族からして真逆のようなものです。血縁での姉弟ということはないのでしょう。

「……あちしは元々遥か南方の貧しい村の出でして……」

チシェルさんは懐かしむように語ってくれました。

今を遡ること数年前――チシェルさんは小人族の住む生まれ育った村から単身で旅立ったそうです。

目的は、街へ出て冒険者となること。冒険者は身分証がなくても誰にでもなることができる、こちらの異世界ではごく一般的な立身出世の手段と聞いています。冒険者登録の第一条件は成人していることであるため、成人となる十四歳を目前に、地元を離れる人は多いそうです。

ただしそれは、チシェルさんは明言しませんでしたが、口減らしの意味も大きかったようですね。チシェルさんの家族は、兄弟三人に姉妹四人、両親とその両祖父母を加えた十三人もの大家族だそうで、三女であるチシェルさんは、結婚にしろ就労にしろ、生まれながらに早々に家を出されることは決まっていたそうです。

身の回りの品を詰めた手荷物ひとつだけを餞別に、チシェルさんが家族と別れを告げて、一路街を目指していたとき――とある山中に差しかかったところで、路端に放置されて衰弱した幼いリセランくんを発見して――ふたりの付き合いは、それから三年に及ぶとのことでした。

「いやはや、あんときは参りました。最初はあちしでもどうにか背負えるくれーの大きさだったんですが、一年かかって街に着いたころには、あちしよりも大きくなってしまいまして」

チシェルさんはおどけたようにしていましたが……自身の明日をも知れぬ身で、見知らぬ土地を幼子を連れての道中は、いかばかりの苦労があったことでしょう。さまざまな紆余曲折の果てであったことは、想像に難くありません。

この時点で、私、泣きそうになってしまいましたよ。

話を聞いてから気づいたのですが、リセランくんが後ろに控えてチシェルさんがその前に立つこの定位置――最初は、背後でリセランくんが威圧して睨みを利かせる意味合いかと思っていたのですが、これはチシェルさんがリセランくんを背に庇うためのものだったのですね。もう、涙腺が決壊しそうなのですが。

「……ぐすっ。それで、どうして『剣聖』を騙るような真似を？」

「……はい。あちしは立身を夢見て、冒険者になったはよかったんですが……このナリですから、ろくな依頼を受けられるわけでもなく、日銭を稼ぐのもままならない有様でして……しかも、リセランをひとり置いとくわけにもいかねーですから、しょーがなくサポートメンバーとして連れ回していたってーわけです」

サポートメンバーには年齢制限がありませんからね。井芹くんが年齢を偽って『青狼のたてがみ』に同行していたときも、サポートメンバー扱いでしたよね。

「そんであるとき、あちしでも受けられそうな防衛依頼がありまして。防衛っても、家畜小屋の見回り程度のちんけな依頼でした。でも、そんときに運悪く、盗賊に襲われまして……鉢合わせしたリセランが……」

あ、なんとなく状況がわかっちゃいましたね。

「撃退しちゃったと？」

「……そんな感じですかね。リセランは遊んでただけのつもりらしーんですけどね。そんとき、すでにリセランは今くらいの大きさで。喧嘩したこともないおとなしい性格だったんですが、身体のほうはあちしがびっくりするくらいにたくましく育っていまして」

それはまあ、この巨体ですからね。本人はじゃれ合ってるだけのつもりでも、そこいらの盗賊が肉弾戦で敵うわけないでしょうし。それに、自分より小さいものに対しての危機感も低いのかもしれませんね。

「お恥ずかしながら、〝この手は使えるかな〟って……防衛依頼は割りもよくって。顔さえ隠してりゃー子供だってバレませんし、座ってるだけで誰も寄りつかず、『剣聖』を名乗る相手にわざわざ突っかかってくるやつもいません。いたとしても虚勢で腰が引けてますんで、リセランなら簡単にノせたんで……つい」

それでしたら、『剣聖』の名は最適だったのでしょうね。

チシェルさんがそんな行動に走った理由もわからないでもありません。私自身、『青狼のたてがみ』のサポートメンバーとして冒険者稼業に携わって知ったことなのですが、戦闘にかかわらない依頼というものは、報酬がとても安いのです。ローリスクローリターンということなのでしょうが、それこそ準備や日数を考慮しますと、手元に残るのは雀の涙なのです。チシェルさんひとりが生活するだけならまだしも、いかにも大食漢そうなリセランくんまで養える余裕があるとはとても思えません。

「もーしわけごぜーません！　虫のいい話だとはわかってます！　ですが、ですが！　どーかこのことをギルドに報告するのだけは勘弁してもらえねーでしょーか!?　どーかどーか、お慈悲を！」

チシェルさんが、今度こそ地面に額を擦りつけて土下座しました。

「どしたのー？　ネエちゃー？」

その後ろで状況を理解していないリセランくんが、不思議そうにチシェルさんの丸めた背中をいい子いい子と撫でていました。

聞いたところでは、冒険者ギルドの規約で、他の冒険者の詐称は重罰。登録抹消の可能性もありうるとのこと。冒険者という職を失ってしまっては、おそらくこの義姉弟に生きる術はないでしょう。それこそ、泥棒などの本物の犯罪者に身を落とすしかなくなります。

チシェルさんは全身を震わせながら懇願していました。

哀れだと思います。しかしながら、ルールはルール、違反は違反です。ルールを守ることは大事でしょう。ルールを破った者が罰を受けるのは当然です。

……ですが、私もなにかとルール違反は常習でして。

持論ですが、誰かに多大な迷惑をかける重犯罪ならともかく、誰にも迷惑をかけないものはどうなのでしょうね。ルールとは、人が安心して暮らせるための取り決めです。そのルールに縛られて、誰かが不幸になってしまうのでは、本末転倒と思うのですよ。

仮にも『神』たる者がいってていいことではないのかもしれませんが……ただ、こんな数え歌もありましたね。どっちにしようか迷ったときには、〝神様のいう通り〟と。

ダンフィルさんたちに視線で訊ねますと、皆さん同意して頷いてくれました。今回、唯一迷惑をかけられたであろう、名を騙られた井芹くんには私から謝っておきましょう。

「チシェルさん、もうそのへんで。安心してください。私たちに冒険者ギルドに報告する意思はありませんから」

そう告げますと、チシェルさんは反射的にがばっと顔を上げました。

しかし、一瞬だけぱっと光明の差した顔が、すぐにどんよりと曇ります。

「……いくらなんでも、侯爵家の皆さま方を欺こーとした罪は免れないですよね……リセランはご覧のとーり、なにもわかっちゃーいません。すべてはあちしの独断ですので、罰はあちしが受けます。どのよーな苦痛も辱めも我慢します。ただし、いえた身分ではねーですが、五体満足で済ます処罰でお許しいただけねーでしょーか……？　あちしには、まだこれからもリセランを立派に育てるってー義務があるんです……」

悲愴感がたっぷりです。

うーん……どれだけ酷いことをされると想像しているのでしょうね。このお嬢さんは。まるで私たちが、悪逆非道の悪代官のようではないですか。

「そこも含めて安心してくださいといっているのですよ？　ね、そうですよね、ダンフィルさん？」

「そういうこったな。当家として罪に問うつもりはない。どちらかってーと、なんの裏付けもなしに信用して、ころっと騙されたうちの執事殿のほうに責任がある」

ダンフィルさんの横で、シレストンさんが冷や汗を垂らしながら、ぐうの音も出ないという感じで眼鏡を押さえて天井を仰いでいました。

人となりを知ってから日はまだ浅いですが、シレストンさんってきっちりしてそうでいて案外詰めが甘く、騙されやすそうな気がありますからね。失礼ながら、策士策に溺れやすそうといいますか。単なる直感ですけれど。

「ほ、本当ですか!?」

今度こそ安堵したチシェルさんでしたが、額に砂利や土がついてしまっており、涙ぐんでいたためか、顔中が泥で汚れていました。うら若い年頃のお嬢さんが、これでは台なしですね。

創生したハンカチを差し出しますと、チシェルさんは顔をぐしぐしと拭い、ついでに盛大に鼻をかんでいました。

「そもそも、私たちは最初からリセランくんが『剣聖』でないことは知っていましたから」

「……は？　え？　ど、どーゆーこって？」

「私、『剣聖』の井せ――イセリュートさんとは知り合いなんですよね」

「……そ、そーでしたか……」

へなへなとチシェルさんが崩れ落ちました。本人の知人の前で、必死に偽者を騙っていたわけですから、脱力するのも無理はないでしょう。

『剣聖』を知っている人は私だけではないでしょうから、こういうこともありますよ。それに、先ほどのダンフィルさんのように、真の実力者と相対してしまうこともあるでしょう。リセランくんが大事でしたらなおのこと、身の安全のためにも詐称は避けたほうがよろしいかと思いますよ」

「ですね……身に染みました……」

項垂れるチシェルさんの頭を、ダンフィルさんが通りすぎざまにぽんぽんと叩いていきました。

次いで歩み寄ろうとしたリセランくんには怖がって逃げられ、肩を竦めて嘆息しています。

「ま、なんだ。今回の報酬の金貨三百枚があれば、当面食うにも困らないだろう。その間に、今後の身の振り方を考えるといい。正直、おまえさんにゃあ冒険者は向いてない。だが、この坊主はなかなかのもんだ。将来的には、成人したら坊主のほうに冒険者を任せて、おまえさんが本当にマネージャーに回るのも手だろうよ?」

「……え？」

チシェルさんが唖然としています。

「今……なんて、もーされました？」

「坊主のことか？　この元〝雷火〟と呼ばれた俺の攻撃を、一時なりとも凌いだんだ。その生来の膂力に加えてたしかな技能を身につけていけば、冒険者としてもかなりのものになれる。俺が保証してもいいぞ？」

「いいえ、そーではなく……かの〝雷火〟様にそーいってもらえるだけでも、光栄ではあるんですが……その前の」

「おまえさんが冒険者向きじゃない、ってやつか？」

「そいつは、あちしが一番よくわかっております。じゃーなくって……報酬……いただけるんで？」

今度はダンフィルさんのほうが唖然としていました。

「額を提示したのはそっちだろう？」

「そりゃーそーなんですが……諦めてもらおーと、わざと法外な金額を提示しただけで……騙そーとしていた立場で、報酬にまでありつこうなんて贅沢は――」

「それはよろしくないな。まず依頼主であるこちらが依頼内容を説明し、そちらが提示した報酬額を了承したことで、契約は締結している。おまえさんもいっぱしの冒険者なら、契約を甘く考えないことだ。冒険者とは依頼を受けて、対価としての成果を支払い、報酬を貰う。そこが保証されているからこそ、冒険者は安心して命がけの依頼にも赴ける。わかるか？」

「は、はあ」

ダンフィルさんが、正座するチシェルさんの周りを円を描くようにぐるぐると回っていました。

チシェルさんのほうは困惑しているようですね。回転するダンフィルさんを追うように、首だけを前後左右と忙しなく動かしています。

「契約には誠実に――それが冒険者の必要最低限の矜持だ。そこには当然、報酬額も含まれる。事後に報酬をまけろという依頼主は言語道断だが、俺からいわせると、自分を安売りするやつも冒険者失格だな。契約を交わした時点で、お互いの立場はイーブン、相手がどのような身分であろうとも、へりくだったり逆に尊大になる必要もない。どんな形でも、いったん交わした契約を違えるなかれ——それが冒険者の心構えだ！　わかったか!?」

最後にチシェルさんの真正面にしゃがみ込み、視線の高さを合わせて睨みつけんばかりの勢いでした。

「は、はいぃ——！」

下半身は座したまま、チシェルさんの背筋がピンッと伸びてしまっていますね。

なんといいますか、恫喝のごとき説教です。なにかが元冒険者であったダンフィルさんの琴線に触れたのでしょうか。

小難しくいってはいますが、要は報酬はしっかり支払うので安心しろ、ってことですよね。兄貴肌といいますか、面倒見がいいといいますか——素直ではないようですけれどね。

「こーなってしまっては、あちしも開き直らせてーもらいます。いち冒険者として、依頼を完遂させます。ただ、もうおわかりと思いますが、あちしは戦力にはならず……リセランはいまだ未熟者。戦力としてはどれほどお役に立てるのかわかりません。それに今更ではありますが、リセランには極力、危ない目に遭わせたくないのでごぜーますが……」

「そこは大丈夫ですよ。今回、あなた方にお願いしたいのは陽動です。といいましても、別に大立ち回りを演じる必要もありません。できるだけ周囲の目が向けられるように、派手にひと暴れしてほしいだけです。危険がゼロとはいえないのが申し訳ありませんが……危険を感じた段階で、逃げてもらっても構いませんよ。どうでしょう、できそうですか？」

「それぐれーなら……なんとか。これまでもよけーな手出しされる前に、凶暴性や腕力をアピールして、相手を委縮させるのはよく使っていた手ですし」

たしかに、素顔を隠して大鉈を振り回すリセランくんは、狂気にしろ猟奇にしろ周囲を威圧する迫力は充分ですよね。ただ、広い範囲で注意を引くためには、視覚のみならず聴覚にも訴えかけたいところです。映画でしたら、おどろおどろしい背景音楽や効果音で演出していますが、現実では不自然すぎますかね。

「他にも恐ろしげな絶叫を上げるなどして、気を引けますかね？」

「そいつは……う～ん、どうでしょー……？　難しーんじゃねーかと。あちしの声は完全な女声で恐ろしさとは程遠いでしょーし、リセランだって変声期がまだなんで、普段から声を出さねーよーにいーつけてたほどでしたから」

そうですよね……あの見かけであの幼声では、ある意味、呪い的な底冷えする不気味さはあるかもしれませんが、迫力という点では半減ですよね。

そうなりますと、必ずしも声である必要はありませんね。要は、誰しもが警戒心を掻き立てられるような異常音を発すればいいわけで。

『チェーンソー、クリエイトします』

重厚感あふれる金属の塊が腕に収まりました。

これって実際に使ったことはないのですが、かなりごついですよね。楕円状に連なる鋼鉄の小さな刃が、サメの歯を思わせます。

「おいおい、なんだよ、その無駄に重そうで、えげつなさそうなのはよ？　拷問具か？」

ダンフィルさんが、おずおずと刃の部分を突きました。

「森林伐採用の道具です。危ないかもしれませんから、皆さん、ちょっと離れていてくださいね」

テレビの見よう見真似ですが、エンジンをかけてみました。ハンドルを引きますと、意外にあっさり始動に成功し、エンジン独特の断続する爆音と、高速回転する刃の甲高い音が、訓練場に響き渡りました。

「な、なんだこりゃ——たまらん！」

最寄りにいたダンフィルさんをはじめ、皆さんが渋い顔で両耳を押さえています。

耳慣れない音だけに、効果も抜群のようですね。これでしたら、遠くからでも何事かと気を引けそうです。

「おー……」

そんな中、瞳をキラキラさせているのはリセランくんでした。新しい玩具でも見つけたように、心なしか興奮しているように見えます。こういうメカ的なもの、男の子って好きですよね。ちなみに、私も嫌いではありませんよ、ふふ。

「リセランくん、実際にちょっとやってみましょうか」

手招きしますと、リセランくんは素直に近寄ってきました。人見知りっぽい子ですが、それよりも今は玩具優先のようですね。

いったんエンジンを止めてから、チェーンソーをリセランくんに手渡して、操作方法を教えました。

意外にリセランくんは物覚えがよく、すぐに自在に扱えるようになりました。あの腕力だけに、振り回すのも簡単そうですね。

ただ、それにしても――

「なんというか、ハマりすぎてないか？」

「ですよねえ……」

並んで眺めながら、ダンフィルさんに同意しました。

威圧・迫力ともに五割増しといったところでしょうか。リセランくんには再びお面を被ってもらっているのですが、まんま猟奇殺人鬼の風格が滲み出ています。夜道で出会えば、迷わず回れ右してしまいそうですね。

チシェルさんですら、義弟の姿にちょっと引いてしまっているようです。顔が引きつっていました。

我ながら、恐るべきものを誕生させてしまった気がしないでもありません。

遊び道具ではないのですが、リセランくんはよっぽど楽しいのか、ご機嫌にチェーンソーを振り回していました。それがまた猟奇具合に拍車をかけているといいますか。陽動としての目立ち具合も満点といったところでしょうね。

「リセランくんも気に入ったみたいですね。よかった、と喜んでいいものでしょうか？　万一、取り扱いを間違っては危険ですし」

レバーを放すと停止する安全仕様ではありますが、十歳児には過ぎた玩具(おもちゃ)かもしれません。

「いいんじゃないか？　刃に触れなければ怪我(けが)をしないという点では、大鉈(おおなた)もアレも変わりはしないだろ。男だしな、ガキの頃は多少はヤンチャで危なっかしいほうが大成するってもんだ」

「そんなものですか」

日本に比べて危険と常に隣り合わせで、危険を避けるよりも慣れることが肝要とされるこの異世界ですから、こちらの世界の男の子とは逞(たくま)しいのですね。

もっとも、リセランくんは特に見かけからして、すでに大人顔負けの逞(たくま)しさではありますが。

「まあ、うちのお嬢も好きそうだけどな」

「ああ、たしかに。アンジーくんは男勝りですから、女の子が好むものより、ああいう男の子っぽいものが好きそうですよね」

「いえてるな」

「「はっはっはっ」」

和(なご)やかに、声を揃えて笑い合いました。そして――はたと止まります。

アンジーくんには、いまだ姿なき亡霊(インビジブル・コート)で身を潜めてもらったままです。アンジーくんもまた、訓練場のどこかでこの光景を興味深げに眺めていることでしょう。

好奇心旺盛(おうせい)なアンジーくんが、こんな楽しそうな場面で、じっと指を咥(くわ)えて眺めているだけに留まるものでしょうか？　答えは――否です。

「リセランくん、ストップです！　いったん中断してください！」

「お嬢！　一度、出てきてくださいや！」

ほぼ同時に、ふたりで叫(さけ)んだ直後――

ギャリギャリギャリギャリ！

金属同士が噛(か)み込むような耳障(みみざわ)りな音が響き、リセランくんが振り抜いたチェーンソーの先に、突如として宙を舞う人影が現われました。

斬り裂かれた衣服の破片を散らしながら、大きな弧(こ)を描いて放り出されているのは、紛(まぎ)れもなくアンジーくんです。帽子(ぼうし)も脱げてしまい、零(こぼ)れ落ちた長い銀髪が、儚(はかな)げに空中を漂っています。

「アンジーくん！」

「お嬢！」

「お嬢様！」

私とダンフィルさんとシレストンさんと――三者三様に叫(さけ)びながら、飛び出していました。

自分でも驚くほどの勢いで、いの一番に駆けつけた私は、一足飛びに空中でアンジーくんの肢体(したい)をキャッチしました。抱き留めたはいいものの、腕の中でアンジーくんは身動(みじろ)ぎひとつしません。

着地まで待つのももどかしく、アンジーくんの状態を即座に確認してみますと、姿なき亡霊(インビジブル・コート)が下のオーバーオールごと、見るも無残にずたずたに裂けてしまっていました。姿を視認できたのは、不幸中の幸いか、コートの損傷で隠蔽(いんぺい)効果が失われたためでしょう。

「こ、これは……」

ボロボロになった衣服の隙間から、アンジーくんの白い肌が覗いていました。小さな刃で瞬間的に何度も削られたためか、コートの下は酷い有様です。

「兄ちゃん、お嬢に回復魔法を！」

「お嬢様！　ご無事ですか!?」

一拍遅れて詰め寄ったダンフィルさんとシレストンさんに見守られる中で——アンジーくんはゆっくりと上体を起こしました。

そして——

「あ～、びっくりした！　……ん？　どしたの、皆？」

あっけらかんといってのけました。

「おおおお、お嬢！　びっくりしたのは、こっちですよ！　大丈夫なんですかい!?」

ダンフィルさんなどは、古典的にずっこけそうになっていました。

「あー……うん。別になんとも……ないかな？」

アンジーくんは自分の身になにが起きたのか、理解できていないみたいでした。私の腕に抱かれたまま、目をぱちくりしていますね。

「……どうやら、チェーンソーの刃に服を引っかけられて、勢いあまって放り投げられただけのようですね。服はズタズタですが、身体に大事はありません。ヒーリングの必要もないようですね」

「はあ～……驚かさないでくださいや、お嬢。生きた心地がしませんでしたよ」

「そうですよ、お嬢様。日頃から、あれほど思慮深い行動を、とお願いしているではありませんか。今の行動はあまりに軽率です。幸運にも、たまたま無傷で済みましたから、よかったようなものの……」

ふたりとも、腰砕けになっていますね。無理もありません。私だって、咄嗟のことで思わず焦ってしまいましたから。

「ああっ⁉」

安心したのも束の間、突如、アンジーくんが素っ頓狂な叫びを上げました。

「「どうしました⁉」」

過剰反応するふたりの前で、アンジーくんが両腕で自らを抱きしめて、頬を赤らめています。

……だいたいの予想はついていますが。

「タクミ兄ちゃん……見た？」

「……すみません。申し訳ないことに、緊急事態でしたので見てしまいました」

なにせ、オーバーオールの上半身部分がズタズタでしたからね。仕方ありませんでした。実は傷を確かめるために、少し肌にも触れてしまったのですが、そこは恥じらうアンジーくんの手前、黙っておきましょう。

「でも、タクミ兄ちゃんは婚約者だから、特別に許す！　へへっ。お姫様抱っこもしてもらってるし！」

照れ隠しなのか、アンジーくんははにかみながらも鼻の下をぐしぐしと拭っていました。

通常でしたら、命にかかわる大怪我をするところです。あれだけ危ない目に遭ったというのに、アンジーくんは消沈するどころか、むしろ元気溌剌でした。おふたりにも心配をかけたのですから、少しは自重してほしいものですが、この分では望めそうにもありませんね。ですが、そこもアンジーくんらしいといいますか。

「はあ。なんだ、くだらない……」

「こら、ダンフ！　乙女の肌をくだらないってなんだよ⁉」

「おっと、こりゃあ失言でしたね」

ぶっきら棒な素の態度が、逆にダンフィルさんの心配した度合いを表しているようですね。

シレストンさんもよほど慌てていたのか、あれほど私に近寄るまいとしていたはずですが、今ではお隣で安堵の息を吐いています。

「っ！　お嬢様、急ぎ代わりの服をお持ちしますので、しばしお待ちくださいませ！」

そのことに遅れて気づいたシレストンさんは、私からぴょんっと飛び退りますと、取り繕うように階上の部屋へと走り去ってしまいました。

参りました。なぜだかよくわかりませんが、シレストンさんからはよっぽど苦手意識を持たれてしまっているようですね。私としては、こうして同じくアンジーくんを大切に思う者同士、仲良くしたいのですが……打ち解けてもらえる日は、まだまだ遠そうですね。

差し当たり、アンジーくんの替えの服が届くまでは、上から羽織るシーツでも創生しておきましょう。

そして、一方のリセランくんはといいますと。突然現れたアンジーくんに驚いたのか、この騒動自体に驚いてしまったのか——またもや半泣きになってしまい、それを必死にチシェルさんが宥めていました。

リセランくんにも可哀相なことをしましたね。存在も知らず、見えもしない人を相手に、気をつけろというのも酷な話でしょう。

これは私たち大人側のミスでした。もっと早くに、アンジーくんのことを明かしておくべきでしたね。

「せっかくですから、アンジーくん。おふたりにこのまま自己紹介しましょうか」

「うん。そだね」

頭からすっぽりとシーツを被り、腕の中でご満悦そうなアンジーくんを連れて、私はふたりのもとへ向かうのでした。

◇

今宵は朧月夜のようですね。

時刻は深夜。皆さんが寝静まったのを見計らってから、冒険者ギルドの裏手にある森へと足を運びました。

チシェルさんたちを交えての打ち合わせも終わり、あとは明日を迎えるばかりです。明日のことを考えますと、若干気が重いですが、決めたからには実行するしかありませんね。

森にほんの少し入りますと、そこは伐採所となっており、いくつもの切り株が並んでいました。

「おや、先客がいましたか？」

切り株の上では、リスのような小動物が丸まって身体を休めていました。よほど居心地がいいのでしょうね、私が近づいても逃げる気配もありません。

お相伴にあずからせてもらうことにして、私も近くの切り株を背もたれ代わりに座りました。満天の星とはいきませんが、森の木々の間から覗く霞んだ夜空が幻想的で癒されます。澄んだ空気に緑の匂いは、とても贅沢なものですね。

「明日は上手くいくとよいのですが……」

私の呟きに反応したのか、リスが鼻先をひくつかせながら寄ってきました。警戒するどころか興味津々な仕草が、なんだかアンジーくんを思い起こさせて微笑ましいですね。

「リスくん、よろしければ私の話し相手になってもらえますか？」

皆で相談して決めた、明日の作戦は単純明快です。

連中の目的であるアンジーくんは、シレストンさんを護衛にともない、まずは冒険者ギルドで待機。

チシェルさんとリセランくんは陽動のために、別荘から少し離れた場所で騒動を起こして、連中の気を引いてもらいます。

ここで協力者の存在を知られていないことが、こちらにとっての大きなアドバンテージとなります。日中の私の強引な訪問は記憶に新しく、また騒動を起こしたのが私かも――という懸念があれば、無視することはできないでしょう。対応には大半の人員を割くはずで、そこがこちらの狙いです。

警備が薄くなった合間を狙い、私とダンフィルさんの別動隊が、お馴染み〝姿なき亡霊〟で、こっそりと別荘の裏口から侵入します。よもや、あれだけ豪快に正面突破してきた相手が、今度は密かに裏から忍び込んでくるとは、想像だにしないでしょうしね。

連中の意識が別荘の外に向けられている隙に、ダンフィルさんの案内のもと、まずは侯爵様の身柄を押さえます。実はあの別荘には家人でも一部の古株しか知らない隠し部屋があるとかで、ダンフィルさんの予想によりますと、侯爵様はそこに隠れている可能性が高いとのことでした。

総大将である侯爵様さえ確保してしまえば、後はどうとでもなるでしょう。そして、あわよくば今回の元凶を突きとめて、一連の幕引きといきたいところです。

こちらの敗北条件としては侯爵様に逃げられてしまうことですが……私単独で乗り込んだ前回と違い、今回は内情に詳しいダンフィルさんが同行するのですから、まず失敗はないでしょう。

「と、こんな算段なのですが、どうです？　成功すると思いますかね？」

私の頭の上で毛づくろいをしているリスくんに問いかけますと、可愛らしく首を捻っていました。彼（？）にとっては、込み入った話で難しすぎましたかね。

「どうしたんだ、こんな場所で？」

茂みの薄暗闇の向こうから、恰幅のいい男性が姿を見せました。頬に傷を持つその人は、ダンフィルさんでした。

「そちらこそ、どうされました？」

切り株から身を起こそうとしたところを手で制され、ダンフィルさんはそのまま隣の切り株に腰かけました。

「なに、兄ちゃんが部屋を出ていく気配があったもんでよ。何事か気になってな」

おや。極力、気配を消していたつもりでしたが、さすがに抜け目がないですね。

「話し声がしたようだが、誰かいたのか？」

「いたといいますか、今もいますよ。とはいえ寡黙な方ですから、私ばかり喋っていましたけれどね。紹介します、リスくんです。リスちゃんかもしれませんが」

頭から肩を伝って掌に乗り移ってきたリスくんを、ダンフィルさんに差し出しました。

リスくんは、間近に迫ったダンフィルさんの顔に驚いたのか、一目散に逃げ出してしまいました。

「あらら。嫌われちゃいましたね」

「……昔から、動物は飼うより狩るほうだったからな、仕方ねえさ。あんたはここに気を鎮めに？」

「そんなとこですかね。夜の静けさは落ち着けますから」

「俺から振っておいてなんだが……意外だな。あんたほどのやつでも緊張することがあるのか？」

「……なにを勘違いされているかわかりませんが、生憎と私は小市民ですよ？　緊張もすれば不安も感じます。特に、明日はアンジーくんの命がかかっていますからね」

「おいおい、大げさだな。命がけであくせくするのはこっちの仕事で、お嬢は安全圏で高みの見物だろ？」

いつもの軽い口調でダンフィルさんが笑ってから——不意に声のトーンを落としました。

「……とまあ、こうやって軽口を叩けるのもあんたのおかげだな。本音をいえば、あんたが来てくれるまで、本当にお嬢の命は風前の灯火だった。危機を打破できたのは、紛れもなくあんたのおかげだ。あらためて、タクミ殿。心から感謝している」

ダンフィルさんが真正面に向き合い、身を正して真摯に頭を下げてきました。

「やめてください、水臭いじゃないですか。アンジーくんのためですから、当然のことですよ」

「お嬢のためだから当然といってくれる、その心根が嬉しいんだ。こんなおっさんに感謝されてもうざったいだけだろうが、俺の自己満足とでも思って、悪いが付き合ってくれ」

そういってダンフィルさんは首を垂れ続けました。

困りました。そのように前置きされてしまっては、無下に断ることもできません。こうも面と向かってまっすぐな謝意を伝えられては、どうにも気恥ずかしさが勝りますね。むず痒くてそわそわしてしまいます。

やはりダンフィルさんは、アンジーくんをとても大切に思っているのですね。その温かな気持ちが、言葉にせずとも手に取るように伝わってきました。

かつて出会った港町アダラスタのガルロさんにせよ、このような方々がアンジーくんの傍にいてくれるのは、とても幸せなことでしょう。

「よし！」

　しばらくしてから、ダンフィルさんはすっきりとした顔で頭を上げました。

　今日、こうして私を追いかけてきたのは、このお礼がしたくて、ふたりっきりになるチャンスを狙っていたのかもしれませんね。

「わかっちゃいるだろうが、このことはお嬢には内緒にしておいてくれよ？　さすがに気恥ずかしいからな。頼んだぜ？」

「…………」

　笑顔で応じましたが、返事はしません。

　仲良きことは美しき哉。時には思うだけではなく、言葉として伝えたほうがより相手に響きますからね。ここはきっちりアンジーくんにお伝えしておきましょう。

　決して、私だけ気恥ずかしさを味わったのが不服だからではありませんよ？　はい。

◇

「お待たせしました、ダンフィルさん」

「ようやく来たか。予定よりも少し遅かったな？」

「ええ、ちょっとアンジーくんが駄々をこねてしまいまして、宥めるのに時間がかかりました」

　作戦決行当日。ケルサ村を別々に出発していた私とダンフィルさんは、別荘に程近い場所で無事に落ち合うことができました。

「お嬢が？　なんだって？」

「出発の土壇場になって、一緒についていきたいとごねられまして。どうにか納得してもらえましたが、苦労しましたよ」

「……いつもの我儘か。そりゃ大変だったな……よくわかる。モテる男は辛いな、兄ちゃん」

「からかわないでくださいよ。それより、首尾はどうですか？」

「ここいらも、つい十分ほど前からだいぶ慌ただしくなってきたな」

「おふたりの陽動も上手くいっているみたいですね。特にリセランくんは張り切っていたみたいですから」

ダンフィルさんには別荘付近の偵察と監視役を兼ねて、一時間ほど先発してもらっていました。

後発の私のほうは、陽動部隊のおふたり――まだ周辺の地理に疎いチシェルさんとリセランくんを所定の場所まで案内する役を担っており、先ほどその役目を終えてきたところです。

「だな。〝えらいもんが出た〟という伝令に、連中、慌てふためいて応援に向かったぞ」

「ははは……気持ちはわかりますね。お気の毒に」

例のリセランくんの猟奇的な姿に、初見の皆さんはさぞや面食らったことでしょうね。

おふたりには暴れるだけ暴れてもらってから、頃合いを見計らって姿なき亡霊で退いてもらうように伝えてあります。リセランくんは力自慢であっても正式な戦闘職ではありませんので、元冒険者や元軍属で構成されている侯爵家の私設部隊相手では分が悪すぎますからね。多勢に無勢ではなおのこと、くれぐれも本格的な戦闘に入る前に離脱するようにいい含めてありますので、そこは大丈夫でしょう。

今もまた、身を隠した私たちの前を武装した一団が通りすぎていきました。後続はないようですから、どうやらこれで増援は打ち止めのようですね。

「よし、そろそろ行くとするか。ここからが本番だな」

「よろしくお願いします」

ダンフィルさん先導のもと、別荘の裏手に回り込みました。

やはり陽動が効いたようで、警備の姿はほとんど見えません。あっさりと防護柵を飛び越えて、勝手口へと辿り着くことができました。周囲の静けさからも、侵入を悟られた形跡はなさそうですね。

「肩すかしもいいところだな。勝手口の警備までいないとは……」

「それだけ、皆さんも慌てていたのでしょう」

「だとしたら怠慢が過ぎる。すべて片付いたら、警備部門に物申しておきたいところだな」

ダンフィルさんは周辺を警戒しながら、ぶつくさと零していました。

私たちがこうして簡単に来られたのも、その怠慢のおかげなのですが……いわぬが花でしょうね。

ダンフィルさんの〈解錠〉スキルのおかげで、難なく別荘への侵入も果たせました。

別荘といいましても、大貴族アルクイン家の所有物だけありまして、かなりの広さがあります。豪勢さもそこいらの屋敷とは比較にならないでしょう。私は昨日に続いて二度目の訪問ですが、最初に見たときにはその豪華絢爛っぷりに驚いたものです。

「……おかしい。あまりに人が少なすぎる」

「いいことではないですか。それよりも、件の隠し部屋とやら。そこに向かいましょう」

「おい、押すなよ」

ダンフィルさんが慎重になるあまり足が鈍っていましたので、文字通りに後押ししました。アンジーくんのためにも、あまりのんびりしている暇はありませんしね。

「そんなに急かさなくても、もう目の前だ。この廊下の突き当たりに暖炉のある大広間がある。そこに地下に通じる扉が隠されていてな」

「地下……地下室ですか？　そういえば、アンジーくんが倒れていたというのも地下室の入り口でしたよね」

「覚えていたか。その地下室っていうのが、緊急時の隠し部屋のことでな」

「そうだったのですね。あのときにアンジーくんがいっていた〝普段は近づかない〟とは、そのことでしたか」

「そういうこった。もっとも、お嬢は旦那に教えられる前に、別荘を探検したときに自力で発見したらしいがな」

おお、さすがは行動派のアンジーくん。それがいくつの頃なのかはわかりませんが、昔からお転婆さんですね。

程なくして大広間に着きましたが、ここにも人影はありませんでした。

「……誰もいませんね」

「……ああ。こうも順調だと、逆に罠じゃないかと疑わしく思えてくるな。だが、ここまで来たからには進むしかない。ま、俺と兄ちゃんのふたりだったら、大抵のことは力業でなんとかなんだろ」

にっと笑いかけられました。

ダンフィルさんのような方に信頼してもらえて嬉しいのですが、今の状況ではなんとなく心苦しく思えてきますね。

例の地下室へ続くという扉は、大広間の暖炉裏の薄暗い壁との隙間にありました。隠し部屋というだけあって目立たない加工が施されており、一見しただけでは単なる壁にしか見えませんね。

「この先に侯爵様がいるのでしょうか……？」

「うーん、どうかな……これは当てがはずれたかもしれん。周辺にあまりに人気がなさすぎる。真っ当に寝室か書斎を当たったほうがよかったかもな。まさか事前に危険を察知して、ここを引き払っていたのなら笑えないが」

ダンフィルさんが渋い顔でこちらに振り向いた直後――目の前の扉が、向こう側から開かれました。

「――!?　下がれっ！」

即座に飛び退いたダンフィルさんに首根っこを掴まれて、引き摺られるように暖炉の陰に押し込まれました。

「……旦那だ」

扉から出てきたのは、上品な衣服で身を整えた中肉中背の御仁でした。

白髪に近い髪色と鼻髭のせいで、一見、年配の方と勘違いしそうになりますが、その容貌は若々しく、生気に満ち溢れています。実際の年齢も、まだ三十代そこそこといったところでしょう。これが、大貴族と謳われるアルクイン家が当主、ジェラルド・アルクイン侯爵――つまりは、アンジーくんのお父さんなわけですね。

いつもにこにこして可愛らしいアンジーくんと違い、お父さんのほうはずいぶんと厳めしい表情をしています。真一文字に引き締められた口元に、眉間に入った深い皺、そして落ち着き払った怜悧な双眸が、よりいっそう厳つさを強調させているのでしょう。言葉は悪いですが、老獪さや狡猾さを感じさせるほどです。

侯爵様は特にこちらに気づいた様子もなく、息を潜める私たちの前を素通りしていきました。

完全隠蔽を誇る姿なき亡霊といえども、これ以上の至近距離では存在を誤魔化し切れません。危うく出合い頭に扉の前でご対面し、いろいろとご破産になってしまうところでした。

侯爵様は大広間を横切り、なにをするともなしに壁に寄りかかっていました。時折、懐から高価そうな懐中時計を取り出しては、時刻を確認しています。

「誘き出す前に、わざわざ旦那のほうから地下から出てきてくれたのは助かったが……位置取りが厄介だな。どのタイミングで仕掛けるか……」

侯爵様はひとりきり。絶好の機会ではありますが、こちら向きで壁を背にしている以上、接近を悟られる心配は残ります。

見たところ侯爵様は、富裕層にありがちな運動不足や肥満体質とは無縁そうです。傍目にも、日常的に鍛えているのがわかりますから、捕縛まではおおいに抵抗されるでしょうね。この大広間には窓がないため、私たちが入ってきた正面口さえ押さえてしまえば取り逃がす恐れこそないでしょうが、物音で家人が駆けつけてこないとも限りません。無用な死傷者を出さないためにも、騒動は極力避けるべきでしょう。

「このまましばらく待ってみませんか？　私に考えがありますので」

「考え、か……あまり時間はないかもしれないぞ？」

「いえね、侯爵様は何度も時計を気にしていますし、なにか用事が控えているのではないでしょうか。それでしたら、ここに長居するつもりはないと思いまして。もうしばらく、このまま待ってみませんか？　侯爵様が壁際を離れてから事を起こしたほうが成功率は高いでしょうし、取り押さえるのも穏便に済むかと」

もともと打ち合わせでは、侯爵様を捕らえるのにも、姿なき亡霊を使う予定でした。着用者が外部から認識できなくなるということは、いい換えますと着用者側がどれほど助けを求めても外部には届かないということです。背後から忍び寄り、騒ぎ立てられる前に一気にコートを着せてから捕縛――それがベストでしょう。

「……そもそもこの作戦は、兄ちゃんのスキルがないと成り立たんしな。ここは乗っておくとするか」

「ありがとうございます」

「ただ、やはり時間を長引かせたくない。十分で区切ろう。十分待っても旦那に動く気配がなければ、リスクは増すが強硬手段に訴える。それでいいな？」

「わかりました。それで行きましょう」

十分も猶予があれば、準備が整うには充分でしょう。

暖炉の陰から移動し、侯爵様を中央に挟む位置で、私とダンフィルさんは陣取りました。

三分が経過し、五分が経過しても、侯爵様に動きはありませんでした。そして、やがて予定の十分に差しかかろうとした頃――不意に、カチッと小さい音を鳴らして、正面口の扉のノブが回りました。

「……このタイミングで来客かよ……」

ダンフィルさんの舌打ちが聞こえました。

音が立たないほど扉がゆっくりと開かれ、大小のふたり組が姿を現しました。いかにも挙動不審といった様子で、室内にいる人物に気づいていないのか、慎重そうに扉から首だけ出して、きょろきょろと周辺に首を巡らせています。そして、いったん首が引っ込んだかと思いますと、次いでふたつのお尻が扉から出てきました。今度は廊下の様子を窺っているのでしょう。用心深く見回してから、ずりずりと後退しながらお尻から入室してきました。

……なにをやっているのでしょうね。あのふたり。

私は呆れて見ていましたが、反面、ダンフィルさんは、声を荒らげて叫びました。

「はああ⁉　執事殿に――お嬢⁉　なんでここに⁉」

その声に、お尻を向けていたふたりが同時に振り返ります。

「あ！　タクミ兄ちゃんにダンフ、見ーっけた！」

こちらと同じく姿なき亡霊(インビジブル・コート)を身に纏(まと)ったふたり組は、まさしくアンジーくんとシレストンさんでした。

アンジーくんがこちらに勢いよく駆け寄ってこようとして――途中で壁際に佇(たたず)むお父さんに気づき、思わず足を止めました。敵対しながらの十数日ぶりの親子の対面ですから、この反応は仕方ないのかもしれませんね。

「……これはいったいどのような状況ですか、ダンフィル殿？」

私たちと侯爵様を見比べて、シレストンさんは神経質にコートで身を包みながら、おっかなびっくりにやってきました。

「どうしたもこうしたもあるかっ！　これはどういうことだ、執事殿！　なぜ、ここにお嬢を連れてきた⁉」

ダンフィルさんが怒りも露わに、コートごとシレストンさんの燕尾服(えんびふく)の胸倉を掴み上げます。

「ぐっ――お、おやめ、ください。なぜ、とは……異なこと、を……こういう、作戦……だったの、でしょう？」

「どういうことだ⁉」

解放されたシレストンさんは、床に膝をつきながら、ずれた眼鏡を直していました。

「げほっ、げほっ！　なんという無体な……ダンフィル殿に遅れて、わたくしどもも別荘に忍び込むようにとの指示ではなかったですか。ですから、わたくしとお嬢様はこうして、危険を冒して参ったのですよ？」

「なんだ、それは！　俺は知らんぞ⁉」

「そ、そんなはずは……作戦が急遽変更になったからと、タクミ様より直前にご連絡が……」

「なっ――⁉」

いっせいに、私に皆さんの視線が集まります。

しかしそれは、横から呟かれた第三者の一言により、すぐに逸らされることになりました。

「扉がひとりでに開いてから閉まった……つまり準備が整ったと、そういうことでよいかな、タク、ミ君？」

落ち着いた低いトーンの声音……発したのは、壁際に佇んでいたはずの侯爵様でした。弄んでいた懐中時計を優雅な動作で胸ポケットにしまい、侯爵様の視線はまっすぐにこちらを向いています。

「申し訳ありません、皆さん――私、嘘を吐いていました」

私は深く頭を下げてから、全員の着ている姿なき亡霊を消し去りました。

「……ほう、本当にいたか、ダンフィルにシレストン。〝姿なき亡霊〟とかいったかね？　事前に聞かされてはいたが、素晴らしい古代遺物だな、タクミ君。いや、素晴らしいのは君の複製スキルというべきかな？」

「恐縮です、侯爵様」

侯爵様が、親しげに私の肩に手を置きました。

「……おいおい、なんの冗談だよ、そりゃ？」

状況が掴めずにおろおろするアンジーくんを、ダンフィルさんが背に庇いました。すでに抜き身の剣を手に、臨戦態勢です。

「冗談などではありませんよ。皆さんには内緒にしていましたが……実は昨日、私がここを訪れた際に、居合わせた侯爵様とお会いしていまして。相談して、この状況を作り上げるために、一芝居打たせてもらいました」

シレストンさんに〈気配遮断〉スキルで後をつけられていたのは誤算でしたが、打ち合わせの場面まで見られていなくて助かりましたね。その事実を聞かされたときは、ひやっとしたものです。

「……するってーと、昨日の時点から俺たちを裏切っていたというわけか。まいったな、すっかり騙されたぜ。俺の勘も鈍ったもんだ、そうとは知らずに簡単に信頼してしまうたぁ……恥ずかしげもなく感謝までしてよ？」

口調は軽いですが、射殺さんばかりの怒りに満ちた眼差しで睨めつけられます。

私としても、虚言を用いて騙したからには、こうなることを覚悟していたのですが……ダンフィルさんのような誠実な方に、いざこうして敵意を向けられるとなりますと、かなりきついものがありますね。

「――ぼさっとするな、執事殿！　こいつが相手では分が悪い！　疾く退くぞ、脱出口の確保を！」

用心深く剣先を私に向けて、ダンフィルさんが叫びました。

「は、はひっ！　承知しました！」

ダンフィルさんと違い、想定外の事態で呆けていたシレストンさんも、その一喝で我に返ったようです。アンジーくんを連れて正面口に取って返したシレストンさんですが、扉につく前に室内に雪崩れ込んできた侯爵家の私兵団に押し戻されてしまいました。

それなりの広さがある大広間といえども、数十人もの人間が詰めかけては、途端に逃げ場がなくなります。完全武装の私兵団の方々に、たちまちダンフィルさんたちは囲まれてしまい、身動きが取れない状況になりました。

「……こちらの作戦は筒抜けってか。どうりで、やたらと順調だったわけだぜ。すべて茶番だったというわけか？」

「そうなりますね。知らずに陽動を頑張ってくれているチシェルさんやリセランくんには申し訳ありませんが、そこまでしてリアリティを持たせないと、抜け目のないダンフィルさんは騙されてくれないと思いまして。〈動物使役〉というスキルらしいですね。昨晩、侯爵様配下の方にリスくんを通じて今回の作戦を伝え、事前に手を打ってもらっていました」

当初、どう説得してダンフィルさんに別荘に向かってもらうか考えあぐねていたので、陽動役のチシェルさんたちのことは渡りに船でした。なにせ、慎重なダンフィルさんのことですから、ただ別荘に侵入しようと持ちかけても、リスクを避けて渋るのは目に見えてましたからね。

「あんたのこった、金に目が眩んだわけでもないだろう？　少なくとも、あんたがお嬢を可愛がる気持ちは本物だったはずだ。あれだけお嬢からも懐かれていて、どうして裏切った？　いや、裏切れた？」

周囲の私兵団の動向に注意を払いながらも、ダンフィルさんがしきりに問い詰めてきます。こうして揺さぶりをかけつつ、どうにかして包囲網を破ろうと隙を窺っているのでしょう。

さすがといいますか、この場を仕切っているのが私だと見抜かれているみたいですね。それは正解でして、侯爵様との最初の取り決めで、行動のすべては私に任せてもらっています。詰めかけた私兵団の方々は、あくまで皆さんを閉じ込めて逃がさないための壁役で、不用意に手出しすることはありませんから。

「どうしてかと問われますと、アンジーくんのためですね。そもそも、私がアンジーくんを裏切るわけがないではないですか」

「……どういうことだ？　この状況が、どうしてお嬢のためになる？　もしやあんたまで、このお嬢が『偽者』だとでもいい出すつもりじゃないだろうな？　『本物』が別にいると？」

「う～ん、そういえなくもありませんね」

「ちっ！　結局――あんたまで幻術かなにかに惑わされているということかよ、くそったれ！」

ダンフィルさんが歯ぎしりをして、素早く左右に視線を走らせてからシレストンさんと目配せしました。アンジーくんを前後で挟んでの配置、いつでも抱えられる体勢でいることからも、強行突破を図るつもりなのでしょう。

しかしながら、それは明らかに悪手です。皆さんにとっても、私にとっても。

「すみません、今の私の言葉には語弊がありましたね。そこのアンジーくんが『偽者』ではなく、そこのアンジーくんも『本物』ということです」

「言葉遊びで煙に巻こうとするのはやめてもらえるか？　なにがいいたい？」

「論より証拠といいます。今から、とある人物に入室してもらいますので、会ってもらえませんか？　ダンフィルさんにとって、今の私が信用に足る人物ではないことは理解しています。だからこそ、一度だけチャンスをください。アンジーくんを連れての強硬手段は、ダンフィルさんも望まないはずです。突破口を探る糸口とでも思ってもらって、それくらいは付き合ってもらえませんか？」

ダンフィルさんは真意を見透かすべく、しばし無言で私を凝視し――小さく嘆息してから、わずかに首肯しました。

「……いいだろう。そう油断させておいて、騙し討ちまでする糞野郎ではないと祈っているさ」

はうっ！　刺々しい台詞が胸に突き刺さりました。ダンフィルさんの貶し方が酷いです……ですが、状況が状況ですので、今は甘んじて耐えましょう。うう……

「ど、どうも、ありがとうございます。では、侯爵様――お願いします」

「連れてまいれ」

侯爵様の指示に待つことしばらく、大広間の正面口の扉が開かれました。そこから現れたのは、真っ白なシーツのかけられた移動式のベッドです。

メイドさんたちの手により、ゆっくりとベッドが運び込まれ、取り囲む人々が道を譲りました。入れ替わりに、私兵団の方々が次々と速やかに退出していき――大広間には、侯爵様と私、アンジーくん、ダンフィルさんにシレストンさん、それに物言わぬベッドだけが取り残されました。
行動を起こすには絶好の機会だったでしょうが、ありがたいことにダンフィルさんは約束を違えることなく、その様子をじっと見守ってくれていました。

ベッドには、ひとりの子供が眠っています。大きなベッドに対比して、あまりにも小さな少女です。痛ましいほどに血色の失われた肌、乾いてひび割れた小さな唇。そして、見事な長い銀髪が、放射状に枕の上に波打っていました。

ダンフィルさんが、茫然自失に剣を取り落としました。シレストンさんもまた、驚きのあまり直立不動のまま硬直しているようです。

「……私はもうひとつだけ嘘を吐いていました。昨日、私が別荘の寝室で精巧な人形を見たといいましたが……あれはでまかせです」

私が寝室で出会ったのは、紛れもなく生きた人間。今なおこうしてベッドの上で昏睡状態にある少女――私のよく知るアンジーくんその人でした。

「こ、これ……オレ、なの？　なんで？」

ダンフィルさんの背に隠れていたアンジーくんが、ベッドに横たわるもうひとりのアンジーくんのもとに歩み寄りました。おそるおそる手を差し伸べ、指先が身動ぎしない身体に触れるや否や、びくっと手を引きます。不安げな瞳が私に向けられ、握り締められた両手と小さな肩が小刻みに震えていました。

だからこそ、私はできるだけの笑顔で応えます。もちろん、ダンフィルさんやシレストンさんにも。アン

「それをこれから説明したいと思います。アンジーくんは私を信じてくれますか？」

アンジーくんは一度だけ大きく息を呑みましたが、返事は即答でした。

「オレは――タクミ兄ちゃんを信じる！」

混じりけのない純粋な眼差しが、嬉しいと同時に痛いほどですね。

これから述べる真実に、幼いアンジーくんは衝撃を受けるかもしれません。そう思っただけでも、息苦しさに胸が苛まれます。しかし、これを伝えるのは、私の役割なのです。

「……まず、今のアンジーくんですが、その身体は本物ではありません。本来の肉体は、こちらのベッドで寝ているアンジーくんです」

アンジーくんの両目が驚愕に見開かれました。そして、次第に涙で潤んできます。

「じゃあ、やっぱり……オレは『偽者』なの……？　だったら、オレは誰……なの？」

「違いますよ、アンジーくん！」

即座に否定して、その身体を抱き締めました。

思わず声が大きくなってしまいましたので、努めて平静になるためにトーンダウンします。

「あなたは『本物』ですよ。それは私が保証します。まずは、これから話す内容を心を鎮めて聞いてください。ねえ、アンジーくん、私を信じてくれるのでしょう？」

アンジーくんが俯きかけていた顔を上げて、涙で滲んだ目元を服の袖でぐしぐしと拭いました。

「うん、もちろん！」

歯を食いしばり、「さあ来い」とばかりに挑戦的に見上げてくるさまに安堵しました。やはり強い子ですね、アンジーくんは。

「アンジーくんの心は『本物』ですが、その身体が『偽物』なのです。古代遺物の魔道人形――それが今のアンジーくんの仮初の肉体を構築している物の名前です」

「『偽物』の……身体？　ゴーレム？」

不思議そうに、アンジーくんが自分を見下ろしました。

それはそうでしょうね。なんら普段と変わりなく、違和感すら覚えていないにもかかわらず、身体だけが別物ですと告げているのですから。

アンジーくんは〝ゴーレム〟というものに聞き覚えはなさそうでしたが、ダンフィルさんとシレストンさんは違いました。はっとしたように、しきりにふたりのアンジーくんを見比べています。

「どうして、こんなことになったのか……そこは私も人伝に聞いた話になりますので、ここは現場に居合わせていた当人さんにご説明してもらいましょう。お願いできますか？」

会釈して促しますと、それまで壁際でなりゆきを静観していた侯爵様が前に出ました。

全員の視線が、自然とそちらに集まります。侯爵様は、しばし間を置いてから、ゆっくりと真相を語りはじめました。

「私が今回、この地に赴いた理由のひとつとして、希少な古代遺物を譲り受けたことがある。それが知る者ぞ知る、かのゴーレムだ。あの日はそこの地下室で、ゴーレムの起動実験を行なっているところだった。そのときに事故が起こってな。施錠を怠った私の非により、戯れで入り込んだアンジェリーナがゴーレムを始動させてしまったのだ。アンジェリーナは倒れ、入れ代わるようにゴーレムがその姿を模り、暴走をはじめ——後のことは、そなたらも知るところだろう？」

淡々と語る侯爵様ですが、それは娘のアンジーくんがいる手前だからでしょう。私が昨日、同じ話を聞かされたときには、辛そうに表情を歪ませていましたから。父親として、目の前で実の娘さんが事故に巻き込まれる風景を見る辛さとは、いかばかりであったでしょうか。私も勝手ながら、アンジーくんを大事に思っているだけに、身につまされる思いですね。

「そこを俺が発見して、保護したってわけか……」

ダンフィルさんが沈痛な声を絞り出しました。

「……そうか。あんたは昨日、この話を聞かされて？」

「ええ。最初は私も失礼ながら半信半疑ではありましたが、昏睡しているアンジーくんを見せられては」

衝撃の光景でしたので、あまり思い出したくありませんけれど。憔悴して眠るアンジーくんのあまりの痛々しさに、ベッド脇で腰砕けになりそうでしたよ。

「他にも納得いく点がありました。事の発端の日から、ダンフィルさんたちは十日あまりも過酷な逃避行を続けていたことになりますよね。味方から命を狙われるという異常事態、まして追手を差し向けているのはアンジーくんの実の父親です。肉体的にも精神的にも、多大な負担であったことは疑いようもありません。それなのに再会したアンジーくんは普段と変わらず、ごくごく自然に元気で無邪気で……そんな気配は微塵(みじん)も感じられませんでした。あらためて思い返しますと、あの普段通りこそが異常だったのです」

「……俺は側付き失格だな。お嬢のそんな状態に気づきもしなかった……」

「わたくしも同じですよ、ダンフィル殿。これで、お嬢様の執事を名乗ろうなどとは、おこがましいにもほどがあります」

　ダンフィルさんもシレストンさんも、打ちひしがれていました。私も真実を知ったときには愕然(がくぜん)としましたので、おふたりはそれ以上でしょう。

「……仕方のないことではないでしょうか。ダンフィルさんはあのような深手を負うことも辞さないほどアンジーくんを守ることに懸命でしたし、シレストンさんも自由に身動きが取れないふたりの代わりに、方々(ほうぼう)を駆けずり回っていたというではないですか」

　むしろ、あそこまでアンジーくんのために尽くしたおふたりには、尊敬の念を抱くほどです。

「補足させてもらいますと、私が鑑定スキルにて得た情報でも、アンジーくんの身体はゴーレムという古代遺物(アーティファクト)だと表されていました。ゴーレムの有する能力は、〈精神転移〉と〈完全修復〉です。実は、リセランくんのチェーンソーでの事故のとき、アンジーくんは甚大(じんだい)な怪我(けが)をしていましたが……見る見るうちに完治してしまったのですよ」

「……それで、お嬢はもとに戻せるのか？」

「それについては大丈夫です。戻すこと自体は簡単なようですから。意識のないアンジーくんのもとの肉体は、衰弱の一途(いっと)を辿(たど)っています。この状態になってからすでに十日あまり……猶予(ゆうよ)はありませんでしたが、こうしてなんとか間に合いましたね」

〈森羅万象〉によりますと、本体である肉体が死しても、精神――魂といい換えてもいいでしょうか――が残るゴーレムの身体は、半永久的に生き長らえるようでした。

不老長寿は人類の夢。人によっては、あえて望む者もいるかもしれませんが……私には、そんなものが夢も希望も将来もある少女にとっての幸せなどとは思えません。

「……そうだったか。お嬢のことだけではなく、俺たちや侯爵家の家人のことまで慮っての芝居だったか。どうやら苦労をかけたみたいだな……悪かった。それから、感謝する」

「いいえ、そんな」

ない頭で必死に考えたものの、全員が無事に済む方法をこれしか思いつきませんでした。

両者が敵対して疑心暗鬼な以上、取れる手段は限られていました。仮に冒険者ギルドに潜んでいたあの場で真相を語っても、ダンフィルさんは信じてくれなかったでしょう。それどころか、私が幻惑されたことを疑い、アンジーくんとともに姿を消してしまう恐れもありました。

無理にアンジーくんを連れ去る方法はそれこそ対立を煽り、ダンフィルさんは奪い返そうと敵陣真っ只中に単身で突っ込みかねません。そうなれば、ダンフィルさんはもとより何人もの方が無駄に命を落としていたでしょう。

手っ取り早くアンジーくんの身体をゴーレムだと証明する手段もありましたが、さすがにそのためにアンジーくんを傷つけることなど、私にはできやしませんしね。

だからこそ、まずは全員が身動きの取れない膠着状態を作り出し、皆さんを『本物』と称されるベッドで眠るアンジーくんと引き合わせて、冷静に真実を語ることができる——この状況を作り上げる必要がありました。頭を使うといいますか、こうした策を巡らせることは慣れていないだけに、下手な芝居でボロが出そうになり、なにかと苦労しましたよ。

「さあ、アンジーくん。今こそ、もとに戻りましょう。アンジーくんはこちらのアンジーくんの手を取って……って、ややこしいですよね。つまりはふたりで手を繋ぎ、〝戻りたい〟と念じてみてください」

「う、うん……わかったよ、タクミ兄ちゃん」

シーツの脇から伸びた手に、アンジーくんが手を添えました。今度こそ、怯える様子はありません。

ベッドで横たわる寝間着姿の少女然としたアンジーくんと、その傍らでオーバーオールに帽子を被った少年姿のアンジーくんが並ぶさまは、なにやら神秘的ですね。

アンジーくんは手を繋いだままベッド脇に膝立ちになり、祈りを捧げるように目を閉じました。

「……戻りたい」

瞬間的に眩い閃光が大広間を包み込み——光が収まったあとには、すべてが終わっていました。

ベッドの上には眠り姫のアンジーくん。その隣では、オーバーオールを着た物言わぬ人形が転がるのみです。

皆で注視する中、それまでベッドで身動ぎひとつしなかった身体が、シーツの下でもぞりと動きました。ぴくぴくと瞼が痙攣し、銀髪と同じ色をした長い睫毛が緩慢に持ち上がります。

その瞳に光が灯った――と思いきや。

「ふわ～あ～、あふう」

飛び出したのは、限界まで大口を開けての大あくびでした。

「よっし！」

眠気覚ましと両頰を張ったアンジーくんが、ベッドからがばっと勢いよく上体を起こし――途端にふらふらとよろめいて、横倒しに倒れそうになりました。

「おおっと、駄目ですよ、アンジーくん。十日以上も寝たきりだったのですから、身体がびっくりしてしまいますよ」

こうなりそうな予感がしていましたので、素早くアンジーくんを受け止めました。

ただでさえ小さな身体が、昏睡による衰弱で驚くほどに軽くなってしまっていました。大あくびの際に、乾いた唇も切ってしまったようで、わずかに血が滲んでしまっています。

「ヒーリング。さらにヒーリング。もひとつヒーリング。念のためにヒーリングっと」

間髪いれず、アンジーくんの身体を癒しました。

神聖魔法は、魂のない相手には効果を発揮できないらしく、寝たきりのアンジーくんには作用しませんでした。おかげで、弱ったアンジーくんを前になにもできず、どれだけやきもきしたことか。せっかくですので、ヒーリングをさらに倍。大盤振る舞いです。

「どうですか？　私のことがわかりますか？　先ほどまでの記憶はありますか？　身体に違和感は？　他には他には……」

「タクミ兄ちゃん、焦りすぎ」

くすくすと笑われてしまいました。

「大丈夫だから。これまでの数日間もはっきりと覚えているよ。身体は……――ああっ！」

「ど、どうしました!?　なにか異変でも!?」

「タ、タクミ兄ちゃんは近づいちゃダメ！　オレ、十日以上お風呂入ってないから……臭いかも。それにパジャマだし……」

頬を赤らめたアンジーくんは、枕で顔を覆いつつ、シーツの中に隠れてしまいました。

なんといいますか……普段のアンジーくんで問題ないようですね、はい。慌てふためいて損した気分です。

見守っていたダンフィルさんやシレストンさんも、その様子に安堵の息を漏らしていました。

「……ふう。これで万事つつがなく、終わったわけですね」

「いや、終わりじゃないな。まだ成すべきけじめが残っている」

ダンフィルさんが顔を引き締めますと、侯爵様のもとに赴き、足元に跪きました。

シレストンさんも粛々とその後に続き、同じ姿勢で首を垂れています。

「……今回は俺の早とちりにより、旦那様に反抗し、あろうことかお嬢の命を危険に晒しました。これは許されざることです。なんなりと罰を」

「わたくしも状況を見誤り、執事としてあるまじき愚行を犯しました。この失態、どのような処罰も伏して受け入れます」

「ちょ、ちょっと、おふたりとも……」

慌てて割って入ろうとしましたが、両者の鋭い眼差しに止められました。私の解釈としては、〝あの状況では仕方なかった〟わけですが、どうやらおふたりはそれで納得などできないようです。

こうなってきますと、雇い主が侯爵様で、おふたりが従者として裁可を求めている以上、部外者である私が口出しすべきではないのかもしれません。

いつの間にかシーツから顔を覗かせていたアンジーくんも思いは同じのようで、眉をハの字にした心配そうな面持ちで、なりゆきを見守っています。

侯爵様は、腕組みをしたまま瞑目したのち、やがてゆっくりと目を開きました。アンジーくんと同じ色を湛えたその瞳は、まっすぐに従者のふたりを見つめています。

「すべては我が娘、アンジェリーナの身を慮っての行動であろう？　ならば、父親として感謝こそすれ、罰するなどあろうはずがない。もし、呵責によりどうしても罰を欲するというのであれば、これからも変わらぬ忠義で娘のために尽くしてやってほしい。それを此度の罰とさせてもらおう。それでよいかな？」

侯爵様は威厳ある態度で、朗々といって退けました。

「わあっ――」

アンジーくんが嬉しげに声を上げます。

私も思わず胸を撫で下ろしました。まさに大岡裁きもかくやというほどの、なんとも人情味あふれるご沙汰ですね。時代劇の大団円を観ているようで、いたく感激しました。拍手喝采をしたいほどです。

ダンフィルさんとシレストンさんも思いがけない恩情に言葉が出ないのか、俯くばかりです。

以前にダンフィルさんはサランドヒルの街で、侯爵様のことを腹黒だなんだといっていましたが、父性に溢れて身内の情にも厚い、素晴らしい人格者ではないですか。アンジーくんは家族に恵まれていて本当に幸せ者ですね。

「よかった、ダンフにシレストンも！」

アンジーくんはベッドから飛び降り、ダンフィルさんたちと喜びを分かち合っていました。

一時はどうなることかと心配しましたが、なんとか丸く収まったようで、なによりですね。終わりよければすべてよし、といったところでしょうか。

私の視線に気づいたのか、アンジーくんが胸元に飛び込んできました。抱き留めた血潮の通ったぬくもりを感じながら――この小さな生命が守られた幸せを噛み締めるのでした。

◇

蝋燭の淡い光が照らす地下室で、アルクイン侯爵家が当主、ジェラルド・アルクイン侯爵は、ひとり佇んでいた。

単に地下室というには広すぎる空間であり、壁を埋め尽くす書棚には隙間なく収められた膨大な書物、大きな机には数々の器具や魔道具が並び、まるで実験室のような様相を呈している。

「古代遺物のゴーレムか……惜しいことをした。上手くゆけば、この身を朽ちぬ人形へと移し替え、永遠の生を手にできたかもしれんものを……」

ジェラルドは、開いた書物に目を落とし、部屋の暗がりに向けて語りかけていた。

返答するように、もぞりとなにかが暗闇で蠢く。それは巨大というよりは長大な影であり、金属の擦れるような耳障りな音を奏でつつ、闇の中で床を這いずっていた。

「なぜ止めた？」

ジェラルドの問いに、暗がりの中でなお昏い影が、ゆらりと垂直に持ち上がる。

「呆れるほど強欲ね、人間は。人間とは、家族とやらを大事にすると聞いていたけれど、違ったかしら？」

不意に若い女の声がした。異質なのは、その声がジェラルドの遥か頭上――三メートルほどの高所から降ってきたことだ。

しかし、ジェラルドは意に介さず、平然とした口調で返した。

「一般論としては間違っていない。単に優先順位の問題だ。将来、様々な使いようがある娘は貴重だが……あのゴーレムの使用に相性があるといったのはおまえだろう？　近しい血族ならば、それが測れるとも。この身で万一にも失敗は許されん。だからこそ、やむなく娘を実験台として使ったまでのこと。虚を衝かれて逃げられてしまったのは、予想外だったにせよだ。娘なら替えが利くにしても、この私はそうもいかない。いたし方なかろう？」

ジェラルドの言葉に逡巡は窺えず、思っていることを淡々と喋っているに過ぎない。どうでもいいように軽く肩を竦めるさまは、血を分けた実の娘を本当にそれ以上とも以下とも考えていないことの表れだった。

「酷いお父さんねえ……ふふっ」

台詞とは裏腹に、楽しげな口調の声が響く。

「おまえのような魔物にいわれるとはな。結果的には娘も無事だったのだから、なにも問題なかろう。しかし、真の問題は、あのゴーレムに忌々しい所有者登録があったことだな。娘が実体に戻った今ならば、娘を処分することで、登録解除できようものだが……なぜ、止めた？」

そこで、最初の質問に立ち返る。

「この顛末自体がイレギュラーよ。これで今後、あの小娘が不自然に死ぬようなことでもあれば、またあの男が確実に関わってくるでしょう？　それはこちらとしても困るのよ。〝構うな〟――それが絶対たる我が君からの言いつけなの」

闇を這いずる長い影がとぐろを巻き、ジェラルドの背後に回り込む。耳元でシューシューと呼吸音を響かせながら、生温かい吐息が首筋を舐めるが、ジェラルドはさしたる反応も示さない。むしろ、煩わしそうに首もとから肩にかけてを手で叩きながら、平然といい切った。

「汚らわしい魔物の都合など知ったことではないが……それ相応の見返りはあるのだろうな？」

しばしの静寂。燃え尽きかけた蝋燭の火がちりちりと鳴る音だけが、辺りを支配する。

「――ふふっ。不遜にして傲慢だこと。やはり貴方は面白い人間ね。いいでしょう、今度会うときまでに別の玩具を見繕っておくわ」

愉悦に満ちた笑い声を残しながら、影は背後の暗がりの中へと溶け込んでいった。

残されたのは、先刻となにも変わらずに書物の頁をめくる、ジェラルド侯爵の姿だけだった……

第二章　王太女一行と犯罪者ギルド

アルクイン家のお家騒動も無事に円満解決しまして。侯爵様の用事も済んだということで、アルクイン家の皆さんは別荘を引き払い、領地に帰ることになりました。つまりお役ごめんの私は、ここでお別れということです。

「えー、やだー」

アンジーくんには名残惜しまれ、一緒に領地まで行こうと可愛らしい我儘で誘ってくれたのですが、不躾にも親娘の団欒の馬車旅に割り込めるほど、私も図々しくはありません。それに、例の強引な訪問の一件で、シレストンさんを筆頭とした家人の皆さんに、私はずいぶんと腫れ物扱いされています。わざわざ皆さんの居心地を悪くしてしまうこともないでしょう。

ダンフィルさんの口添えもありまして、アンジーくんにはどうにか諦めてもらいました。口をへの字にして拗ねられてしまいましたが、これればかりはいかんともしがたく。申し訳ないとは思いつつも、こんな純粋な子にこうも慕われては嬉しくなってしまいますね。爺冥利に尽きるというものです。

とりあえず、私のほうはこれといって急ぎの用事もありませんでしたから、ひとまず王都に戻ることにしました。

行きは文字通りに飛んできてしまい、旅情もなにもありませんでした。物凄い速度で後ろに流れていく風景と、地面に突き刺さった記憶しかありません。ですので、帰りくらいは観光がてら、鈍行の乗合馬車でのんびり馬車旅と洒落込もうかと思っています。見知らぬ地で、なにか面白い発見でもあるかもしれませんし。

ひとり旅も久しぶり……などと思っていたのですが、ひょんなことから意外な旅の道連れができました。

「どーもです！」

「……ぁーぅー」

行く手で待ち伏せていたのは、チシェルさんとリセランくんでした。

あの後、無事にアルクイン家から報酬が支払われ、当面の生活費には困らなくなったということで、おふたりは念願だった王都に行ってみることにしたそうです。それで、どこで聞きつけたのか、王都に戻る私と目的地が同じということで、道案内をお願いされました。

今回の私の作戦では、結果的におふたりを騙した引け目もありましたので、ここは罪滅ぼしを兼ねて快く引き受けることにしました。なにより、ひとりよりも大勢のほうが旅も楽しいですからね。

カレドサニア王都までは、飛行距離――もとい、直線距離にしておよそ二百キロ。陸路では東の城砦を経由しないといけませんから、二百五十キロの道のりといったところでしょうか。

当初の予定では、せいぜい一週間ほどの馬車旅と見越していましたが、どうやらもっと長旅になりそうです。

　なにせ、リセランくんは巨人族。あまりの体格と体重に、乗せてもらえそうな乗合馬車がありません。〈万物創生〉で別の乗り物を用意する手もありますが、リセランくんを乗せられるサイズとなりますと、それなりに大型のものになってしまいます。それでは街道の道幅の大部分を占めてしまいますから、他の通行人の迷惑になってしまうでしょう。この時点で徒歩での移動が決定しました。

　もとよりおふたりも徒歩の旅に慣れているようで、出発時にはチシェルさんが当然のようにリセランくんによじ登り、悠然と肩に跨っていました。どうやらそこが普段からの定位置らしいですね。

　ただ、縦にも横にも大柄なリセランくんと、ただでさえ種族的に小柄なチシェルさんでは、見た目の対比が物凄いです。まるで父親に肩車されている幼子のようですね。チシェルさん的には、お姉さんとして上から弟に指示を出しているつもりのようですから、いわぬが花というものでしょうか。

「それにしても……リセランくんは旅の間もそのお面は外さないのですか？」

　相変わらず、リセランくんの顔は白くのっぺらとしたお面で隠されています。これは正体を偽るためのものと聞きましたから、移動中まで顔を隠す必要もないかと思うのですが。

「……？」

　こちらを見下ろしながら、リセランくんが小首を傾げました。お面越しとはいえ、その下のあどけない少年の顔を知っていますから、不思議と愛嬌があるように見えるものですね。

「あ〜。こいつは、いわゆる〝厄除け(やくよけ)〟でして」

代わりに答えてくれたのはチシェルさんでした。

「縁起的なものですか？　もしや、古くから一族に伝わる習わしなどで？」

チシェルさんを見上げます。

私も身長が百七十センチ以上ありますが、軽く二メートルを超えるリセランくんに、さらにその上のチシェルさん相手となりますと、隣り合って話すのにも首が疲れてしまいそうですね。

「そんな、たいそーなもんでも。リセランも素顔だと、子供とわかって舐(な)められちまいますからね。なに考えてるかわかんねー相手でこのガタイなら、たいてーの小悪党(こあくとー)はちょっかいかけてこなくなるってーもんです」

「ほほう、なるほど。そういうことでしたか」

いわれてみますと、すでにそれなりの距離を歩いているはずですが、今日はまだ野盗の類(たぐい)に出くわしていませんね。これは、この見た目の抜群なインパクトを誇るリセランくんのおかげでしたか。

これぞ、〝戦わずして勝つ〟の極意かもしれません。厳密には勝つわけではありませんが、無益な争いごとなど避けられるものでしたら避けたいですしね。

『スカルマスク、クリエイトします』

私もさっそく極意を実践(じっせん)してみることにしましょう。この格好よさと威厳を兼ね備えた仮面を隣で装着していたら、リセランくんの威圧感と相まって、無敵ではないでしょうか。おいそれと手を出してくる輩(やから)もいなそうです。

「どうです、これ？」

「ぉぉ……かっくいー」

心なしか興奮したように、リセランくんの声が弾んでいます。好評のようですね。

「……あちしは普通におっかないんですが。にーさん、こっち向かねーでもらえると」

チシェルさんは女性ですから、この格好よさがいまいち理解できないのかもしれませんね……残念です。

「なにはともあれ、張り切って出発しましょう」

「おー」

こうして私たち一行は、一路、王都を目指すことになりました。

――後日、この近辺では、正体不明のふたり組の怪人の目撃談があったそうでして。なんでも、怯える小さな子供を担いで連れ去っていったとかなんとか。

なんとも物騒な世の中ですね。はい。

◇

こうして徒歩で進んでいますと、この地域は人里が近い割に未開拓な土地が多く残されていました。そこかしこに自然そのままの風景が見受けられ、これも避暑地として貴族様たちに人気である所以（ゆえん）なのかもしれませんね。道路などもほぼ手つかずで、本道と呼べそうな大きな主要道路が少なく、自然の地形に任せて入り組んだ数々の支路で構成されています。

で、なにがいいたいかといいますと……すっかり迷ってしまいました。

やはり、二時間ほど前の道での分岐を、悩んだあげくに右に曲がってしまったのが間違いだったようですね。出がけにケルサ村で大枚（たいまい）をはたいて購入した地図でしたが、日本の地図のように精密とはいきませんでしたか。

（ここ……どこでしょうね？）

などと、おくびにも出さずに自信ありげに先頭を歩く私ではありますが、実のところ絶賛彷徨（さまよ）い中だったりします。

リセランくんは見かけ通り細かいことを気にしない性質（たち）なのか、私の後について黙々と歩を進めています。チシェルさんはその肩の上で、気持ちよさそうに頭にもたれかかって転寝（うたたね）しているようですね。揺りかご効果なのでしょうか。

まあ、急ぐ旅路ではないのですが、案内役を引き受けた手前、あまり格好悪いところは見せられませんよね。

時刻はまだ昼すぎですから余裕はあります。とりあえず、今いる林道を抜けて、大きめの道に合流できたらなんとかなるでしょう。

「……うみゃ？　今、なにか聞こえませんでしたか？」

いつの間に起きたのか、チシェルさんが眠たそうな声を上げ、耳をそばだてました。

「なにか、ですか？　どれどれ……」

私も耳を澄ましてみましたが、特になにも聞こえません。

「う～ん、どうですかね……チシェルさん、どのような音が聞こえました？」

「あ、にーさん。こっち向かないでくだせー。直視されるとやっぱ怖いです」

スカルマスクを被ったまま振り向いただけで、すごい嫌そうに顔を背けられました。そこまでですか。

「あちし、『斥候』職なもんで、耳はいーんですよ。ほら、また」

チシェルさんが指を差した方向に集中しますと、たしかに遠くでなにか物音らしきものがしていました。木々の葉擦れの音に紛れて距離は掴みかねますが、実際にはそこまで離れていないかもしれません。

「これは……悲鳴ですかねえ？　しかも、複数の」

「悲鳴ですか⁉」

でしたら、このまま捨て置くわけにはいきません。

「行ってみましょう！　先に向かいますよ！」

チシェルさんが指差した先は、林道から外れた茂みの奥でしたが、さほど木々が密集しているわけではありません。強引に突っ切れそうです。

「ああ、にーさん！　面倒事にはかかわらねーほーが！　……つーても仕方ねーですか。リセラン、ゴー！」

木と木の間をすり抜けて走る私の後ろを、進行上の邪魔な木々を薙ぎ倒しながら、除雪車のごとくリセランくんが追いかけてきました。……なんだか、私が追い立てられている気分になるのはなぜでしょうか。

距離が縮まるにつれ、私にもはっきりと騒動が聞き取れました。悲鳴や怒号が飛び交い、金属音や爆発音が入り乱れ、誰かが派手に争っているようです。

「これは少々嫌な予感がしますね……急ぎませんと」

ようやく木々を抜けますと、少し開けた場所に出ました。

ここも数ある林道のひとつのようで、道から外れた茂みに突っ込んで横転した馬車と、それを取り囲む大勢の人の姿が見受けられました。怪我人も複数いるようで、地面のあちらこちらで倒れて身悶えしています。

身動きの取れない馬車の扉から身を乗り出しているのは、目の覚めるような煌びやかな髪色の女の子です。おそらくまだ十代なかばにも届いていないでしょうが、身なりも良く妙に小綺麗で意匠の凝った衣服――日本でいうところの女学生の制服に似通った服を着ていますね。ひらひらしたミニスカートなど、この異世界では珍しいのではないでしょうか。どこかの良家のお嬢さんか、貴族の子女さんですかね。

対して馬車を包囲しているのは、粗雑な格好で武器を携えた、強面のいかにもな人たちでした。嘆かわしいことにこの異世界ではよくありがちな、野盗による旅人への襲撃場面のようですね。

混乱して嘶く馬車馬の傍には、五人ほどの鎧姿の方々が倒れています。身なりからして護衛の騎士さんなのでしょうが、なにせ相手の野盗は二十人からなる集団です。野盗というより盗賊団といったレベルですから、完全武装の騎士さんでも四倍近い戦力差になす術がなかったようですね。存命はしているようですが、怪我をしてしまい動けないようです。

この典型的なシチュエーションですから、味方すべきは襲われている女生徒——ではなく、女の子のほうでしょう。

即断して、加勢しようとしたのですが——

「ぎゃあぁ～！」

新たな悲鳴が上がりました。野太い男性の。

「……おや？」

野盗のひとりが、盛大な炎に包まれていました。地面を転げ回り、他の野盗仲間から砂をかけたり上着で叩かれたりして、どうにか火は消し止められたようですが、重度の火傷で起き上がれないようです。

そこで、あらためて状況を窺って気づいたのですが……野盗たちは馬車を囲むというより、遠巻きに距離を取っているようでした。武器を構えてはいますが、それもどうも及び腰で。

反して馬車の女の子は、無手ながら野盗よりもよほど自信に満ち溢れているように見えました。倒れた馬車の扉に片足を乗せながら、姿勢正しく背筋を伸ばし、笑みさえ浮かべて実に堂々とした振る舞いです。

（なんなのでしょうね。明らかに、女の子側に余裕がありますよね。不可解なこの状況は？）

それで思い至ったのは、先ほどの現象でした。この場には火の気はありません。では、どこから火が生まれたのでしょうか。

その答えを、私はすぐさま目の当たりにすることになりました。

「フィルム・マニラ・スム！」

凛とした声が響き渡りました。

「ラ・セル・ドニカ！　猛く燃え盛る紅蓮の炎。爆炎となりて弾け散れ——フレイム・ボム！」

女の子が水平に掲げた掌から一メートルほどの火球が生み出され、まっすぐに射出されて爆発しました。着弾点にいた野盗が二、三人まとめて炎と爆風に呑み込まれ、火だるまのまま宙をきりもみしています。

「ふははははっ！　愚か者どもが！」

爆風にミニスカートをはためかせながら、少女の高笑いが響きました。可愛らしい制服姿との差がすごいですね。

「……魔法ですかね、あれは。どうも手助けする必要もなさそうな」

複数の悲鳴が連なり、一帯が炎に彩られ、なにやら地獄絵図なのですが。

「ですねえ。どーします、にーさん？」

あちらは戦闘に夢中で、私たちの存在には気づいていないようです。道端に立ち尽くしてなりゆきを窺っていたのですが、ここまで来てしまった以上、すごすごと引き返すのもなんでしょう。

「一応、加勢だけはしておきましょうか。多勢に無勢ですから、なにが起こるかわかりませんし」

「……ネエちゃ、ここ」

リセランくんが、チシェルさんを手近の高い木の枝に避難させていました。お姉さん思いの弟さんですね。

「行きますよ、リセランくん」

「うぃ」

ふたり並んで、参戦します。

その間にも、野盗側はさらに三人減っていましたので、出番はなさそうですけれどね。

「くっそ、このガキ！　話と違うじゃねえか!?」

「ふははは！　まだまだ焼きが足らんと見えるな？　この余に害をなそうなどという不届き者どもが。分不相応を知るがよいわ！」

……なにやら白熱していますので、どうにも横槍を入れづらい雰囲気です。

「あの〜、すみません」

申し訳程度に声をかけますと、女の子と野盗たち――両者の視線が同時にこちらに向きました。

「――!?　なんと奇異なる出で立ちよ――おのれ、増援とは猪口才な！　いいだろう、燃やし尽くしてくれるゆえ、そこになおるがよい！」

どういうわけか、女の子に一目で敵認定されてしまいました。

「おおっ、あんたら味方だな――助かったぜ！」

そして、野盗には即座に味方認定されてしまいました。なぜ。

（さて、どうしてこうなったのでしょうね……？）

◇

ここは、名も知らないとある廃村。十戸に満たない廃屋からして、よほど小さな集落だったのでしょう。すでに人の気配が絶えて久しいようで、生活の名残が周囲の自然と同化しつつありました。

そんな中、ひと際大きい――といいましても、せいぜい三十畳程度の広さでしたが、大きめの一軒屋がありました。

屋根の大半は朽ち果てて空が覗いていましたが、建材の基礎としては割と立派な造りです。おそらくは公共の施設――礼拝堂などであったのでしょうか。祭壇らしき壇上に、等間隔に並べられた長椅子が、教会っぽい気がしないでもありません。

そこもまた廃屋であり、生活感の欠片もなかったのですが……今だけは異常なほどに人口密度が過密化していました。

椅子に足を投げ出し、地べたに寝そべり、倒れた棚の残骸をテーブル代わりにして酒を呷っていたりと、各々好き勝手にくつろいでいます。大声で喚き散らし、中には喧嘩をはじめている人たちまでいますね。なんともまとまりのない、混沌とした状態といいますか。そういった二十人以上の人間で、これまでひっそりと自然と静寂に埋もれていたであろう廃屋は、がやがやとうるさいほどに賑わっていました。

（どうしてこうなったのでしょうね……？）

喧騒を眺めながら、同じ問いで自問しました。

あのとき──女の子の加勢に躍り出たまではよかったのですが、どういう行き違いか完全に敵扱い。しかも、優先的に魔法で狙われてしまう始末です。

魔法の前に屈した野盗たちにはどういうわけか味方扱いされてしまい、あれよあれよという間に私まで連中のアジトに敗走する羽目になってしまいました。

一緒に逃げてきたリセランくんも状況を理解していないのか、崩れかけた壁に寄りかかって胡坐をかいたまま、ぼ～っとしています。時折、大鉈をぶんぶん振り回しているのは、退屈なのでしょうかね。

相手は野盗。馬車を襲っていた現行犯でもありますから、ここで全員を退治してもよいのですが……なにせ、こちらはもとより迷子の身、さらになし崩し的に連れてこられてしまったもので、ここがどの辺りに位置しているのかすらさっぱりです。いざ連中を捕まえたとしても、肝心なその後の処遇をどうにもできません。

幸いにもこうしてアジトの場所は割れていますので、隙を見てお暇させてもらい、近隣町村の役所に届け出るのがベターでしょうか。

ただし、その前に、ひとつだけ確かめておきたいことがありました。

連中が襲った馬車ですが、一見して名のある貴族家のものでした。いくら実入りが大きそうとはいえ、五人もの屈強そうな護衛がいる馬車をそうそう襲ったりするものでしょうか。たとえ成功しても、あとが怖い気がします。

それに、混乱のさなかでひとりが口走っていた『話と違う』という台詞が気になりました。連中が魔法に対して飛び道具で応戦しなかったのも、実はあの女の子の身柄が目的だったとか、そういうことでしょうか。

……なにか、陰謀めいたものを感じますね。襲撃は突発的ではなく、計画性のあるものだった……とか。ちょっと気になります。

これもなにかの縁ですしね。せっかくこうして敵の中枢に紛れ込めているのですから、そこらへんに少し探りを入れてから脱出しても遅くはないでしょう。

ですが、それには問題がひとつ。

さりげなく聞き込みをしようにも、誰も私たちの周囲三メートル以内に近づいてきません。視線を向けただけでも、あからさまに明後日の方向に目を逸らされます。こちらから近寄づこうものなら、いっせいに喧騒がやみますので、さりげなくなど程遠い状態です。なにか、〝触れるな危険！〟の危険物扱いされている気がしないでも。

おかげで、今はまだ大人しく静観するしかないのですが、それでも多少の情報を得ることができました。

どうもこの集団——各々の無秩序ぶりからも、きっと臨時の寄せ集めかなにかなのでしょう。こうして部外者の私たちが平然と紛れ込んでいられるのも、その証ですよね。

そして、そんな連中がなにをするわけでもなく、この場に留まっているということにも意味があるはずです。なにかを待っている――そう考えるのが無難でしょうか。いっそ手っ取り早く黒幕でも登場して、懇切丁寧に説明してくれたら楽なのですけどね。

（まあ、毎度そうそう都合よくは……いくかもしれませんね。ふむ）

建物の外で馬車の停まる音がして、誰かが入ってきました。話し声からして、ふたり組のようですね。遠目のシルエットからも、ノッポさんとおデブさんの大小コンビであることが窺えます。

なかなか入ってこないと思っていますと、立てつけの悪い壊れかけた扉を無理に開けようとして扉が外れ、おデブさんの脳天を直撃して悶絶していました。ノッポさんがしきりに宥めていましたが、おデブさんは怒りが冷めやらぬのか、倒れた扉に八つ当たりで何度も蹴りを入れています。しかし、逆に扉の角に脛を強かにぶつけたようで、蹲って悶絶していました。それを見たノッポさんが大慌てしてして――

（……なにをやっているんでしょうね、あの人たち？）

出入口付近で、しばらく漫才を繰り広げてから、ふたりは澄まし顔で廃屋に入ってきました。なんともまあ、ふたりともまるでこれから仮面舞踏会にでも出席するかのような場違いな格好でして、目元を覆う煌びやかなマスクと、無駄に豪華な外套が目を引きます。はっきりいって、奇をてらった悪趣味な仮装としか思えません。

貫禄たっぷりといった歩みですが、すでにこれでもかと醜態を晒した後ですから、威厳もなにもあったものではありません。冷ややかな眼差しで出迎えられていることに当人たちは気づいていないのでしょうかね。

ふんぞり返ったおデブさんを先頭に、ふたりが壇上に立ちました。マスク越しにもわかる見下した視線で、嘲(あざけ)るように全員を一瞥(いちべつ)します。

(どうしてこう、所作のひとつひとつになんとも生理的な嫌悪感を抱いてしまうのでしょうね……特におデブさん)

無遠慮な痰(たん)が絡んだ咳払(せきばら)いに、思わず眉(まゆ)をひそめてしまいます。

しかしながら、よくよく見ますとこのふたり――この特徴のある体形といい、この癇(かん)に障(さわ)る横柄(おうへい)な態度といい――どこかで見覚えがある気がしないでもありません。

(はて。う～ん、どこだったでしょうね？)

悩むのも束の間、厳(おごそ)かな口調で話し出したその声に記憶が刺激されて、唐突に閃(ひらめ)きました。

我ながら、声に出さなかったのはすごいと思います。なにせ、そのふたりとは――王国から追放されたはずの、あのメタボな元王様とお付きの元宮廷魔術師長だったのですから。

◇

「あああ……あちしはいったいどーすれば……？」

地上四メートル近い木の上に取り残されたチシェルは、茫然(ぼうぜん)と眺めていることしかできなかった。

馬車から繰(く)り出される魔法の炎で、野盗たちは散りぢりに逃げ出し、あまつさえリセランとあのタクミなる人物も追い立てられて、一緒に逃げ出してしまった。

加勢に入ったはずの相手から完全に敵視され、あれだけ魔法の集中砲火を浴びたのでは、逃げた判断自体は責められない。なにせ、リセランはあの巨体だからして、魔法などのいい的だ。実際、比喩ではなくお尻に火が点いていたのだから、リセランのためにも緊急避難はやむなしだと、チシェル自身も納得してはいる。

ただし、結果はやむなしだとしても、原因に関してはそうではない。と、チシェルは切に思う。あれはない。リセランのお面は幼い正体を隠すために仕方ないとしても、あの髑髏はない。あり得ない。だから、あの不気味な髑髏はやめたほうがいいといったのだ。素顔はあれだけ毒気のないのほほんとした雰囲気なのだから、たとえ怪しい容姿のリセランが一緒でも、話くらいは聞いてくれたはず。それが、闖入者がふたり揃って怪しいものだから、問答無用で盗賊の仲間扱いときたものだ。

あれはもう、どうしようもない。たとえチシェルが当事者だったとしても、助けなどとは夢にも思わなかっただろう。

「……だから、面倒事にはかかわらねーように、忠告したってのに……」

今回、偶然にも知り合ったタクミなる人族は、大貴族のアルクイン侯爵家の関係者だけに、これ幸いと王都まで案内役を頼んだものの、外面はまともに見えて、まさかあれほどはっちゃけた残念な性格だったとは。

一時は侯爵家相手に偽剣聖が露見して命運尽きたと覚悟したが、お咎めなしどころか思わぬ大金まで手に入れて、運気もまさに絶好調――などと思っていたところにこの落とし穴とは、急転直下も甚だしい。これも人様を騙した報いか。お天道様は、しっかりと見ているものらしい。

　それにしても、とチシェルは身震いする。

（あの、にーさん。何者なんでしょーかね……）

　あれが見かけ通りの人族か、というより生物なのかすら疑わしい。

　なにせ、魔法の火球の直撃を受けても熱線に曝されても、ダメージを負った気配は微塵もなかった。それどころか、集中砲火を浴びている状況にもかかわらず、誤解を解こうと平然と馬車に近づこうとするものだから、より苛烈な抵抗を受けていた。

　おかげで周囲一帯は火の海。紅い炎を照り返す金色の骸骨頭は、白昼の悪夢のようだった。

　しかも、飛び散った残り火がリセランに引火したときも、あの巨体を事もなげに頭上に抱えて、すたこらさっさと逃げ出した。巨人族としてリセランはまだ子供だといっても、その体重は四百キロを超えるはず。決して、〝ひょい〟などという擬音で持ち上げていい重量ではない。

　そんな相次ぐ異常な状況に、仲間と信じ込んでいた盗賊たちまでもが、明らかに引いていた。

（案内役を頼むのは、見直すことにしましょーか）

　チシェルはそう心に誓うものの、それ以前に現状として、由々しき問題がまだふたつほど残っていた。

　ひとつめの問題は、チシェルが見渡す視線の先に、まだ先ほどの馬車が停まったままということだ。どうやら怪我をした護衛の治療や、横転した馬車を起こすのに手間取っているらしい。それ自体は「どうぞごゆっくり」といいたいところなのだが、なにぶん今いる場所が悪すぎた。

こちらから見渡せるということは、あちらからもそうだということ。ろくに枝葉もない木の上では隠れようがなく、今のチシェルにできることといえば、こうして息を殺してじっと身を潜めるほかにない。もし、発見されればどうなることか——チシェルにはこんなところで木に登っていながら、偶然通りかかったと弁明できる自信はない。

そして、ふたつめ。こちらのほうが深刻だった。あれからもう一時間ほど経つものの、ふたりが戻ってくる気配がない。

まさか、あのまま盗賊と行動をともにしているわけでもあるまいし、さすがに忘れ去られているということもないだろう。ないはずだと信じたい。タクミはともかく、リセランが戻ってこないとなると——

チシェルはちらりと真下を見ようとして、すぐに青くなって視線を遠くに移した。

地面までの距離はおよそ四メートル。身長の三倍ほど。身のこなしの軽い者なら、冒険者でなくとも鼻歌交じりに飛び降りれる高さだろう。しかし、誰しも苦手なものはある。チシェルの場合は、それが高所だったというだけだ。リセランの肩の高さくらいまでは慣れているので平気だが、それ以上は足が竦(すく)んでしまう。姉の威厳を保つため、弟にそのことを教えていなかったのが仇(あだ)となった。

つまり今のチシェルは、木の上に隠れているというよりも、木の上から動けないでいるという表現のほうが正しかった。

「…………あ」

──そして、たった今。新たな問題が発生したところだ。

馬車で作業をしていたメイドのひとりと、ばっちり目が合った。

チシェルが愛想笑いで誤魔化そうと試みるものの、この距離で表情までが視認できるはずもなく──にわかに馬車の周辺が騒がしくなり、三人の人物がチシェルのいる木に悠然と歩み寄ってきた。

背後にふたりの護衛を従え、胸を張って堂々と先頭を闊歩するのは、先ほどの魔法使いの少女だ。少女は無手でも魔法が使える以上、常時武装しているようなもの。しかもその魔法の威力の凄まじさは、先ほどの戦闘で証明済となっている。

護衛のほうはすでに剣を抜き、鬼気迫るものがあった。盗賊との戦闘で負傷したばかりの包帯が痛々しい。まるで、その借りを返さんばかりの勢いだった。

（ひ～ん。それ、あちしは関係ねーですよ!?）

無防備な木の上で、魔法で狙い撃ちされてはひとたまりもない。さりとて、剣の錆と消えるのもまっぴらごめんだ。

（んな無慈悲な二択は、ご勘弁くだせー！）

チシェルは、おろおろと周囲を見回しては顔を青くし、下を見下ろしてはまた顔を青くした。

「ああああ。どーしよ、どーしよ！」

そうこうしている間にも、両者の距離は縮まる一方。そして、お互いの表情が目視できる距離まで来たかと思うと、少女は不意に足を止めた。

短いスカートからすらりと伸びた足で仁王立ちし、両手を腰に当てて威圧するように仰（の）け反っている。チシェルに比べると随分と年下に見えるが、その身に湛（たた）えた威厳と存在感――いや、尊大感とでもいうべきか――は比ぶべくもない。

少女はまっすぐにチシェルを見上げると、颯爽（さっそう）と長い白金髪（プラチナブロンド）を掻（か）き払い、凛（りん）とした声音（こわね）を張り上げた。

「そこな者！　余（よ）の名はシシリア・オブ・カレドサニア！　このカレドサニア王国の王女である！　余（よ）を見下ろす不敬は許さぬ！　まずはそこから下りてくるがよい！」

「うみゃあ!?」

その声量と迫力に、チシェルは自ら下りるまでもなく、そのまま枝から地面に滑（すべ）り落ちたのだった。


がたごとと揺れる馬車の中。チシェルは身の置き場もないように、ソファーの端にちょこんと座っていた。

人生で目にしたことすらない豪華絢爛（けんらん）な内装に、ゆっくり寝そべれそうな広々とした車内、これでもかと臀部（でんぶ）が沈み込む最高品質のソファー――高級宿もかくやという馬車に圧倒されて、チシェルは場違いどころか異世界に迷い込んだような感覚に苛（さいな）まれていた。これなら、ぎゅうぎゅう詰めに押し込められた荷台に、揺れるたびに尾てい骨を強打する固い板張りの乗合馬車のほうが、よっぽど気分が安らぐというものだ。

もっともチシェルが落ち着かないのは、車内の環境のせいだけではない。もっというと落ち着かない原因の大部分は、ソファーの対面に座る人物だった。

手入れの行き届いた白金髪(プラチナブロンド)の長髪に、驚くほどに目鼻立ちの整った美形。見慣れない異国の装束を優雅に着こなすのは、シシリア・オブ・カレドサニア――先般、王位に返り咲いた女王ベアトリー・オブ・カレドサニアの長子であり王太女であることは、カレドサニア王国に住む者ならば誰しもが知るところである。

しかし、王太女は幼き時分より王宮の深奥に秘され、物心ついてからは他国へと留学していたことにより、実際にその容姿を知る者は少ない。噂が確かであるならば、一見大人びていても、王太女はまだ今年で齢(よわい)十二のはずだ。

チシェルは十九歳で七つも年上になるが、年長者としての心的優位性など無きに等しい。なにせ、国内では半ば(なか)天上人扱いされている王太女であるからして、こうしてわずか一メートルの距離で向き合っているチシェルの心情は、推して(お)知るべしである。

チシェルが畏(かしこ)まったままおそるおそる視線を上げると、その様子をじっと観察していたシシリアと目が合った。慌(あわ)てて目を逸(そ)らそうと顔ごと派手に動かしたため、馬車の内壁に強(したた)かに顔面をぶつけてしまう。

「あ痛っ――ててて……あ。こ、これは、ご無礼(ぶれー)を！」

あたふたするチシェルを愉快げに眺めながら、シシリアは口元を押さえている。珍しい異国の短いスカートからすらりと伸びる足を組み、胸の前で腕組みする所作のひとつをとっても、えもいわれぬ気品に満ちている。年齢的なもので肢体こそまだ未発達だが、それが逆に中性的な神秘性も醸し出し、まるで生命を与えられた美術彫刻像を思わせた。

「よいよい。そちは愛らしいなぁ。のう、クリス？」

シシリアは隣に座る少女に声をかけた。

「そうですわね、ふふっ」

朗らかに微笑んだのは、メイド服姿の少女で、先ほどチシェルを発見した人物でもある。

年の頃はシシリアと同世代か若干幼いほどで、艶やかな金髪に澄み切った碧眼を持ち、こちらもまたかなり将来有望な見目麗しい少女だった。シシリアを凛々しい清爽系とするなら、クリスは可愛らしい癒し系だろう。どちらも方向性が違う美少女だけに、隣合うとお互いがよく映える。例えるなら雰囲気や髪色からも、月と太陽といったところか。並んで穏やかに談笑を交わすさまが、実に絵になるふたりだった。

「仲、いーんですね」

王太女とそれに仕えるメイドという立場だろうが、ふたりを包む独特の空気からも、チシェルにはふたりに身分の差を超えた絆のようなものがあるように感じられた。

「うむ。余とクリスは幼馴染でな。幼少より、かれこれ十年になるか」

思わず口に出てしまっていたことに焦ったチシェルだったが、シシリアは気にすることなく気さくに答えてくれた。

「そーなんですか。ははは……」

　チシェルは愛想笑いで応じつつも、内心で気を引き締める。

（いけねー、いけねー）

　ついふたりの関係を自分とリセランに重ねてしまったが、なにせ相手は王族で、しかも王太女。いくら今はにこやかにしていても、どんな些細なことが気に障り、無礼討ちされるかわかったものではない。なにせ誤解とはいえ、タクミはともかく弟のリセランが、畏れ多くも王太女に敵対したとなると、反逆罪の咎で極刑になりかねない。

　だからこそチシェルは、あのときの木の下で、シシリアへの申し開きとして、とにかく思いつくまま必死にまくし立てた。

（……通りがかりの戦闘に驚いて、手近の木に駆け登って下りられなくなったとか……あちしは仔猫ですかい）

　チシェル自身で思い返しても説得力に乏しい内容だったが、なぜかシシリアはすんなりと信用してくれた。

　どうも、シシリアもクリスも、小人族という亜人に馴染みがないらしく、チシェルが見た目通りの人族の子供だと思っている節がある。箱入りのお姫様だけあって世間知らずか、その実、そう思わせておいて訳ありを察してくれたのか。どちらにせよ、命拾いしたのだけは確実である。

「なに？　そちも王都カレドサニアへ向かっておるとな？」

　チシェルにとって誤算だったのは、言い訳ついでに漏らしてしまった目的地が、相手と同じだったということだ。

「それはよい。我らも陛下の命により、留学先から王都に舞い戻る途中でな。その身でひとり旅は難儀であろう？　これも縁よ、余とともに来るがよい。クリスもそれで構わぬな？」

「ええ。よろしいですわね」

いったん口にしておきながら取り消すわけにもいかず、後の祭りだった。王太女直々に、〝驚かせて迷惑をかけた詫び〟とまでいわれてしまっては、チシェルには断る術がない。

そんなこんなで――王太女一行に同行という、こうした肩身の狭い現状があるわけだ。

（ああ～、リセラン～）

別れたままで心配でもあるし、無事に再会できるかの不安もある。ついでに、ここから助けてほしい願望もある。複雑な心中で、チシェルは愛しい弟の名を叫ぶのであった。

そして、その頃――当の本人たちが、王太女一行の襲撃計画を算段していようなどとは――チシェルには知る由もなかった。

◇

メタボな王様に、宮廷魔術師長さん。いえ、ふたりとも〝元〟ですか。女王様より追放されたと聞いてはいましたが、こんなところをうろうろしていたのですね。

「はあ？　失敗しただと!?　貴様らはいったいなにをやっている！」

元王様――もといメタボさんが、野盗の人たちからの報告に、激昂してがなり立てていました。

「いい大人が雁首揃えて、小娘ひとり連れてこられんとはどういうわけだ⁉　楽勝だなんだと、あれだけ余裕をこいていたではないか！」

「そりゃないぜ、旦那。相手が魔法持ち――しかも凄腕ってんなら、ガキでも話は別ってもんだ」

「そうだそうだ。話じゃあ、気弱なガキってことだったろ？　あんなお転婆とは聞いてねーぞ」

「うるさいっ！　言い訳など聞く耳を持たんわっ！　図体ばかりの役立たずどもが！」

おそらくメタボさんたちは、この野盗たちの元締めなのでしょう。王様をクビになり、子女誘拐業でもはじめたのでしょうか。権力者時代もろくでなしでしたが、落ちぶれてもろくなものではありませんね。進歩も反省もなさそうです。悪い意味での三つ子の魂なんとやらでしょうかね、まったく。

ここはひとつ、お灸でも据えねばと思ったのですが――

「おいおいおい。黙って聞いてりゃよ。なんだよこら、てめー、偉そうによ？」

野盗の中でもひときわ体格のいい大男が、他の野盗を押し退けて、ずいっと前に歩み出てきました。酒に酔った赤ら顔を怒気でさらに色濃くして、凄みを利かせています。

「な、なんだとっ⁉　なんだ、その口の利き方は⁉」

物凄い剣幕で当たり散らしていたメタボさんでしたが、大男の反抗を皮切りに、全体の空気が変わってきたように感じました。……どうも雲行きが怪しいですね。

「陛下に対して、ぶ、無礼であろう⁉」

元宮廷魔術師長——もといノッポさんは、メタボさんを庇って毅然と前に出ましたが——

「あ？」

「——ひいっ⁉　陛下、お助けを！」

大男のひと睨みの前に、身を竦ませてメタボさんに縋りついてしまいました。

「無能を無能と罵ってなにが悪い⁉」

メタボさんだけは空気を読まずに無駄に威勢がいいのですが、野盗たちに詰め寄られて、じりじりと壁際に追い込まれています。

これはあれでしょうか。察するところ、メタボさんたちは元締めというよりは雇い主で、飼い犬に手を噛まれている真っ最中とか。

「誰が無能だと？　金払いがいいから大人しくしてりゃあ、調子に乗りやがってよ」

「そうだ、わかっているではないか！　わしは金を払う、いわば主だ！　下郎は下郎らしく、走狗となって主人の命令に従うがいいっ！」

「ああ？　なにいってんだ、こいつ？」

ここで居丈高に出られるメタボさんの性格にはある意味感心しますが、さすがに今は間が悪いでしょう。口を開くたびに、状況が悪化しているように思えます。これはもう一種の才能ではないでしょうかね。

「この金が欲しくはないというのか？　んん？」

メタボさんがにやりといやらしく顔を歪めて懐から袋を取り出し、大仰に頭上に掲げました。大きな袋ですが、たぶんお金が詰まっているのでしょう。じゃらじゃら鳴る音と袋の膨れ具合からしても、中身はかなりの大金のようですね。

（あーらら。それはまずくはありませんかね……）

いうまでもなく、場の空気が一変しました。

誰しも目の色が変わり、息を呑む音が聞こえたような気がします。次第に険悪なムードが広がり、中には武器に手をかけている野盗もいました。

「欲しいな。くれ。今すぐだ」

「は？　なにを戯言を。これは成功報酬としてくれてやるというておろう？　もう一度行って、すぐに娘を連れてこい！　さすればこの金はくれてやる！　さっさとしろ！」

「お断りだ。だが、金は貰う」

「は――はぁ!?」

メタボさんたちは好きか嫌いかでいうと無関心ではありますが、一寸の虫にも五分の魂といいます。虫以下でも二分くらいの魂はあるでしょうから、見殺しは後味が悪いですよね。

「だいたいよ、人を下郎呼ばわりするが、どうせ同じ穴の狢だろうが。てめーの実の娘を誘拐させようとする貴族崩れの小悪党が。おおかた婿入り先に絶縁されて、娘使って取り入ろうってか？」

「ななな！　なぜそれを――ではなく、なにを馬鹿な！　王族であるこのわしを愚弄するとは不敬だぞ!?　国家反逆罪で縛り首にしてくれる！」

「ぎゃっはっはっ！　聞いたかよ、てめーら。王族様だってよ？　縛り首はおっかねーよ、陛下様ぁ」

「俺の心は今のでいたく傷ついた。詫び代わりに、その金を全部置いていけ。そうすりゃあ――」

「命だけも助けねえけどよ!?　わっはっは！」

もはや完全に取り囲まれたふたりが、野盗たちの輪の中で震えています。

まあ、ろくに味方もいないたったふたりだけの状況で威張り散らした上に、美味しいお土産まで見せびらかしたのでは、こうなることは予想できそうなものですが。学習できないからこその、この結果ともいえるでしょうが。

それはさておき、会話の中に興味深い単語が出ましたね。

メタボさんの実の娘さん――あの魔法を使っていた制服姿の女の子のことでしょうか。離縁したメタボさんの元奥さんは女王様ですから、となりますと……あの子が話に聞いていた女王様のひとり娘、つまりは王女様になるのでしょうか。

こんな性格のメタボさんだけに、簡単に王座を諦めるとは思っていませんでした。メタボさんは入り婿の王配ですので王位継承権はありませんが、その娘さんは王位継承権第一位――正真正銘の次代の女王様です。強引にでも身柄を確保して、実父の立場を利用してよからぬ企みで王位に返り咲こうと画策してもおかしくありません。奇しくも、野盗の人の指摘は図星だったわけですか。

ここで捕らえるのは簡単ですが、悪知恵だけは働きそうな人種ですから、他に搦め手を用意していないとも限りません。ここは内情をつぶさに聞き出してから、女王様に突き出したほうがよさそうですね。

「お待ちなさい」

私が一歩進み出ますと、どうやら私たちの存在を忘れかけていた野盗の人たちが、いっせいにずざっと壁に張りつきました。

いいえ、まだなにもしていないのに、そこまで過剰反応しなくても……

事情をわかっていないメタボさんたちだけは、野盗たちの豹変ぶりに戸惑っているようでした。

「その人たちは私が預かりましょう。いいですね？　異論がある方は挙手を」

先ほどの大男の野盗が、びくつき気味にも素直に手を挙げます。

「どうぞ」

「……正直、あんたらと敵対する気はねえよ。だが、総取りってのは、あんまりじゃねえか？　俺らにも少しは分け前を――」

ぱっかーん！

いいかけた大男の顔面に大鉈が激突して、卒倒しました。一瞬、全員が金縛りにあったように硬直した後、思い出したようにどよめきが場を支配します。

大鉈が飛んできた方向を見ますと、投擲ポーズのまま壁に寄りかかって動かないリセランくんの姿がありました。大鉈はリセランくんの得物ですから、それが飛んできたということは、当然リセランくんが投げたのでしょうが……

近寄ってお面の下をこっそりと確認しますと、安らかな少年の寝顔がありました。時折、鉈をぶんぶん振り回していたのは、暇だったわけではなく、眠気と戦っていたのでしたか。ついに力尽きて寝こけてしまい、大鉈（おおなた）がすっぽ抜けたのでしょうね。

振り返りますと、メタボさんとノッポさんだけを残して、野盗たちは全員逃げ出していました。

瓢箪（ひょうたん）から駒（こま）ではありませんが、タイミング的にもインパクト抜群だったようですね。

（説得する手間が省けたので、良しとしましょう）

とりあえず、リセランくんを床に寝かせていますと、背後から肩を叩（たた）かれました。

「よくやったぞ、そこな者。褒（ほ）めて遣わす。光栄に思うがよい」

どこまでも上から目線で、満面の笑みのメタボさんがいました。なんでしょう、ひじょうにムカムカするのですが。

「……それはどうも」

幸いにもスカルマスクのおかげで表情を悟られることはありませんから、適当に返事をしておきました。

「おい、貴様ら！　陛下の御前にて、仮面で顔を隠すとは不届きであろう？　仮面を取らぬか！」

つい先ほどまで震えて縮こまっていたはずのノッポさんまで、意気揚々とやってきました。

「よいよい、アーガスタよ。こやつらはさっきの無頼者（ぶらいもの）どもと異なり、なかなか見所があろうというもの。わしらも今は世を忍んでいる身の上ゆえ、少々の無礼には目を瞑（つむ）ろうではないか。わしは寛大ゆえな！　はっはっはっ！」

「ははあっ、畏（かしこ）まりました、陛下。よかったな、貴様ら！　陛下の恩情に感謝するのだぞ!?　場所が場所なら縛（しば）り首ということを心しておくがよい！」

「はあ。そうですか」

なんと驚くべきことに、ふたりとも忍んでいるつもりだったのですね。これだけ言動が開けっ広げで目立っているのに、忍ぶもなにもあったものではないでしょうに。目元を覆っている辺り、一応見た目だけは正体を隠そうとしているようですが、思い切り〝陛下〟やらなにやら連呼していませんでしたっけ。

このような性格といい、この渋(しぶ)いスカルマスクを不届き扱いすることといい、この方々とは生理的に合いませんね。嬉しいことに。

「そのほうも、立ち上がって返事をせぬか！」

「あ」

「……なんだ？」

ノッポさんが寝そべるリセランくんに詰め寄ろうとしたので、つい引き止めてしまいました。

リセランくんはこの騒動にもぐっすりと眠っていますので、起こすのは忍びありません。それに、なにかの拍子に声を聞かれたり素顔を見られたりしますと、ちょっと面倒なことになりますしね。

「あまり近づかないほうがいいですよ？　彼は普段は大人しいですが、私以外の他人との接触を極端に嫌います。半径二メートル圏内に入ろうものなら――」

私がいいかけたところ、リセランくんの豪腕が目の前を通りすぎ、ノッポさんの鼻先を掠(かす)めていきました。ノッポさんはカチンコチンに硬直したまま、鼻から血を流して青ざめています。

リセランくんは、お面の下でいまだ寝息を立てていました。うるさくしたので、寝惚(ねぼ)けて手を振り払ったのでしょうかね。なんにせよ、二重の意味でナイスです。

「――とまあ、こうなるわけです。ね、危険でしょう？　後ほど私のほうからくれぐれもいい含めておきますから、彼のことはお気になさらずに。はい、これをお使いになってください」

ポケットから取り出すふりをして創生したハンカチを差し出しますと、ノッポさんは取り繕うようにハンカチをもぎ取りました。

「こ、今回ばかりは、貴様に免じて見逃してやろう！　今回だけだぞ!?」

「それはどうも」

鼻血を拭いつつ、リセランくんから二メートル以上の距離を取るノッポさんと、知らぬ顔でさりげなく後ろに下がるメタボさんがちょっと笑えました。

この分でしたら、リセランくんのことを追及されることもないでしょう。これで、落ち着いて話ができるというものです。


「――やはりでしたか……」

「ん？　なにがだ？」

「いえ、こちらの話でして」

今後の打ち合わせを装い、ひと通りの計画を訊き出したところ――内容はおおかた予想通りではあったものの、規模としてはかなりまずいものでした。

懸賞金つきの襲撃依頼は先ほどの野盗以外にも、多岐に渡り出されていることがわかりました。

それこそ、今回のような野盗に盗賊団、町のチンピラ集団、あぶれた軍属、ギルドを除名された元冒険者と、手当たり次第といった感じです。

初めて知ったのですが、裏社会には犯罪者ギルドなる組織もあるらしく、そこにも依頼しているということでした。どうやら、ノッポさんが裏社会に精通しており、権力者時代のツテを余すことなく活用したようですね。

人数は力でもあります。個々ではともかく、組織立っての行動となりますと、対処が厄介ですね。こんなことばかりに手腕を発揮してほしくないのですが、ノッポさんは腐っても元宮廷魔術師長——国の組織の長だったということでしょうか。メタボさん含めて、無駄に悪巧みだけは卓越しているようですね。

なんにせよ、思っていた以上に骨が折れそうです。なにせ依頼した本人たちが、あまりに方々に声をかけすぎて、どこの誰に依頼をしたのか覚えていないみたいですしね。そのおかげで、私たちがこうして野盗に扮していても気づかれないのですから、その点だけが唯一の救いでしょうか。

まったく困ったものです。

この分では、このふたりを捕らえても、王女様の襲撃自体が中止されることはないでしょう。その正体は伏せられていても、すでに高額な懸賞金がかけられたことは知れ渡っているはずですから、依頼主がいなくなることで逆に無秩序に狙われかねませんしね。

肝要なのは、王女様を一刻も早く国家組織、ないしは国軍に保護してもらうことでしょう。それまでの脅威は、私が排除していく方向で。その上で、首謀者であるこのふたりを捕らえれば、万事解決でしょうか。

となりますと、まずは王女様たちの信頼を得て、同行させてもらう必要がありますよね。王女様たちも警戒しているでしょうから、そこが難しいところではありますね。すんなりと一行に潜り込める手段などありませんかね。ふむう……

「ふっ……なかなか熱心なようだな」

懸命に考えを巡らせていますと、メタボさんに声をかけられました。

「わしが権力を握ってから幾数年……皆、表面上はわしに従っていたが、それは肩書きに対してだけだ。そちのように、そこまでわしのために親身に考えてくれる者が、この親族のアーガスタ以外におったであろうか……」

なんといいますか、遠い目をしてニヒルな微笑(ほほえ)みで語っていました。はっきりいって似合ってませんが。

「気に入った。事を成したら、特別に爵位を授与してやろう」

え、いりません。

「そして、ゆくゆくは、わしの側近に取り立ててやろうぞ」

それこそ、いりません。

◇

実に困ったことになってしまいました。問題発生です。

「……ネエちゃ、いない……」

「そうですね……」

今後の方向性も定まりましたので、いったんチシェルさんとの合流をと、メタボさんたちには誘拐しに行くといって、リセランくんと一緒に馬車の襲撃現場へ戻ったのですが……木の上に退避していたはずの肝心なチシェルさんが見当たりませんでした。

チシェルさんは、私たちが逃げ出すところを目撃していたはずです。そうなれば私たちを追跡するなり、合流のために近場に身を潜めるなりしているかと思っていたのですが、その気配もありません。

（もしかしたら、なにかあったのでしょうかね）

単に行き違いならいいのですが、王女様たちに見つかって襲撃者の一味と誤解された可能性がないわけではありません。ただ、チシェルさんも一端の冒険者ですから、さすがにずっとこの目立つ木の上に突っ立っているような不用心は避けるでしょうし、そうそうそのような事態に陥ることはないと信じたいのですが……周囲に争った形跡がないのが救いですかね。

とはいいましても、困りました。王女様の件も大切ですが、チシェルさんを捨て置いていいわけでもありません。特にチシェルさんは、この辺りの地理に詳しくないはずですから、見知らぬ地にひとりきりで、道に迷いでもしていたら大変です。

リセランくんと離れ離れになってしまい、きっとその身を案じているでしょう。もう少し、私がチシェルさんのことも気にかけておくべきでした。

これまでずっと姉代わりのチシェルさんと一緒にいたリセランくんは、私以上にショックでしょう。なにせ、リセランくんは見た目は大人顔負けでも、中身はアンジーくんと同じまだほんの十歳の子供です。精神的に姉のチシェルさんを頼っていたことは否めないでしょう。

不安と心細さで、お面の下で泣いてやいないかと、心配してちらりと盗み見たのですが――

（……なにをしているのでしょうね？）

リセランくんは地面に伏せて、なにやらきょろきょろしていました。鼻先を突き出してフンフン鼻を鳴らしているあどけない様子が、なんだか飼い主を捜しているときの犬っぽいですね。

「ネエちゃ、匂い……こっち」

唐突に襟首を掴まれ、放り投げられました。

「え？　おおっ？」

そのままリセランくんの背中にへばりつくように着地しますと、リセランくんは四つん這いのまま怒涛の勢いで走り出しました。

四足歩行は重心が安定するのでしょうかね。普段、リセランくんはあまりの巨体でバランスが悪く、えっちらおっちら歩いているのですが、今まさに力強く突進するさまは、まるで野生の猪のようです。

「……次、こっち」

しかも、着実にチシェルさんを匂いで追跡しています。人間の何十倍も何百倍ともいわれる野生の獣もかくやの嗅覚で、分かれ道などでも迷いがありません。

これは素直にリセランくんにお任せしたほうがよさそうですが、いくら巨躯とはいえ十歳児におんぶをされるのも気恥ずかしさがありますね。


「ネエちゃ、いた」

リセランくんが疲れ知らずの猪突猛進ぶりを発揮すること三時間後——前方に護衛の騎馬を従えた馬車が見えてきました。見覚えのあるあの馬車は、紛れもなく王女様ご一行ですよね。

経緯はわかりませんが、つまりチシェルさんもあの馬車の中に——ということなのでしょうか。でしたら、チシェルさんと王女様の捜索という目的が、図らずも一挙に解決したことになりますね。

このまま真後ろから追尾していては、すぐに発見されてしまいそうです。傍目にも怪しすぎますし、再び襲撃者認定されてしまっては元も子もありませんから、ここは慎重を期していきましょう。

「リセランくん。少し速度を落として、隣の林道に移動できますか？」

「うぃー」

幸いなことに、ここいらの雑木林はいくつかの小道が平行していますから、こうして距離をとって木立越しに追跡していれば、そうそう見つかることはないでしょう。

垣間見える馬車の窓から、チシェルさんの横顔が確認できました。なぜか憂鬱そうというか憔悴しきっている表情ですが、無事そうです。窓の角度的に王女様の姿は見えませんが、同乗していることは間違いないでしょう。

これはやはりチシェルさんが、狙われていたのが王女様と看破した上で、先読みしてご一行に潜入したということでしょうか。

私はどうやら、チシェルさんをいささか侮っていたようですね。まさに文字通りの『斥候』――見た目はどうあれ、冒険者という肩書は伊達ではないということですか。お見事です。

ちなみに当初の予定では、時代劇でも定番の〝危ないところを助けてお供〟のシチュエーションで、王女様たちに取り入るつもりでした。リセランくんを悪役にするのはあんまりですから、尾行しつつ手頃な襲撃者を待つつもりでしたが、チシェルさんがすでに潜り込んでいるのでしたら、そんな手間もいらないでしょう。まずは、チシェルさんにこちらの存在を伝えて、意思の疎通を図る必要がありますね。

リセランくんの爆走で巻き上げられた小石のひとつをキャッチしました。

道を隔てる木はまばら、向こうの馬車は大した速度が出ていません。チシェルさんは窓際にいますから、上手いこと窓際に石を当てると気づいてもらえるでしょう。

(狙ってー、狙ってー……)

馬車との距離は二十メートルほど。割と投石は久しぶりではありますが、軽くぶつけるだけならさほど難しくないでしょう。

(よし、今ですよ!)

双方を隔てる障害物が途切れたチャンスを狙って、石を投げようとした直前――

「ぶふうっ!?」

反対側から張り出した木の枝葉に、豪快に顔面から突っ込んでしまいました。

瞬間的に、〝石を投げないと〟という思考が働いたせいで、どうにか投げるには投げたのですが……間違えてしまいました。力加減とか、コントロールとか、まあいろいろ。私の手を離れた石は、一直線に馬車の後部へと飛んでいき――直撃した車輪を木っ端微塵に粉砕させてしまいました。途端に蛇行して横転する馬車と、投げ出された御者さんの悲鳴、嘶く馬車馬、護衛の方々の怒号が、周囲に響きます。

（むう、なにやら、大惨事になってしまったような気が……）

なにはともあれ、傍観しているわけにもいきません。怪我人が出ているかもしれませんし、ここは迅速に救助しませんと――と、その前に。

前回の襲撃時と同じ格好では、さらなる混乱を招きかねませんね。またもや襲撃者だと誤解され――と、今回ばかりは誤解と断言できないのが辛いところです。注意一瞬、怪我一生。私の不注意で、この怪我をしたのが自分ではなく相手側であることが、心苦しいばかりです。

まずはもっとも目立ちそうなスカルマスクは消しておきましょう。リセランくんのお面も外して……ついでに、汚れるがままのいかにも野蛮っぽい服装は、創生した小奇麗な子供らしい服に着替えてもらうことにします。

できるだけ急いで準備を終えて、つい今しがた通りかかったふうを装い、馬車に駆けつけました。

「偶然、通りかかった者ですが……大丈夫ですか？　勝手ながら手助けしますよ」

倒れた馬車を起こそうと奮闘していた護衛の騎士さんたちが、何者かとわずかに振り返りますが、訝しむだけの余裕もなさそうです。こちらを一瞥して、「頼む」と一声発しただけで、すぐに作業に戻りました。中に乗っているのが王女様だけに、焦る気持ちはわからないでもありませんね。

「リセランくんは、馬車を起こすのを手伝ってあげてください。私は怪我人の治療を。ヒーリング！」

道に投げ出されて蹲っている御者さんに、回復魔法を施しました。

「おお、あなたは神官か！　これは助かる！　こっちにも倒れた馬車に巻き込まれた者がいるんだ。お願いできないか!?」

神官ではないですけれどね。

馬車が横転した際に、下敷きになってしまったのでしょうか。騎乗していた馬もろとも倒れ込んで呻いている騎士さんを、馬もろとも癒します。

その頃には、怪力リセランくんの助力もあり、馬車が引き起こされていました。ただ、倒れた拍子に扉の枠組み部分が歪んでしまったらしく、開けるのに苦戦しているようです。

いっそ強引に引っぺがそうかと考えたところで、勢いよく扉が内側から蹴破られました。同い年くらいの、制服とメイド服の少女ふたり組です。

飛び出した長い素足が引っ込み、代わりにふたりの女の子が出てきました。同い年くらいの、制服とメイド服の少女ふたり組です。

「ええいっ、おのれ！　頭を打ってしまったではないか！　クリス、怪我は？　大事ないか？」

「ええ、シシリア様に庇っていただきましたから……私はなんとか」

白金髪の子は、先ほど見た王女様ですよね。今さらながら、名前をシシリアというのですか。

クリスと呼ばれた金髪の子は……見たことありませんが、メイド服を着ていますから、お付きの侍女さんとかでしょうかね。

「なにがあった？　また賊どもの襲撃か？」

「はっ。馬車の車輪が破損したため、勢いあまって横転したものと思われます。追撃もないことから、襲撃の可能性は薄いかと」

護衛の騎士さんの報告に、王女様は周囲の状況と粉砕した車輪をつぶさに観察しました。

「うむ。周囲に投擲武器の痕跡はなく……余が魔力を感じなかったことからも、魔法ではあり得まい。長旅と度重なる襲撃で、酷使させすぎたのやもしれぬな。傷んでいた箇所が路端の石に乗り上げた拍子に、壊れてしまったと考えるが妥当か……ただし、こうも見事に木っ端微塵とは」

王女様が近くに転がっていた小石を、忌々しそうに爪先で小突きました。

武器ではありませんが、その石こそが車輪を破壊させた痕跡だったりします。本当に申し訳ありませんでした。

「……して。そこな者たちは？」

王女様の切れ長な目が、初めてこちらに向けられました。

「この者たちは……その、手助けを買って出た者たちでして」

途端に、騎士さんがしどろもどろになりました。緊急事態で誰何する暇もなかったので、仕方のないことでしょう。騎士さん自身が知らないのですから、説明のしようがありませんよね。

「よい。余、自ら問うとしよう。そなたらはいずれの者か？　名乗ることを許そう」

「私はタクミと申します。こっちはリセランくんです」

努めて平常心で受け答えしました。

なにせ前回の襲撃現場で、気絶していた騎士の皆さんは大丈夫としても、私とリセランくんはマスク越しとはいえ王女様と顔を合わせています。正体を看破されるとしたら、王女様をおいて他にありません。つまりは逆説的に、王女様さえ誤魔化せるのでしたら、なんとかなるということです。気が抜けませんね。

まだ年端もいかない子とは思えないほど、猜疑心に満ちた鋭い視線で見つめられました。すべてが見透かされそうで、ややもしますと疚しさに目が泳いでしまいそうになりますね。ですが、ここは我慢の子です。

しばらくしますと、今度はその視線がリセランくんに向きました。リセランくんは羨ましいほど動じておらず、むしろきょとんとしています。状況がよくわかっていないのかもしれません。

見た目では、体格に特徴のありすぎるリセランくんのほうが正体が露見する確率は高そうですが、なにぶんその素顔はとても純粋そうな幼子です。こんなつぶらな瞳で見つめられては、疑惑を抱くことは難しいでしょう。

以前にネネさんから聞いた話では、こういう見た目や性格の激しい差異を、〝ギャップもえ〟とかいうのですよね。それがなぜ燃えるのかは、ついぞ理解できませんが。

案の定、無垢なキラキラ目にさしもの王女様も怯んだようで、眉間を押さえていました。

「いちち――なにがあったんです？　って……あり？　リセラン？」

馬車の傍に控えていたクリスさんというメイドさんの背後から、でっかいタンコブをこさえたチシェルさんが、ひょっこりと顔を出しました。

「ぁ、ネエちゃーー！」

「リ――リセランーー！」

お互いに駆け寄ったふたりが、ひしっと抱き合いました。体格差から抱き合うというよりも、リセランくんが押し潰すという感じでしたが、なんにせよ姉弟再会の感動的な場面でしょう。

「会いたかったよー！　心細かったよー！　リセランー！　えーん！」

はて。立場が逆といいますか、なにかチシェルさんのほうが、別の意味で感極まっている様子ですね。馬車の窓から見えた姿も憔悴していましたし、別れていたこの短い間に、なにがあったのでしょうか……？

「なんだ、チシェルよ。そちたちは知り合いか？」

「はい、そーなんです。弟のリセランと、王都までの道案内を頼んでいたタクミさんです。道中でちょっと行き違いになってまして。こんなとこで会えるとは」

あ、チシェルさん、ナイスです。ごく自然に紹介されましたね。

事情はわかりませんが、見たところチシェルさんに対して、王女様はそれなりに気を許している雰囲気です。知人だと紹介された途端に、こちらへの警戒も緩んだような気がします。

「それはよかった。だが……ふむ、ちと気がかりよな。偶然にもチシェルを乗せた馬車の故障に、偶然出くわして再会するなどと、こうも都合よく偶然が重なるものか？　そもそも、なにが原因で行き違いとなったのだ？　余に話してみるがよい」

　王女様が腕組みをしつつ、端整な眉をひそめていました。若干、疑惑の眼差しが戻ったように思えます。

　さすがに襲撃者と間違われて逃げ出す際に別れてしまったなどと、口にできるわけがありません。これは少々雲行きが怪しいですね。

　チシェルさんのほうもまずいと悟ったのか、頬を引き攣らせていました。これは即席ながら、お互いに口裏を合わせて乗り切るしかありません！

「え、えーと。林道で、あちしがもよおしましてー。恥ずかしかったんで、こっそりと離れたらー、迷子になっちまいましてー（棒）」

「そ、そうでしたねー。いきなり消えたものですから、私たちも慌てて捜したのですがー、どうやらそれが反対方向だったらしくてー（棒）」

「そーだったんですねー。それはなんて不幸な偶然！　あとは前にもお話ししたとーり。今度いつ会えるかと冷や冷やしたってーもんですが、こんな嬉しー偶然もあるんですねー（棒）」

「いやはや、これも神の思し召しといったところでしょうかー。偶然にしても、本当にラッキーでしたねー、お互いにー。ふひゅ～ふひゅ～（棒）」

「ぁーぅー（棒）」

「「あははは―」」

　……無事に誤魔化せたでしょうか。

王女様は少しの間、私たち三人を交互に眺めていましたが――

「……まあ、よいわ。名乗りが遅れたが、余はシシリア・オブ・カレドサニア。知っての通り、この国の王太女である。そなたらの助力に感謝しよう」

穏やかな表情を浮かべて、肩の力を抜きました。

「本来であれば、そなたらの働きに対し、褒美を取らせたいところだが……馬車が見ての通りの有様ゆえ、進むに進めぬ状況になったばかり。ここまで車輪が大破していては、修理も容易ではあるまい。さて、どうしたものか……」

どうやら、なんとかなったようですね。首の皮一枚で繋がったというところでしょうか。でしたらここは、蒸し返されない内にさっさと流してしまうに限ります。

「それでしたら、私のスキルで対処できますよ」

『車輪、クリエイトします』

寸分違わぬ車輪を創生して、さっそく取りつけにかかります。幸い、他の部分の破損は見受けられませんでしたから、応急処置としてはこれで充分でしょう。

「ほう」

素人ながらの日曜大工を披露していますと、背後から王女様の感心した声が上がりました。

「見事なスキルと手腕であるな。褒めて遣わす。ここまで世話になったからには、単に褒美を与えるだけでは足りぬな。余も民の範となる王族として、恩義には恩義で返そう。クリスも構わぬな？」

それを受けて、クリスさんがにっこりと微笑みます。

「はい。よろしいのではないかと」

「よし。では、褒美代わりに、我らとの同行を許そう。そちらの目的地は王都であったな？　余が責任を持って、送り届けるといたそう」

　正体がバレそうだった窮地から一転、これはまた思いがけない提案です。

「いいのですか？　それは助かりますね」

　そもそも、メタボさんの悪巧みを阻止するため、王女様の信頼を得て同行するのが目的でしたから、願ったり叶ったりといったところですね。当初予定していた〝危ないところを助けてお供〟の計画が、図らずも成功したということでしょうか。

（……ん？　ですが、待ってくださいよ……）

　この信頼を得るための〝危ないところ〟――この事態は、私の投石が招いたのですよね。これはつまり、結果的に自作自演になるのでは……？

「さあ、出発いたすぞ！　そなたらも、はよう乗るがよい！」

　王女様に次いでクリスさん、少し遅れてチシェルさんと、続々と修理を終えた馬車に乗り込みました。リセランくんは入口を通れないため、馬車の後部の荷台に腰かけています。さすがに高級な王族の馬車だけあって造りも頑丈らしく、リセランくんの巨体にもびくともしません。

　しばしぼんやりしていますと、御者さんから声をかけられました。

「神官さん。さっきは怪我を治してくれてありがとな。あんだけ血を吐いたときはもう駄目だと覚悟したもんだが、命拾いしたよ。おかげさまでこうしてまた元気に働けるってもんだ」

騎馬で歩み寄ってきた騎士さんからも、馬上から頭を下げられます。

「わたしからも礼を述べさせてくれ。利き腕が断裂しかけたあのままでは、この栄えある騎士職を辞すことになっていただろう。貴方（あなた）は騎士としてのわたしの恩人だ。心より感謝する。そして、こいつもな」

そういって、慈（いつく）しむように騎乗する愛馬のたてがみを撫（な）でました。似たような鎧姿で判別できませんでしたが、この方は馬と一緒に馬車の下敷きになっていた騎士さんでしたか。

それだけに留まらず、他の騎士さんたちからも、仲間を救ってくれて、王女様の手助けをしてくれて――などと、次々に感謝の言葉を投げかけられました。

そして、その度に、良心の呵責（かしゃく）に悩まされたのはいうまでもありません。


私がこうして王女様ご一行に同行するのは、さりげなく影から護衛するためだったのですが……

「ふはははは！　懲（こ）りずにまた出おったか、この不届者どもが！　余（よ）が手ずから天誅（てんちゅう）を食らわしてくれようぞ！」

このシシリア王女――王族ながらにとてもアグレッシブな方で、童話に出てくるようなお姫様＝深窓のご令嬢という庶民のイメージをあっさりと覆（くつがえ）してくれます。苛烈（かれつ）にして豪放。異世界のお姫様とは、皆さんこのような感じなのですかね。

「外は危ないゆえ、クリスはこのまま馬車に隠れておるのだぞ。タクミにチシェル、そちたちもここでゆるりとしておるがよい！　では、出陣いたすぞ！　ふはははは！」

　もう何度目になるのでしょうか、颯爽とシシリア王女が馬車から飛び出していき——魔法の炸裂音と高笑い、次いで襲撃者の阿鼻叫喚が響いてきました。

　明らかにこれ、私が護衛する必要がありませんよね？　そうなりますと、あれだけ良心を痛めて合流した意味はどこに。

　思わず項垂れていますと、対面に座るクリスさんが笑みを漏らしました。

「噂に聞く王女の像とあまりにかけ離れていて、呆れてしまわれましたか？」

「まあ……ええ、そうですね。とてもお元気な方で、呆れるといいますか驚くばかりですね」

　消沈していた意味合いは違うのですが……真相を語るわけにもいきませんので、ここは勘違いに乗っかっておくことにしましょう。

「単にこれまで表に出る機会が少なく、そのせいか市井ではなにかとまことしやかに囁かれているそうですが……実情は少々お転婆なだけで、どこにでもいる普通の子なのですよ？」

　いえ、その噂の内容は知りませんが、あまりどこでもはお目にかかれない、豪快すぎる方のような気がします。私の知る普通の子はお転婆だからといって、高笑いを上げながら魔法を乱射したりはしないでしょう。

　それにこのお嬢さんも、侍従ながらに仕える主を普通の子扱いとは、なかなか豪胆な気質ですね。王女様も、特にこの侍女さんを気にかけているようですし、ただの主従関係でもなさそうです。

「もしかして、クリスさんも貴族の出なのですか？」

　見た目からしてまだ少女の年代ながら、さりげない仕草の中にもどこか育ちの良さを感じます。

こういったものは、一朝一夕で身につくものでもないでしょう。躾に厳しい格式高い家柄に生まれたお嬢さんなのではないでしょうか。

「はい。間違いではないかと」

　間違いではない……若干、妙な言い回しですね。

「王女様だけに、お付きの方も貴族という決まりがあるのですか？」

「そのような取り決めがあるわけではありませんわ。わたくしたちの場合は、父親同士が従兄弟の関係にありまして……俗にいう幼馴染というものでしょうか。正式な主従ではなく、幼き日より常に一緒にいましたから、自然とこのような感じに。留学先でも、同じ学友という立場で机を並べておりましたわ」

「侍女さんではなかったのですね、これは失礼しました。なるほど、幼馴染ですか……いいですね」

　私にも、昔は幼馴染と呼べる仲良しの友達がいましたが、就職で田舎を出てからはめっきり疎遠になっていました。あれからもう四十余年——今では年賀状のやり取りくらいになってしまいましたが、元気にしているのでしょうかね。遠き日の思い出は、今なお記憶に鮮やかで美しいものです。幼き頃よりの関係とは、それだけで得がたく尊いものですね。

「……ん？　でしたら、その格好は……？」

　そういう割には、クリスさんの衣装はお城でもよく見かけた侍女さんのものです。メイド服と呼ばれているものですよね。

「単なる趣味ですわ。可愛いでしょう？」

にこやかに微笑んで断言されてしまいました。

好んで日常から仕事着でいる趣味は私には理解できませんが、それもまた人それぞれでしょう。

なにより、ここでの異論は許されない空気があります。

それにしても、お互いの父親が従兄弟同士なのでしたら、クリスさんのお父さんはあの元王様のメタボさんの従兄弟ということになりますよね。メタボさんの従兄弟の貴族——どこかで聞いたことがあるようなないような。

じっとクリスさんを観察してみました。金髪碧眼で整った顔立ちの、お淑やかそうなお嬢さんです。さりとて穏やかなれど、言動の端々に芯の強さを感じます。どこかの誰かとイメージが被るのですが……

「失礼ですが、クリスさんの家名はなんというのですか？」

「アドニスタ公爵家ですわ」

公爵家といいますと、アンジーくんのお父さんの侯爵様よりも家格は上ですよね。この気品も然りというわけですか。

そして、アドニスタ……これもどこかで聞いたことがあるようなないような……

「——って、ああ！」

ノッポさんではないですか！　元宮廷魔術師長の！

どうりで聞き覚えがあるはずです。聞き覚えどころか、つい先日に顔を合わせたばかりですよ。

ということは、双方の父親が揃って自分たちの実の娘たちに襲撃者をけしかけているわけですか。

なんとも救いようのない。

「タクミ様、いきなり大声を出されて、どうされました？」

気づけば、クリスさんが驚いた目でこちらを見ていました。

まずいですね……過剰反応したのは失敗でした。クリスさんはのんびりした見た目にそぐわず、勘(かん)が鋭い気がします。今の私は、あくまで偶然居合わせただけのただの同行者。そんな私が国外追放された元宮廷魔術師長(お父さん)と面識があると知られては、あらぬ誤解を招くというものです。

「……いえね、アドニスタ公爵家といいますと、魔法で有名な大家ではありませんでしたっけ？でしたよね、チシェルさん？」

仮にもノッポさんは宮廷魔術師長だったわけですから、魔法の才能に秀でていると見て問題ないはずです。ひとりではボロが出そうですので、ここはチシェルさんにも協力を仰ぎ、墓穴を掘る前にまた小芝居(こしばい)で有耶無耶(うやむや)にしてしまいましょう。

「……あちしは壁です、空気(くーき)です。話しかけねーでくだせー」

そんな私の思惑も、身体ごと壁に向いたままのチシェルさんに、華麗にスルーされてしまいました。

チシェルさんが狭い空間で王族に同席するプレッシャーに耐えきれず、終始こうなってしまったのを失念していましたね。投げたボールは受け取られることなく、援軍は戦地を素通りしたようです。

「まあまあ、チシェル様ったら、拗ねた姿もとても愛らしいですわ」

頬をやや紅潮させながら、クリスさんが幸せそうにチシェルさんの頭を撫でまくっていました。

まんま小さな子供を猫可愛がりする姿ですが、本当はチシェルさんはクリスさんよりかなり年上なんですけれどね。まあ、無事に誤魔化せたようですので、良しとしましょう。

「タクミ様が仰るように、アドニスタ家は魔法に長けた一族ですわ。これまでも多くの魔術師が輩出して……おりましたわ」

過去形で語ったのは、女王様復位の際に当主追放という醜聞があったからでしょうか。内外に与える影響が大きいため、事の真相は内密に処理されたとは聞かされましたが、さすがに身内となりますと委細承知のようですね。

「やはりそうでしたか。そんな一家の出でしたら、クリスさんも卓越した魔法の才能をお持ちなのでしょう？　私は使えてもせいぜい生活魔法と簡単な神聖魔法くらいですから、羨ましいですよ」

とりあえず、当たり障りのない話題に留めておきました。

いかにクリスさんが同じ年頃の子より大人びているとはいえ、日本でしたらまだ中学校に上がる前の年齢です。これ以上、お父さんのことで煩わせるわけにはいきませんよね。

などと、気を利かせたつもりだったのですが——

「いいえ？　わたくしには魔法の才はありませんわ」

「あれ、そうなのですか？　それはまた……なんというか、その……」

これは、もしかして……さらっと話題を逸らすつもりで、劣等感を刺激してしまったとか……ですかね。魔法に長けた一族出身で魔法の才がないとなりますと、それも大いに考えられます。私はなんと浅慮な……ああ、また良心の呵責が、ずんずくずんずくと。

「……？　どうかなさいましたか？」

私の危惧などどこへやら。当のクリスさんは、魔法の才がないことを恥じるどころか、気にした様子もありませんでした。むしろ、おろおろする私を不思議そうな顔で見ています。

（おや？　ご本人はあまり興味自体が……ないとか？）

取り繕っているふうもなく、どうもそんな感じでした。

気にされていないのでしたら、それはそれでありがたいことです。子供心に傷を残すことにならず、助かりましたね。

「得手不得手に個人差はありますから、それも個性ですよね。ははは。それでは、クリスさんの特技はなんですか？　見た目通りに家事とか？」

「恥ずかしながら……家事はからきしでして」

いくら衣装がメイド服でも、だから家事が得意という発想は安易でしたか。なにせ、貴族のお嬢様ですから、そもそも家事などする必要がなく、当然のことかもしれませんね。

「特技といえるかわかりませんが……格闘術を少々」

「……は？」

今、なんと？

「得意技は後ろ回し蹴りですわ」

どうやら、私の聞き間違いではなかったようです。

クリスさんは頬に両手を添えて、乙女が恥じらうように告げました。しかしながら、その少女の可憐なさまと、台詞との隔絶具合はこれいかに。

古都レニンバル。王女様ご一行に連れられて、その起源はカレドサニア王国よりも古いとされる東部最大の都市にやってきました。
北の都カランドーレが〝水の都〟と称されているのに対し、こちらは〝石の古都〟と呼ばれているそうですね。採石場の岩山が近いとかで、全体的に石造りの重厚な建物が多く、歴史を感じさせます。古めかしい遺跡に似た雰囲気で、個人的に嫌いではありません。
東部ではほとんどが中小規模の町村ばかりで、これだけきちんとした都市はここレニンバルくらいしかないそうです。そのせいか、寂寥感ある石造りの外観に反して、訪れている人の数はかなりのもので、都市は大いに賑わっていました。
これまでの馬車への襲撃は、いずれも単発的なこともあり、無難に撃退できました。さすがに都市の中まで野盗が押し寄せてくるとは考えづらく、そこは安心していいのでしょうが……今は別の懸念がひとつ浮上しています。それは黒幕のメタボさんの話に出てきた〝犯罪者ギルド〟なる存在に他なりません。

犯罪者ギルドとは、冒険者ギルドと似たような組織ですが、その名の通り構成人員は犯罪者ばかりで、受ける依頼も犯罪めいたものばかりという物騒な組織だそうです。成り立ちとしては、罪を犯した前科者を更生させるための支援組織だったそうですが、今となってはミイラ取りがミイラどころか、完全な悪の巣窟になってしまったわけですね。

問題は、黒幕のメタボさんが、そんなところにまで王女様誘拐を依頼していたことです。

真に恐れるべきは、組織的な犯行でしょう。集団での活動で、しかもそれが悪事であれば、物資や情報の収集、仕事の収益や効率の点からも、人が多く集まる場所を拠点とするはずです。となりますと、東部随一とされるこの古都レニンバルこそが犯罪者ギルドの拠点となっていても、なんらおかしくありません。

そう推理したところ——いきなりビンゴでした。

王女様ご一行が宿泊する宿屋には、私を含めてチシェルさんとリセランくんもお世話になることになったのですが、まずそこの女将さんに犯罪者ギルドについて軽く訊ねたところ、「悪いことはいわないから、この都市でその名を口にしてはいけない」なんて、真顔で忠告されてしまいました。

どうも犯罪者ギルドの存在は、ここでは公然の秘密のようですね。古くからレニンバルの裏社会で暗躍し、かなり都市の表社会と繋がっているそうで、今となってはその実体すら掴めないとか。そのために役所や国軍でも容易に手が出せず、摘発は困難といいますから厄介なものですね。

本来でしたら、すぐにでもレニンバルから出立するべきなのですが、ここでも東部の都市事情が裏目に出ていまして……物資の補給に馬車の修理、新しい馬車馬の確保と、この都市でしか行なえないことが山積みだそうです。さらにはこの先——王都へ抜けるための東の城砦アンカーレンの通行書もここで発行しているとなれば、準備が整うまで滞在せざるを得ません。

所要期間は早くて四日——相手がなにか仕掛けてくるには、充分すぎます。滞在の情報が漏れないことを祈るばかりですが、正直、期待はできないでしょうね。なにせ、国家転覆を目論むメタボさんたち——一番知られてはならない人たちに、あっさりと王女様帰国の情報が伝わってしまっていたわけですから。管理が杜撰にもほどがありますよ、まったく。

こうなればいっそ、王女様たちに企みのすべてを暴露したいところですが……なにぶん今の私は、偶然同行することになっただけの一般人。今さら事実を洗いざらい話しても、無条件に信用してもらうのは無理でしょう。怪しまれて逆に捕縛されかねません。

このレニンバルは、相手にとってのホームグラウンド。このまま留まっていては、相手の思うツボなのは明白です。地の利もなく、行動が制限される街中で人海戦術を用いられでもすれば、到底勝ち目などないでしょう。

しかし、今日はまだ都市に入った初日、さすがにいきなりの襲撃はないかと思います。逆にいうと、今くらいしか事前に手を打つ余裕がないということですよね。まずはなにかしらの行動を起こしませんと。

一応、王女様たちには、観光に行く旨を伝えてから宿を出ることにしました。まあ、出発までは自由行動といわれていましたから断りを入れる必要はありませんでしたが、万一に備えての保険をかけるために会っておきたかったので。

「さて、これからどうしましょうかね……」

こうして外に出たはいいものの、肝心の行動内容については悩みどころです。

とりあえず近辺から聞き込み調査を行なってみましたが、犯罪者ギルドに対する住人の反応は宿屋の女将さんと似たりよったりで、別段成果はありませんでした。

いっそのこと、あちらからやってきてもらえれば手っ取り早かったのですけれどね。ありきたりに『組織を嗅ぎ回っているのはおまえか？』的な下っ端登場なんてこともなくて残念です。本拠地に看板とか掲げといてくれませんかね……駄目ですかそうですか。

相手を直接叩けないとなりますと、私に取れる行動はそう多くありません。

ひとつは至極当然かもしれませんが、この異世界での国の行政機関たる役所に頼ることです。ただこれには懸念があり、なんといいますか……レニンバルの役所はあまり評判がよろしくなく。嘆かわしいことに、一部で犯罪者ギルドとの癒着も囁かれており、相談する人選を誤れば逆に大変な事態に陥りそうでした。もちろん、真っ当な役人さんもいるのでしょうが……自分でいうのもなんですが、私は役所とあまり相性がよろしくないのですよね。よく投獄されますし。

もうひとつは、国の最大戦力である国軍です。ここからそう遠くない東の城砦アンカーレンには、国軍が常駐していると聞きました。もし、協力を得られるのでしたら、対組織相手にはもっとも頼りになるでしょう。ただし、いち個人の言葉に軍が耳を傾けてくれたらの話ですが。仮に重い腰を上げてくれたとしても、ここに到着するのは何日後になるのやら。あまり現実的ではありませんね。

残るはお馴染み庶民の味方、冒険者ギルドですが……護衛を募ったとしても、すぐに依頼を引き受けてくれる冒険者がいるのか疑問ですね。なにせ、依頼を受けるということは、このレニンバルの裏社会を牛耳る組織を敵に回すということです。誰しも事情はありますから、そのことを責めるわけにもいきません。

こんなとき、個人の限界を思い知らされますね。

「……困りました。どこかに協力してくれる誰かいないものでしょうか……私と既知で親しく、大きな組織に属していて、たまたまこのレニンバルに来ている人……」

口に出してみますと実感しますが、そんな条件に当てはまる人が、そうそういるはずもありませんよね。我ながら、どれだけ都合がいいのでしょう。

ともかく、いずれの方法を選択するとしても、あまり時間に猶予はありません。どうしたものかと思案しながら大通りを歩いていますと――どこかで見覚えのある制服を着た人影が、通りを横切っていきました。

「はて、あれは……軍服、ですかね？」

王都奪還の折に、これでもかと目にした国軍仕様の黒い制服でした。

こんな街中で、一般人に交じって国軍の軍人さんがひとりだけでうろついているのも妙な話ですね。なんとなく追いかけてみますと、小柄な後ろ姿の軍人さんは脇目も振らずに一軒のお店の中に消えていきました。

（卸問屋……？）

掲げられた看板には、そう書いてあります。

「ごめんください〜」

なんとなく後を追って入ってみますと、店の奥で店員さんと熱心に話していた先ほどの軍人さんが、私の声に反応して振り向きました。

「は？」

「え？」

「レナンくん？」

「タクミさん？」

「「どうしてこんなところに？」」

見事にふたりの声がハモりました。


レナンくんと王都で最後にお別れしてから、もう二ケ月といったところでしょうか。実際の月日以上にとても懐かしい気がします。あのときはまだ真新しかった軍服に着られている感がありましたが、今ではもうずいぶんと着こなしていますね。

「おや、隊長さん。お知り合いですかな？　受け取り書類の作成まで、まだ少し時間がかかります。そちらで休憩されてはいかがですか？　ほら、そちらのあなたも。お〜い、誰かお茶をふたり分、用意しとくれ〜」

そういい残して、レナンくんと話をしていた店員さん——店長さんだったのですかね、は書類を片手に店の奥へ行ってしまいました。

「え……と、せっかくですから、ご厚意に甘えましょうか、タクミさん」

「そうですね、レナンくん」

商談用のスペースでしょうか、店内の隅に用意されている衝立で仕切られたテーブル席に移動します。

「ごゆっくり」

すぐに女性の店員さんがお茶を運んでくれました。

なんとはなしに、湯気を上らせる湯呑を見つめます。久しぶりにこうして顔を合わせますと、どうにも気恥ずかしいですね。以前はあれだけ毎日一緒にいて、それが当然でしたのに、いざこうして再会したら、懐かしいやら嬉しいやらで感情がごちゃ混ぜになり、なかなか言葉が出てきません。

それはレナンくんも同じのようで、なにやらもじもじしています。

「……お久しぶりですね、レナンくん。こんなところでお会いするとは奇遇ですね。その格好……今は軍人さんとして、国軍で頑張っているのですよね？」

「はい。ノラードから王都に戻って、ひと月前から正式に軍所属となりました。今は東の城砦アンカーレンの配属になって、今日はたまたま物資の手配のために、部下と一緒にこのレニンバルに来たんです」

それはそれは。アンカーレン城砦の最寄りの都市となりますと、ここ古都レニンバルになりますからね。

今日会えたのは、実に幸運だったということですか。これはもう、神様が引き合わせてくれたとしか……って、私が『神』でしたっけ。これは無意識のなせる業でしょうか。

「部下ですか？　レナンくんの？」

「お恥ずかしながら……王都での功労で、入隊早々新兵ながら十人長に任命されてしまいまして……」

「それは素晴らしい！　おめでとうございます！」

王都奪還の折には、身体どころか、まさに生命を張って頑張っていましたからね。

私自身は、あまりあの場面を思い出したくありませんが、レナンくんが功績を認められて当然というものです。

「そんなに大きな声で喜ばないでくださいよ。も～、恥ずかしいなあ」

「これを喜ばずして、なにを喜ぶというんです⁉」

どうしましょう、にやにや笑いが止まりません。可愛い孫のように思っているレナンくんが周りから評価されるのが、こうも嬉しいものだとは。

「でも、ようやく環境にも慣れてきたかなってところなのに、皆さん年上の方ばかりなので、苦労しっ放しですよ。まあ、タクミさんと一緒だったおかげで、気苦労の耐性はついていますけれどね。ふふっ」

「いやはや、それは手厳しいですね。ははっ」

少し話しただけで、すっかりお互いの緊張も解けた気がします。この空気もやり取りも、実に懐かしいですね。

「どうりで、レナンくんも大人びて見えたはずです」

「そうですか？　そうなら嬉しいなあ。僕も先月、誕生日を迎えて十五歳になったんです。それでかな？」

「誕生日ですか⁉　おめでとうございます！　それならそうと、事前に教えてくれていたら！」

盛大な誕生日パーティなり、プレゼントを用意したのですが——過ぎてしまっていたとは、残念至極です。そこらへんのリサーチを怠っていたとは、私としたことが、しくじりましたね。

「いやあ、そんなに気を使わないでいいですよ。タクミさんからは、いろいろなものを貰いましたし。あ、でも……今回の突然の再会は残念でしたね……」

「ええええっ⁉」

ざ、ざざざざざ、残念……とは？　もしや、レナンくんのほうは私に会いたくなかったなどと……泣きそうになっちゃうのですが！

「ちょ、ちょっと、この世の終わりみたいな顔をしないでくださいよ、タクミさん！　僕も意地悪ない言い方でしたね。ほら、以前にお別れのときに約束してたじゃないですか、『今度会うときには、びっくりするくらいに成長してみせる』って！　なのに、思いっ切りすぐなんですもん、ほとんど変わっていないのが恥ずかしくって……もう少し時間を貰いたかったなーと」

レナンくんが照れ笑いして頬を掻きました。

「ふう～……なんだ、びっくりさせないでくださいよ～、心臓が止まっちゃうかと思いましたよ。ですが、レナンくんがいうほど、同じには見えませんよ？　心身ともに、すごく立派になりました。

見違えましたよ」

「タクミさんにそういってもらえると、お世辞でも照れますね。心のほうはともかく、身体のほうはこの二ヶ月で身長が一センチ伸びましたけど」

「そうなんですか～」

もともとが小さいですから見た目ちびっ子なのは相変わらずですが、ちょっと自慢げに話すレナンくんがとても愛らしいです。

立派に成長してほしいという希望と、でもそのままでいてほしいという願望がせめぎ合いますね。世の祖父母さんたちも、こういった気持ちを抱くのでしょうか。

「軍に入ってからは、日々鍛えられていますから、この肩の辺りとかかなり筋肉がついてきたとは思いませんか？」

「そうですね～」

和みますねー。

「部隊内でも、以前よりも男らしくなってきたとか、いわれちゃったりするんですよー」

「そうなんですね～」

ほのぼのしますねー。

「今では、軍の剣術指南に正規の剣技も教えてもらって、手応えを得ているといいますか」

「それはそれは～」

初々しいですねー。

「もー！　聞いてるんですか、タクミさん！」

「ははっ、もちろん聞いていますよ～」

なんともまあ、総じて微笑ましい。幸せに満ち溢れる癒しの空間です。今のこの場こそ、地上の楽園といえるのではありませんかね。幸せすぎます。

「それで、タクミさんのほうは、どうしてこの古都レニンバルに？　ラレントの町で冒険者のお手伝いをするんじゃなかったでしたっけ？」

「ええ～、それは～」

………はっ!!

いえいえ、こうして悠長に和んでいる場合ではありませんでした！　完全に前後不覚に陥っていましたね。レナンくんの癒し効果恐るべしです。……あえてそこに浸ってみるのもやぶさかではありませんが！

ですが、今だけは我慢しないといけません。そこは苦渋の決断といいますか、遺憾なれど抗いがたい誘惑を撥ね退けないと……すごく名残惜しいのですが！

「聞いてください、レナンくん！　ぜひ、相談したいことが！」

私と親しく、国軍で隊長という立場にあり、今こうして目の前にいる――王女様の保護という点で相談相手としては最適です。

問題は、私の荒唐無稽とも思えるこの話を、無条件に信じてくれるかですが……

「――だから、どうしてそういう大事なことを先にいわないんですか!?　タクミさんってば、すぐそうなんだから、もー！　待機している部下のひとりに、急いで城砦へ増援の早馬を走らせます。僕たちは残りの人員を連れて、王女様のもとへ急行しましょう！」

慌ただしく、レナンくんがテーブルを立ちました。

「え？　私がいうのもなんですが、証拠もないのにそうも容易く信用して、軍を動かしたりしていいんですか？」

レナンくんの決断の潔さに、こちらのほうが戸惑ってしまいます。

「犯罪者ギルドに狙われて、王女様の危機なんでしょ？　それともタクミさんの冗談なんですか？」

「違いますが……」

「だったら、疑う余地なんてないじゃないですか！」

きっぱりと断言されて、胸が温かくなり、思わずほろりと涙を零してしまうところでした。

うう……やはり、レナンくんは立派になりましたね。あまりの嬉しさに感動が止まりません。

◇

しかしながら、時すでに遅く――王女様のもとには、魔の手が迫っていたのでした。

そのことに私が気づいたのは、もう少しあとのことでした。


〝石の古都〟レニンバルの地下には、古くから広大な坑道が存在していた。その規模は地上の都市部に匹敵するほどで、網の目のように縦横に伸びた地下洞窟は、迷宮の様相を呈しているという。古い伝承を紐解くと、有史以前の時の権力者が造った地下墳墓とも、古い魔王の隠匿された居城跡ともいわれているが、その真相は定かではない。

しかし、かつてがどのようであったにしろ、現在その坑道は、犯罪者ギルドの根城と化している。

そんな地下にしつらえられた一室で、密談を交わす者がいた。

いずれも男で、その数は三人。元王配のメタボーニと、その従兄弟にして元宮廷魔術師長のアーガスタ、そして残るひとりは——犯罪者ギルドの長、ガレーシャという男である。

ガレーシャはまだ二十代後半という若年ながら、犯罪者ギルドを力でのし上がった武闘派で、ギルドの長という地位も二年前に先代を謀殺して手にしていた。

「まったく、どいつもこいつも当てにならん！　あの期待できそうだったふたり組でさえ、娘を捕らえに出ていったきり梨の礫だ！　せっかくこのわしが、成功の暁には側近に取り立ててやろうとしたものを——」

メタボーニは誰とはなしに喚き立て、地団太を踏んでいた。

そんな無様な有様を、ガレーシャは穏やかに笑みすら浮かべて眺めていた。涼やかな顔立ちは優男という感じであるし、鍛えてはいるが屈強とまではいいがたい中肉中背の体躯は、粗野で野蛮な犯罪集団を纏め上げているギルドのトップというイメージから程遠い。しかしながら、その本質が見た目通りでないことは、裏社会に携わる者なら誰しも知るところだった。

「ガレーシャとやら、お主は当てにしてもよいのだろうな？　よもや、犯罪者ギルドまでもが張子の虎と申すまいな？　んん？」

場所は犯罪者ギルドの本拠地、そして相対するのはそれを統括するギルド長。およそ正常な思考の持ち主ならば、多少なりとも萎縮しそうな状況だが、メタボーニはいつもながらの上から目線で、ガレーシャを平気でこき下ろしていた。

「へ、陛下もこうして期待しておられる。大丈夫だろうな、ガレーシャ……殿？」

かつて汚れ仕事を命じる立場上、裏社会に通じていたアーガスタは、メタボーニほど無遠慮には出られない。アーガスタとて実際にガレーシャと顔を合わせるのは初めてだったが、その苛烈な噂は聞き及んでいた。

そんな不安を払拭するように、ガレーシャは大仰なほど恭しい態度で深々と頭を下げた。

「そりゃもちろん。かねてより陛下や閣下には、我がギルドになにかと便宜を図ってもらったしよ。いざこざはこっちに任せて、大船に乗った気でいてくれりゃいい」

「ほほう。そうかそうか、頼もしい！　せいぜい恩義に報いるよう励むがよいぞ！　のう、アーガスタ？　はっはっはっ！」

「ええまさに。ガレーシャよ、陛下のご期待にお応えするのだぞ？　その代わり、褒美は望みのままと心得よ」

ガレーシャが下手に出たことに安堵したのか、アーガスタも幾分強気の口調で追従する。

「それはもう……お任せあれ」

頭を下げたままのガレーシャは、打って変わった邪悪な笑みで、密かにほくそ笑んでいた。

メタボーニとアーガスタが能天気な笑い声を残して去っていった室内に、新たな人影がひとつ増えていた。

「……お頭。本当に、あんな糞みてぇな野郎どもの依頼を受けるんですかい？」

黒い頭巾で頭部を覆い、全身を黒装束で統一した小男は、〝黒子〟と呼ばれる犯罪者ギルドの実働部隊──〝始末組〟と称され恐れられる暗殺部隊の隊長である。

「まあな。国から追放された身でも、ずいぶんと裏で金を貯め込んでたようだからな。そいつを分けてくれるってんなら、揉み手でありがたく貰っとくさ。なに、連中に恩があるのも確かだ。人として借りは返さんといかんだろ。ギルドとしての依頼はこなすさ、きちっとな」

軽口を叩く気安さではあったが、ガレーシャの目はまったく笑っていなかった。むしろ寒気すら覚える冷笑で、その双眸にはおぞましさが見え隠れしている。

「ただし、依頼は娘を捕らえるところまでだ。借りがあるのは新女王も同じ──逆の意味でだがよ。あの糞アマ、改正だが是正だか知らんが、我が物顔で人様の縄張りに踏み込んできやがって……煩わしく思ってたところに、都合よくこの依頼だ。さぁて、大事な大事な愛娘で後継者のお嬢ちゃんが、無残な骸になって帰ってきたら、あの尊大な女王はどんな顔をすんだろな？　しかもその犯人が、元旦那で娘の実の父親だったとして……お高い女王の仮面の下で、生かしておいて失敗だったと、自責の念とやらに苛まれたりもすんのかね？」

「……なるほど。それはよい意趣返しですな。でしたら、我ら〝始末組〟の出番ってわけで？」

「いんや、ここは俺が出る」

「お頭が自ら？　情報では、相手はガキといえども、高位の魔法持ちらしいですぜ？」

「――あ？　俺がしくじるとでもいいたいのか？」

瞬間、黒子の喉元を凶刃が刺し貫いた。

――という錯覚を受けるほどの強烈な殺気に、黒子は反射的に背後に飛び退いていた。転がるように着地して、首が繋がっていることを手探りで確認する。

「と、とんでもない。魔法持ちにとって、お頭は天敵。お頭が出るまでもねえかと、そういうことで」

黒装束の下を、どっと冷や汗が伝う。裏稼業に身を堕として久しく、それこそ数え切れない修羅場を潜ってきた黒子ですら、容易に死を連想させた。

「……なんだ、そういうことか。この俺に舐めた口利いたかと思って殺っちまうとこだったぜ、気ぃつけろ。ま、おめーがいいたいこともももっともだ。確かに魔法持ちなんぞ、俺にとっては無力もいいとこ――万が一もあり得ねえ。魔法持ち以外でも大して変わらねーがよ」

ガレーシャは、意味ありげに両腕を広げてみせた。胸元には何本ものネックレス、手首には複数のブレスレット、十指には色とりどりの指輪が嵌められ、それぞれが鈍い輝きを放っている。どれもこれも色合いや形が不釣り合いで、身を飾るという点では雑多で乱雑すぎた。そう、あくまで単なる装飾品としては。

「大人を舐めきったお転婆娘に、世間の辛さを教えてやるのも先人の務めだろ？　それによ、今回俺が出張るのは……趣味みてーなもんだな」

「趣味、ですかい？」

ガレーシャは今度こそ、心から朗らかに笑いながらいった。

「ガキの頃、蝶の翅を毟って遊んだことねえか？　綺麗な蝶が一瞬で醜い芋虫になりやがんの。あれって楽しくねえ？」

◇

レナンくんと一緒にお店を出ますと、外には軍服姿の壮年の男性が待機していました。

どうやら、レナンくんのお供の方のようですね。先ほどの話にも出ていたレナンくんの部下の方でしょうか。

ふたりは少し離れた路地裏で、目立たないように話し込んでいました。内容が内容ですので、周囲に悟られないようにするための配慮でしょう。話し声は聞こえませんが、レナンくんがなにかしらの指示を与えているように見えます。

（あんな年上の人に、毅然とした立ち振る舞いで……以前に旅をはじめたばかりのときの、おどおどした姿からは想像もできませんね。本当に……本当に立派になりました）

どうやら話は終わったようですね。部下の方が会釈をして路地裏の向こうに足早に去り、レナンくんは小走りでこちらに戻ってきました。

「お待たせしました、タクミさん。事情は伝えましたから、僕たちは先に宿屋に向かいましょう。あとから皆も合流する手はずですから」

「レナンくん」

私はレナンくんの両肩に手を置いて、真正面から向き合いました。

「……泣いてもいいですか？」

「いいですけど、意味わかりませんよ、タクミさん」

いえね、感激のあまり。

それはさておき。とりあえず、まずはレナンくんを王女様の滞在する宿屋に案内することにしました。

王女様にお目通りをしてから事情を説明したのち、レナンくんをともなって役所を訪問するのがいいでしょうね。さすがに正規の国軍隊長の肩書きを持つレナンくん相手では、役所も無下には扱わないはずです。犯罪者ギルドに与する不届きな役人がいたとしても牽制になるでしょう。そうして役人さんの協力を得てから、共同で王女様の警護にあたり……あとは、アンカーレン城砦から国軍の応援が到着するのを待つという流れですね。

雲を掴むようだった話に、ようやく具体的な見通しが立ちました。これもレナンくんのおかげですね。

なんて、喜んだのも束の間——その目論見はいきなり頓挫しました。

レナンくんとふたりで宿屋を目指して進んでいますと、通りの反対側から大勢の人たちが押し寄せてきました。見るからに焦って逃げてきているような様子でして、それを証明するかのように、遠くから断続的に爆発音や倒壊音が聞こえてきます。

「……どうにもよくない予感がするのですが……」

この方向——間違いなく、目的地の宿屋の方角ですよね。

「急ぎましょう、タクミさん！」

「ええ、そうですね。では、乗ってください。よっこらせっと」

「と、わわっ！　なにすんですか、タクミさん⁉」

問答無用でおんぶしまして、抱えたレナンくんの両膝を両肘でがっちりホールドしました。

通りを逃げ惑う人の数は着実に増えてきています。わざわざこの人波を掻き分けて逆走するよりも、空いている場所を移動するほうが効率的というものでしょう。

「そーれっと」

そのまま道沿いの塀を大きく蹴って跳び上がり、お隣の建物の屋根に着地しました。

「飛ばしますよー。レナンくん、舌噛まないようにしてくださいね」

一足飛びに次の建物へと飛び移りました。屋根から屋根へと、時折、回転や錐揉みも交えながら、軒伝いに一路宿屋を目指します。

「うわわっ！　ちょ——ちょっと、タクミさん！　こ、これ、嫌な思い出しかないんですが！」

そういえば、かつてのエラント町での野盗騒ぎのときにも、こんなことがありましたっけ。

「いやあ、懐かしいですね～」

「だから、誰も懐かしんでないですってば！　なんでそう、いい思い出の回想みたいになってるんですか!?　うわわ、目、目がまわまわ回る～！」

「もう到着しますよ」

下の騒ぎから逃れたおかげで、だいぶ早く宿屋に着くことができました。

三階建ての家の屋根から宿屋前の通りに着地しますと、気のせいか背中でレナンくんがぐったりしていました。ですが、以前と違って気絶はしていないようです。やはり成長しましたね。

「うう～～、こういうのは成長とはいいませんよ……」

「おや、以心伝心ですかね？」

「なんで嬉しそうなんですか！　その生温かそうな眼差しを見ていればわかります！　僕は責めてるんですよ!?　相変わらず、僕の話を聞いてくれないんですから、もー！」

レナンくんこそ、そうやって拗ねるのは変わっていませんね。

せっかく再会したのですから、こうやっておおいに旧交を温めたいところではあるのですが……目の前の状況がそれを許してくれなそうです。

ほんの数時間前に出かけたときと、宿屋の外観がずいぶんと変わってしまっていました。

歴史ある佇まいだった石造りの宿屋が、見るも無残に半壊しています。宿屋の周辺にもいくつもの破壊痕があり、石畳が抉れたり、建物が倒壊しかけたりしていますね。ところどころに燃え残りが燻っていますが、石材仕立ての建築で延焼が免れたのだけは、不幸中の幸いといったところでしょうか。

つい先ほどまであった喧騒は聞こえてきません。近所の人々は避難してしまったのか、野次馬どころか人っ子ひとり見当たりませんね。

「なにが起こったのでしょうか……？」

まるで、絨毯爆撃でもされたかのような惨状です。

「タクミさん！　王女様の安否を！」

そうでした。つい呆けてしまいましたね。

宿屋は半壊していますが、破壊されたのは表通りに面した部分だけで、奥の宿泊棟はほぼ無傷でした。

瓦礫が散乱する正面口に足を踏み入れますと、壁際に横たわる大小ふたつの人影がありました。

「リセランくんにチシェルさん!?」

壁に巨体を預けるリセランくんと、心配そうに付き添うチシェルさんでした。チシェルさんは無事のようですが、リセランくんは意識がなく、額に血を滲ませて苦しそうに呻いています。

「どうしました、チシェルさん！　大丈夫ですか!?」

こちらに気づいたチシェルさんが、蒼白になった顔を向けます。

「ああっ！　に、にーさん！　リセランが、リセランが――リセランを助けてくだせー！」

「もちろんですよ！　ヒーリング！　ヒーリング！　ヒーリング！」

連続ヒーリングにより、リセランくんの外傷が消えて呼吸も穏やかになりました。まだ眠りからは覚めないようですが、まずは一安心といったところでしょう。

「……よかったぁ〜、よかったよぉ〜、リセラン〜」

チシェルさんがリセランくんの首に抱きついて頬ずりしていました。よほど心配だったのでしょうね。

「すみません、お嬢さん。国軍東部方面軍所属のレナンといいます。ここでなにがあったのですか？」

　割って入った見知らぬレナンくんの存在に、チシェルさんは一瞬びくっとしましたが――着ているのが国軍の軍服だと気づいて、安堵の息を漏らしました。

「正直、あちしにもなにがなんだか。男がいきなり訪ねてきたと思ったら……あれよあれよとゆー間に、王女様たちと戦闘がはじまっちまいまして……」

　レナンくんと視線を交わします。そうなりますと、当然、例の誘拐絡みなのでしょう。おそらく、相手は犯罪者ギルドの人間に違いありませんね。

　まだ古都に入った初日――しかもこれだけ白昼堂々とは、すでに情報は筒抜けでしたか。正直なところ、仕掛けてくるにしても近日中――少なくとも人目を避けてと思っていました。

「それでこんな酷い有様に……連中は、目的のためには手段を選ばない輩のようですね……」

　怒りが込み上げてきます。これではまるでテロではないですか。関係のない人も巻き込み、このように無差別に被害を撒き散らすとは――！

「あ、いえ。この惨状は、主に応戦した王女様の魔法のせーで……」

「…………そうでしたか」

なにかと過激な王女様ですね。

「襲撃者は何人だったのですか？」

「……ひとりです」

「ひとり？　たったひとりで乗り込んできたというのですか？」

「そ、そうです……あ、あんな……あんな……」

チシェルさんは、自分の身体を抱き締めて身震いしていました。

「……王女様の魔法にも、身動ぎひとつしねーで……炎に灼かれてるってーのに平気な顔して笑ってて……騎士様たちが斬りつけても、リセランの怪力でも、無防備なのにびくともしねーで、まったく無傷で……あんな……あんな化物、あちしは初めて見――あ」

ふと顔を上げたチシェルさんと目が合いました。

「――ではねーで、二度目でした」

はて。なぜ、わざわざいい直したのでしょうね。

「とにかく、それでその襲撃者と王女様はどうなったのですか？」

「……わからねーです。宿の奥に向かったみてーですが……あちしはリセランが傷を負って気絶しちまいましたんで、こーしてここで」

チシェルさんとしては、王女様より家族を優先するのも仕方ないことですよね。

それにしても、肉体的にタフな巨人族のリセランくんを簡単に無力化してしまうとは……真正面から単身で乗り込んできたことからも、相手は相当に腕に自信を持つ手練れのようですね。

「ちなみに、リセランがこーなったのは、王女様が乱射した魔法で天井が砕けて、でっけー破片が脳天直撃しちまったからで」

「……そうでしたか」

やはり過激な王女様ですね、はい。

「タクミさん」

レナンくんに脇を突かれました。

「そうですね。チシェルさんたちは、ここでじっとしていてください。私たちが奥へ行って様子を見てきますので」

王女様たちが後退しつつ、迎撃していたとなりますと——この静けさではすでに勝敗が決していることでしょう。

正面口を抜けた先のロビーも、惨憺たる有様でした。床のいたる箇所が砕け、天井の一部が崩落し、石壁は黒く焼け焦げています。

破壊された調度品や瓦礫に紛れて、点々と人が倒れていました。見覚えのある鎧姿のその方々は、王女様の護衛の騎士さんたちです。外傷は少なく、命に別状はないのですが、ヒーリングで癒しても目を覚ましません。なにか特殊なスキル効果か魔法でしょうか。

「王女様は……見当たりませんね……」

襲撃者も見当たりません。

戦闘痕は、ロビーの奥まった場所を境に途切れています。状況的に、王女様はここで敗北を喫して連れ去られてしまったということでしょう。

その少し奥には、ロビーと宿泊棟を隔てる頑丈そうな鉄扉が見て取れました。私が宿を出るときには開けっ放しだったと思うのですが、今は締め切られており、こちら側から錠前が掛けられていますね。あの扉の向こうに逃げ込んで籠城すれば、まだ幾分かの時が稼げたように思えますが、王女様はそれをしなかったようです。他の宿泊客を巻き込むのを避けたのでしょうか。

「……駄目です、タクミさん。どこにも隠れている形跡はありませんね」

ロビーをくまなく探索していたレナンくんが戻ってきました。

ずっと正面口にいたチシェルさんがその後の襲撃者と王女様を見ていないとなりますと、ふたりは別の出入口から出ていったということになります。宿泊棟へ続く通路は施錠してありますから、小さな窓しかないこのロビーは密室状態です。どこかに隠された秘密の通路でもあるのでしょうか……ちょっとしたミステリーですね。

どうしたものかと悩んでいますと――

ごぉん！

突然、締め切られていた鉄扉が内側から弾け飛びました。

もうもうと立ち上る土埃の中に、足を掲げた少女のシルエットが映り――悠然とメイド服姿のクリスさんが歩み出てきます。

「クリスさん、ご無事でしたか！」

「……ええ」

クリスさんはロビーの惨状(さんじょう)を一瞥(いちべつ)して、すぐに事態を察したようでした。

「どうなりましたか？」

「襲撃があり、王女様が行方知れずです。私たちもつい今しがた駆けつけたばかりでして……詳しくは」

「そうですか」

クリスさんは王女様と同い年で、たしかまだ十二歳ほどのはずですが、この状況でもずいぶんと落ち着き払っています。肝が据わっているといいますか、貫禄(かんろく)がありますね。

「タクミさん！　こんなときこそ、いつもみたいに非常識なスキルで解決できないんですか？」

「非常識って」

レナンくんってば、私まで非常識な人のように。

〈万物創生〉スキルのことをいっているのでしょうが、あれはたしかに有能ですが、必ずしも万能ではありません。こういったことには、それなりに事前の準備が必要で……

「……おや？」

そういえば、してませんでしたっけ、事前準備。万一に備えての保険として——宿からの出掛けに王女様を訪問した際に、創生した発信器をつけていたよーな。

『受信機、クリエイトします』

ここに取り出しましたるは、半円形の受信機です。点滅する光点が、現在地から遠ざかっていくのがわかります。

「……タクミさん、これなんです？」

「王女様の所在地を示す装置です。こんなこともあろうかと、宿を出る前に王女様に仕込んでいました」

「……へ？」

「ほら、見てください。この中心が私たちのいる場所で、この光っているのが王女様ですよ」

光点を指差して説明していますと、途端にレナンくんが半眼になりました。

「ってか、そんな便利なものがあるのに、どうして今まで黙ってたんです？」

「うっかり忘れていました」

それはもうきれいさっぱりに。歳ですかね。

「どど、どーして、タクミさんはそうなんですか、もー！　いっつも、肝心なとこが抜けているんだから！」

「ははは、面目ない」

「だから、どうして嬉しそうなんですか!?」

レナンくんに叱られるのも久しぶりですから。

とはいえ、あまり悠長にもしていられませんね。誘拐が目的ですから、すぐさま王女様の身に危険が及ぶわけではないでしょうが……あの王女様の性格上、いつまでも大人しく捕まっているとも思えません。不用意に抵抗することで、状況次第ではどう転ぶかわからない危険性があります。

「レナンくん、これ都市のどのへんかわかりますか？」

「いきなり真面目ぶらないでくださいよ。僕だけ興奮しているのが馬鹿みたいじゃないですか……いっても無駄でしょうから、まあいいです」

ふたりで頭を突き合わせて、受信機を覗き込みました。

「……う～ん、おかしいですね。この動いている光が、王女様を示しているんですよね？　方角的に、一直線に移動しているのはどうなんでしょう？　この辺りは住宅が密集しているはずですから、路地を移動するには曲がりくねるはずなんですけど……」

なるほど。レナンくんの言葉通り、光点はほぼまっすぐこちらから離れていっていますね。

「先ほどの私たちみたいに、家の屋根伝いに移動しているのではないですか？」

「人ひとりを背負ってそんな非常識するのは、タクミさんくらいです」

手厳しい。

「――ああ！　そうか、地下だ！」

「地下？」

「この古都レニンバルは、地下に大規模な坑道が迷宮のように張り巡らされているんですよ。今は犯罪者ギルドの根城みたいになっていて、都市のいたるところに繋がっているから、神出鬼没で恐れられているとか聞かされました！」

それは厄介ですね。つまり、都市の地下こそが相手のホームグラウンドということですか。

これでは逃げるも隠れるも自由自在、逆に地上は地下から監視されているようなものです。住民に恐れられ、役人や国軍が手を出しづらいのもわかる気がします。このレニンバルで犯罪者ギルドが事実上の野放しになっている原因とは、この土地環境にありそうですね。

「そうなりますと、この宿屋にもどこかに秘密の出入口が隠されているわけですか……」

「でしょうね。でも、見つけるのは難しいかも……さっき、僕がくまなく探してみましたけど、怪しいところはありませんでした。おそらく、特殊な魔法かなにかで隠匿(いんぺい)されているんじゃないかと……」

密室の秘密はミステリーではなく、ファンタジーでしたか。悠長に探索している暇はありません。連れ去られた方角は確認していますから、地上から追うのも手ですが……発信源に辿(たど)り着いても、そのまま地下のアジトに居座られては、手の出しようがありません。

少なくともこの真下に坑道があり、出入口が発見できないことだけが問題でしたら、まだ手段はあります。

『スピンドリル、クリエイトします』

創生したドリルを掲げました。天井の高いロビーでよかったですね。

「あの……タクミさん？　なんです、それ？」

「ドリルです」

「いえ、名称を聞いているのではなく、それをどうしようって……まさか」

事は王家の一大事。緊急事態ですから、宿屋の方には目を瞑(つむ)っていただく方向で。

「手っ取り早く、床に穴でも掘ってみましょうかねーと」

「うっわ、そのまさかだった！」

「いきますよ、それーい」

盛大な唸りを上げて回転するドリルの先端を、勢いよく石床に叩きつけました。耳障りな掘削音を鳴り響かせながら、ロビーのど真ん中に大きな穴が開きました。

十メートルほど掘り進めたでしょうか。ドリルを消して穴の内部を覗き込みますと、眼下には洞穴らしき空間がありました。どうやら、ここが例の坑道とやらですね。

「ふうっ、成功ですね」

「……いろいろいいたいことはありますが、今はやめときます。急いで追いかけましょう、タクミさん！」

「そうですね。では、クリスさん、私たちは王女様を追いますので、この場はお任せします」

隣でなりゆきを窺っていたクリスさんにお願いしました。気絶したままの騎士さんたちの介抱もありますし、そろそろ役人さんたちが騒ぎを聞きつけてきてもおかしくありません。事情を説明する役も必要でしょう。

「僕の部下もやがて宿に駆けつけますから、あとはその者たちの保護下に入ってください」

レナンくんが軍刀を抜刀し、いうが早いか穴に飛び込みました。壁面を器用にはねながら降りていっていますね。体捌きもずいぶんと向上したのではないでしょうか。

「よいしょっと」

私も遅れじと穴に身を投じました。

ふたり同時に降り立った地下は、緩やかな傾斜で前後に伸びる人工的な通路になっていました。

石の都の地盤を支える地下だけに、岩盤を半円形にくり抜いたトンネルのような造りで、かなり頑(がん)丈(じょう)そうですね。誘導灯代わりでしょうか、坑道の天井には点々と発光体が据えつけられており、足元をほんのりと照らしていました。

「噂には聞いていましたけど、レニンバルの地下に本当にこんなものがあったなんて……」

「坑道自体はかなり古い年代からあるようですね。石壁が風化しかかっていますよ、ほら」

軽く触れただけで壁の表面が砂のように崩れました。

「……タクミさん。最初に断っておきますけど、ここは犯罪者ギルドの本拠地ですからね、妨害もあるかもしれません」

「そうでしょうね。……で、それがなにか？」

「だから――いつもの調子で無茶すると、タクミさんの力だと勢い余って坑道が崩れかねないってことですよ！　僕はこんなところで生き埋(う)めなんて嫌ですからね⁉　自重してくださいよ、くれぐれも！　く・れ・ぐ・れ・も！」

「ああ、そういうことでしたか。そんなに念を押さないでも、大丈夫ですよ？」

私とて、その程度は心得ていますよ。二度も繰(く)り返すとは、レナンくんも心配性ですね。はっはっはっ。

「くれぐれもですからね？　く・れ・ぐ・れ・も！　わかってます？」

……二度どころか四度でした。そんなに？　信用ないですね、私。過去になにかしましたっけ。

思い当たることが……ないわけではありませんが。

「心がけてくれるんでしたら、それでいいんです。王女様の反応はあっちでしたよね？　それでは、さっそく向かいましょう。タクミさん」

「ええ、レナンくん」

「そうですわね」

背後から続いた第三者の声に振り返りますと、そこにはいつの間に降りてきたのか、クリスさんの姿がありました。

「どうなされました？　参りましょう」

にこやかな笑顔で告げられました。

「いえあの……同行されるおつもりで？」

「はい。そのつもりですわ」

「危険ですよ？」

「存じておりますわ」

どうしましょう、揺るぎません。

「あの。幼馴染の王女様を心配する気持ちはわかりますが、この先でなにが起こるか保証できません。ここは私たちに任せて、残ってもらえるとありがたいのですが……」

「そうですよ。民の安全を預かる軍人としての立場からも、許容しかねます」

今後の危険度は未知数です。さすがにそんな場所に、非武装の婦女子を連れていくわけにはいきませんからね。

レナンくんとふたりがかりで懸命に説得していますと、クリスさんは困ったように眉根を寄せて、苦笑しました。

「どうやら、おふたりを困らせてしまったようで、申し訳ありませんわ」

ふう。どうにか納得してくれたようですね。

「おふたりには誤解を与えてしまいましたわね。これは賛同を得ているのではありませんわ。決定事項の通達ですから」

にっこりと、そしてきっぱりと断言されてしまいました。

そのときになって初めて気づいたのですが……クリスさんの上辺は普段と変わらず穏和そうではんわかしているのですが、なにやら笑顔の中で目の芯が据わっていませんかね。これはもしかして、とてもわかりづらいのですが……クリスさん、逆上しているのでは？

「まずいっ！　気づかれましたよ、タクミさん！」

どうやら、この場に長居しすぎたようですね。坑道に複数の足音が反響していました。

先ほど穴を穿ったドリルの音を聞きつけられたのか、それとも坑道の入口を発見されたときの足止め要員として配置されていたのでしょうか。通路の先の暗がりから、手にそれぞれ凶器を携えた五人ほどの男たちが突っ込んできました。

「来ますっ！」

「クリスさんは、私の後ろに」

レナンくんが軍刀を構えて前に出て、私はクリスさんを背に庇いました。が――

「失礼いたしますわ」

するりと私たちの脇をすり抜けて、なんとクリスさんが最前列に躍り出てしまいました。

「「ええっ⁉」」

次の瞬間には、男たちが宙を舞っていました。突っ込んできた勢いそのままに、見えない壁にでも激突したように、反対方向に弾き飛ばされています。

目の前で起こったことが現実でしたら、目にも留まらぬ五連突き——クリスさんの放った電光石火の早業でした。

滑るように相手の懐に潜り込みながらの腰溜めからの掌底突きは、カウンターとかいうやつですかね。メイド服のスカートをはためかせながらのその身のこなしは、舞踏会でダンスでも踊っているようでした。

「恥ずかしながら……わたくし、『拳王』の職を賜っておりまして」

唖然とする私たちの前で、クリスさんは年頃の少女らしく、はにかんで告げたのでした。

◇

「はぁあっ！」

「せいぃ！」

坑道の左右にそれぞれ展開したレナンくんとクリスさんが、襲いくる敵をばったばったと薙ぎ倒していきます。とても頼もしくありますが、最後尾からついていくだけの最年長者の私の立場とはいったい。

　発信器からの信号を頼りに追いかけている内に、どんどん相手の数は増える一方です。正しい道を進んでいる証拠でもあるのでしょう。

　一時は隠れてやりすごすことも考えましたが、こちらは少数なので挟撃を避けるためにも各個撃破していったほうが後々マシだろうとなりまして、こうして正面突破している次第です。

　クリスさんの平和そうな見た目とかけ離れた体術の腕前は、まさに凄まじいの一言でした。静と動――滑らかで、それでいて力強い動きは、闘っているというより情熱的なダンスでも踊っているかのようですね。メイド服のひらひらした服装も相まってか、社交ダンスのステージを観覧している気分で、つい拍手を送ってしまいそうになりました。

　レナンくんも負けてはいませんよ。私は剣術に詳しくありませんが、以前に比べてずいぶんと腕が上がっていることくらいはわかります。これだけ大勢の敵に対しても、峰打ちで撃退するぐらいには余裕があるようですし。軍刀を構えた軍服姿は凛々しく、並んで写真に収めておきたいくらいです。惚れぼれしますね。

「って、タクミさん！　なに、嬉しそうに目を細めているんですか！　分かれ道ですけど、どっちです!?」

「おっと。そこ、右ですね」

　浸っている場合ではありませんでした。

記念撮影は事が終わってからにするとして――まずは王女様の安否ですね。発信器の信号は、先ほどから一ヶ所に留まっています。目的地は近いということでしょう。

「おや？　なにやら妙なところに出ましたね」

道なりに進んでいますと、不意に坑道から広いホールらしき場所に移りました。ホール〝らしき〟と表現したのは、そこには一切の光源がなく、闇に包まれて全貌が見渡せなかったからです。やってきた背後の坑道からの仄かな明かりと、向かい側の三十メートルほど先に、坑道の続きの通路と思しき小さな明かりだけが見えました。

「よもや、ここまで追い縋ってくる者がいようとは……」

天井のかなり高いところから、声が降ってきました。反響しているために位置の特定は難しいですが、高さ十メートル以下ということはないでしょう。足元の地面でさえ、どうにか見えるか見えないかというほどですから、天井付近は真の暗闇となっていて見通せる状況ではありません。

「……気配は捉えられませんが、大勢いますわね。息遣いから十人以上――二十人以下といったところでしょうか？」

「ですね。これだけ隠形に優れているとなると、専門の戦闘部隊かと思われます。これまでの雑兵とは違うようですね」

「ふむ」

……そうなんですか？　クリスさんとレナンくんは状況を把握して意思疎通できているようですが、私にはさっぱりなのですが。

「命惜しくば、退くがよい……今ならば、見逃してやらんでもないぞ……？」

否定の意思表示とばかりに、ふたりが一歩前に出て身構えました。なにか疎外感がありましたので、私も慌てて前に出ます。仲間外れは嫌ですよ？

「そうか。我らは人呼んで〝始末組〟……その名を抱いて――死ぬがよい！」

蝙蝠の羽ばたきのような音が相次いで響きました。

「――くっ!?」

クリスさんが暗闇からのなにかに反応して仰け反りました。咄嗟にそちらに反撃を仕掛けていますが、拳も蹴りも空を切るばかりのようです。

「そこだっ！」

真横に向けたレナンくんの剣撃が闇に煌めくものの、金属音とともに弾かれました。

「おおっと……やるねえ、坊や。惜しい惜しい、くくく……」

火花で一瞬だけ見えた相手は、歌舞伎芝居などで見かける黒ずくめの、俗にいう〝黒子〟のような格好をしていました。

どうやら、なんらかの手段で暗闇の中を飛来して攻撃してくる相手に、ふたりとも苦戦しているようですね。かすかな気配の残滓や音を頼りに、辛うじて反応しているというところでしょうか。

ちなみに、そんな芸当が皆無の私は棒立ちですので、さっきから滅茶苦茶斬られたり刺されたりしています。痛くも痒くもありませんが、やられっぱなしというのも、なんとなく不快ですね。

「ねえねえ、レナンくんレナンくん。ちょっといいですか？」

「なんです、タクミさん、こんなときに――うわっと!?」

「この人たち、どうしてこんな暗闇で、こちらの位置が正確にわかるのですかね？」

今もまた、私の首筋の頸動脈あたりをなにかがなぞっていきました。「あれ？」という素っ頓狂な声が聞こえたりもしましたが。

「悠長すぎるでしょ、タクミさん!?　おわっとと！　相手はおそらく暗視系のスキル持ちか、魔道具を装備しているんだと思います！　くそ、このっ！」

忙しそうですが、それでも律儀に答えてくれるレナンくんはいい子ですね。

ともあれ、単に夜目が利くというわけでもないんですね。暗視スコープのようなものでしょうか。

暗所でも、微弱な光を増幅するという。となれば――

レナンくんが両足を踏み締め、私とクリスさんを背にして立ちはだかります。

「このままじゃあ、埒が明きません！　ここは僕が押さえますから、ふたりは坑道の先に――」

「――ホーリーライト！」

神聖魔法のホーリーライトの強烈な閃光により、視界が黒から白に塗り潰されました。途端に、ぽとぽとぽとっと蚊のように、上から人が落ちてきます。まさに〝蚊取り閃光〟といったところでしょうか。ふふ。

「目、目～！　目がぁぁ！」

両目を押さえながら、黒ずくめの男たちが地面でもんどり打っています。その数、十五人ほどでしょう。レナンくんたちの見立ては正解でしたね。

やはり、暗視スコープに光を浴びせての「目が～！」はテレビでも鉄板ですよね。上手くいってよかったです。

明るくなった周囲を見回しますと、やはりここはドーム状の広間となっていました。しかも、壁には無数に人為的な段差が設けられています。なるほど、蝙蝠（こうもり）のような羽を装着して、グライダーのように壁から壁へと滑空（かっくう）しながら攻撃してきていたわけですね。

「先に……先に……先に……」

レナンくんが軍刀を掲げたまま、茫然（ぼうぜん）と呟（つぶや）いていました。

「……どうしました、レナンくん？」

「あ、え!?　……いえ、別に……」

レナンくんはしどろもどろに軍刀を鞘（さや）に収めますと、軽く咳払（せきばら）いをしました。若干、頬（ほお）が赤いのは気のせいでしょうか。

「んっ、んっ！　……これだけの戦力を配置して待ち伏せしてきたということは、主犯のいる居場所もこの近くということでしょう！　連中も、こうあっさりとここを突破されるとは思っていないはずです。今がチャンスです、急ぎましょう！」

レナンくんの力強い言葉に、クリスさんと頷（うなず）き合いました。

「あ、そうそう。レナンくん」

「なんですか？」

「さっきの『ここは僕が押さえますから～』という決め台詞（ぜりふ）、男らしくて格好よかったですよ？」

ぐっと親指を立てました。

「……そそそ、そういうのは……さらっと流してくださいよ～、も～……恥ずかしいんですから……」

レナンくんは耳まで真っ赤にして蹲り、ちっちゃくなって膝に顔を埋めてしまいました。

おや？　褒めたつもりなのですが……なぜ。


坑道の前方が白んできたと思いますと――潜り抜けた先は、見知らぬ岩山の風景が広がっていました。岩山といいましても、自然のままにある姿ではなく、明らかに人の手が加えられています。整地された地面に、きれいに削岩された岩壁――これは、石切り場ではないでしょうかね。

そういえば、古都レニンバルの近くには、採石場があるという話でした。

かなり長い時間、坑道を移動している感はありましたが、いつの間にか上の都市を出てしまっていたようです。都市の地下を這う坑道が、郊外どころかこんな都市外まで続いていたとは驚きですね。

「おや、坑道が……消えました？」

振り返りますと、今しがた出てきたばかりの坑道が見当たらなくなっていました。背後にあるのはなんの変哲もない岩壁ばかりです。

ふと手を伸ばしてみますと、岩肌に触れた指先に感触はなく、代わりに景色が波紋のごとく波打ち、手首から先が岩の中に吸い込まれてしまいました。

「なるほど。こうなっているのですねー」

首を突っ込んだ先には、変わらぬ坑道がありました。仕組みはわかりませんが、表面になにかしらの目眩(めくら)ましが施されているようですね。この精密さでは、実際に触れでもしないと判別は困難かと思われます。

おそらく、あの宿屋にも同じような仕掛けが隠されていたのでしょうが、都市の生活圏に人知れずこのような抜け道があることに、うすら寒いものを感じますね。

「タクミさん、遊んでないで」

何度も腕を出し入れしていますと、レナンくんに叱(しか)られてしまいました。

「そうでしたね。ええっと……反応はあそこで止まっていますね」

受信機が指し示す発信源は、この先の岩山の中です。正確には、岩山に掘られた洞窟の中ですね。

周囲は鉱夫さんどころか人っ子ひとり見当たらずに閑散としていましたが、代わりとばかりに洞窟の傍(そば)には一台の馬車が停められていました。見覚えがあるその馬車は、以前にあの廃屋で見かけたメタボさん所有のものです。

つまり、今まさにあの場所で、王女様の身柄(みがら)の引き渡しが行なわれようとしているのでしょう。

どうやら、間に合ったようですね。

「作戦を練りましょう」

下手に踏み込んでしまっては、王女様を人質に取られかねません。

採掘作業用と思(おぼ)しき洞窟だけに、正面の他に出入りできそうな場所はなさそうです。こっそり忍び込むのが無理そうでしたら、危険を冒してこちらから攻め入るよりも、あちらから出てきてもらうのが得策かもしれませんね。

取引が終了して出てくるのを待ち伏せるか、はたまた搦め手を用いて燻り出すか……目立たないように岩陰に潜んで、他のふたりに相談しますと、突如としてクリスさんが立ち上がりました。

「なりません、論外ですわ。事は一刻を争うかもしれません。まして、こちらに非なきからには、こそこそする必要など皆無。人の道に背く外道など、真正面から打倒してこその王道ですわ」

凛とした台詞とは正反対に、のんびりとした口調でクリスさんがいいました。穏やかそうに微笑んでいますが、瞳の奥がいっさい笑っていませんね。

クリスさんとはまだ短い付き合いですが、彼女の頑固さたるや、まだ若輩ながらに大したものです。こうと決めたら頑として譲りそうにありません。これはもう……止まりませんよね。

レナンくんと顔を見合わせます。

「……仕方ないですね。このままひとりで突っ込まれても困りますし、僕らも行きましょう」

「そうですね。あ、ですが、ちょっとだけ待ってもらえませんか？　クリスさんも数分でいいですから、時間をください」

「……少しだけですわよ？」

「タクミさん、どうしました？」

「いえね、念のために後続の妨害をしておこうかなと」

気が急いているクリスさんが心変わりしない内に、早足で先ほどの坑道に向かいました。

ここに来るまでにかなりの数の邪魔者を排除しましたが、なにせ地下は犯罪者ギルドの巣窟です。内部にまだどれだけの人数が潜んでいるのかわかりませんし、派手に暴れていたのですでに増援を呼ばれているかもしれません。人質がいる以上、混戦となってはこちらが不利です。後顧の憂いは絶っておくべきですよね。

思い起こせば地下といえば、トランデュートの樹海のクレバスでは魔物相手にマグマを流し込みました。しかし、悪人とはいえ人間相手にそれはあんまりですから、火の次は水ということで、今度は水没させてみるのはどうでしょうか。

「〝ウォーター〟」

水を生成する生活魔法です。差し出した掌から、怒涛のごとく水が溢れ出しました。本来は飲み水や生活水を生み出す簡易魔法のはずですが、私の場合では相変わらず物凄いことになってしまいますね。

地表にいるこちらが地下より高いため、生み出した水流がまるで激流下りのように迸りながら、坑道の奥に続々と呑み込まれていっています。さながら、ダムの放水気分です。

「まあ、こんなものでしょう」

五分ほども放出し続けてから、一息吐きました。

石造りの坑道は、水道管のようにスムーズに水を運んでいってくれました。かつては樹海の一画を一瞬で押し流したほどの水量ですから、それを五分間も延々と流し込んだとなりますと、どれほどの総水量になるのでしょうね。いかに地下坑道が地上の都市を網羅するほどに広域とはいえ、大半が水没していてもおかしくないのではないでしょうか。

「……なにか、とんでもないものを見せられた気がするんですけど……なにしたんです、タクミさん？」

「生活魔法です」

「え？」

「ですので、生活魔法ですよ。水を出すやつですね。それで地下をまるっと水没させてみました。これで追っ手は防げたでしょう」

レナンくんが眉間を押さえて首を振っています。

「聞き違いと思いたかったんですけど……生活、魔法なんですよね？　あの？　どの？」

「多分、その生活魔法ですが……どうしました？」

「……いえ、受け入れがたい現実とやらを、どーしたものかと」

なにやら難儀そうですね。

「つまりですよ？　追手を防いだどころの話じゃなくって、今ので犯罪者ギルドを根城ごと潰滅させたわけですよね？　あれだけ軍や役人が手を焼いていた組織をこうもあっさりと」

……なるほど。相手の拠点を水没させたとなりますと、そうなるのかもしれませんね。いわれてみますと。

「それはそれとして。そんなことより、このままでは痺れを切らしたクリスさんが単身で突入しちゃいますよ。行きましょう、レナンくん」

「うわあ、今この人、〝そんなことより〟っていった……〝そんなことより〟扱いって……」

まだぶつぶつと呟いているレナンくんを小脇に抱えて、私たちも洞窟へと向かうのでした。

◇

シシリアは冷たい床の上で目を覚ました。

（ここは……いったい……なんだっけ……？）

薄ぼんやりとした意識も、時を追うごとに次第に冴えてくる。脳が覚醒したことでクリアになりつつある視界とともに、シシリアは自分が置かれている現状を把握した。

投げ出されているのは、最後の記憶にある宿屋の床ではなく、冷たい地面の上だった。どうりで冷えるわけだと独りごつ。頭ががんがんと痛むのは、なにか薬品のようなものを嗅がされて昏睡させられていた後遺症だろう。それ以外に痛みを感じないのは、無傷で済んでいるためか、あるいは寒さで痛覚が麻痺しているだけなのか。

唯一自由になる首から上を巡らせると、全身が見事に荒縄で簀巻きにされていた。ご丁寧に手足はもとより、下半身から上半身にいたるまで服ごと雁字搦めだ。衣服が破かれていないことに、まずは二重の意味で安堵する。

入念に猿轡をされているために声は出ない。魔法持ち相手に、魔法発動の起因たる声を防ぐ処置は当然のことだろう。

周囲は薄暗く、どうやらここは洞窟の中のようだった。さりとて視界の端に、外界からの光が差し込んでいることからも、地中深い場所でもないらしい。洞窟よりも洞穴(ほらあな)といったところか。

シシリアはエビぞりで上体を仰(の)け反らせ、その反動で反対方向に寝返りを打つ。左右が入れ替わった視界に、ひとりの男の姿が映し出された。

「よう、王女様。お目覚めかい？」

その男は近場の岩に腰かけて、呑気(のんき)に酒瓶を呷(あお)っていた。にやけ笑いが軽薄そうでありながら、どこか危険な香りのする男だ。

生来のものか、異様に鋭い目つきの双眸(そうぼう)は、形容しがたい昏(くら)い眼光を湛(たた)えていた。まだ中年の域には達していないそうな年齢ながら、剣呑(けんのん)な気配は相当の修羅場(しゅらば)を潜ってきたのだと予想される。上体には過剰と思えるほどの、夥(おびただ)しい数の装飾具を身につけ、ちょっとした挙動でもジャラジャラと不快な金属音を奏(かな)でていた。

シシリアの脳裏に、意識を失う直前の状況が思い出される。

腕利きの騎士たちの猛攻も、得意の爆炎魔法すら、この男には一切通じなかった。魔法には絶対の自信と自負を持っていただけに、受けた衝撃もひとしおだった。すべての魔法は直撃と同時に煙と消え去り、騎士たちの剣もその身体には毛先ほども届いていなかった。

おそらくはなんらかのスキル効果だろうが、ああまで無効化されるのは悪夢というほかなかった。

しかも稀有(けう)とされる耐性スキルを、炎熱か魔法、斬撃か物理と、少なくとも二系統は所有していることになる。

（やはり、この男……あのときの）

数日前の馬車での襲撃者が思い起こされた。

ふざけた不気味な骸骨のマスクなどを被っていたが、そんじょそこらにそうそう高ランクの耐性スキル持ちなどいるわけない。近い背格好といい、同一人物とみて間違いないだろう。

あのときは、余裕ぶって迎撃していたが、無防備に両手を広げて近寄ってくるさまは、まるで死神からの死への誘いに思えて背筋が震えたものだ。前回は、相手が仲間を庇ったために辛うじて撃退できたが、今回はその教訓から単身で攻めてきたということらしい。大都市の真ん中で、それほどの暴挙に出ると思っていなかっただけに、完全に虚を衝かれてしまった。

シシリアは、無駄な抵抗だとは自覚しつつも、男を射殺さんばかりに睨めつける。

「おーおー、綺麗な顔して、気丈なお嬢ちゃんだねえ。犯罪者ギルドのトップに立ってから、そんなあからさまに敵意を向けられるのも久しいわな。昔ならキレてぶっ殺していたとこだがよ、今となっちゃあ小気味よいくらいだな」

意にも介さず、男は酒を飲み干すと、さもつまらなそうに空になった瓶を眺めてから――シシリアに向けて無造作に投げつけた。

ごりっと鈍い音がして、シシリアの頭部を瓶底が直撃し、白金髪が朱に染まる。鮮血が整った鼻筋を伝って地面に流れ落ちた。

「おおっといけねえ、つい。引き渡し前のてめえは大事な商品だ。お楽しみはそのあとだったな。

てめえがいけねえんだぜ、そんなゾクゾクする目で熱い視線を送るからよ？」

男はやおら立ち上がり、血のこびりついた空き瓶を拾い――なにを思ったか、シシリアのこめかみにもう一度思い切り叩(たた)きつけた。

「ぐっ⁉」

今度こそ瓶は砕け散り、さらに盛大な血飛沫(ちしぶき)が舞う。

男は割れた瓶から滴(したた)る血を恍惚(こうこつ)として眺めてから――唐突に興味を失ったように、残骸(ざんがい)を放り投げた。

「……ふうん。それでも敵意は失わない、ってか。つまんねー」

事もなげにいうと、男は右手につけた数個の指輪から、薬指のひとつを選んで抜き取り、シシリアの指に無理矢理嵌(は)めた。

（なにを――？）

シシリアは抵抗したが、縛(しば)られて身動き取れない身ではどうしようもない。この程度の戒(いまし)めなど、物理特化の職を持つあの幼馴染(おさななじみ)ならば苦にもしないだろうが、いかんせん魔法特化の身では抗(あらが)いようがなかった。

「うぜえ、暴れんな。てめえのためなんだぜ…………ほらな？」

しばらくすると、シシリアは傷の痛みが消えていく不思議な感覚に包まれていた。

「こいつは〈自己治癒〉を持った古代遺物(アーティファクト)でよ。ほら、すっかり元通りだ。よかったな、俺に感謝しろよ？　ははっ！」

笑いながら指輪を抜き取られた。

いわれた通り、ほんのわずかな時間で傷口は完治していた。痛みどころか流れていた血さえ消えている。

ただ、シシリアは傷が治ったことより、目の前の事実に驚愕していた。

（もしや、あれらの装飾品……すべてが？）

男が身につけている数多の装飾品――その数はゆうに三十を超す。

「なんだ、これがそんなに気になるのかよ？　ま、俺にとってもこれらは自慢の逸品だからな。手に入れるのに苦労しただけに、自慢するのはやぶさかじゃねえ。こいつが〈炎熱無効〉、〈雷撃無効〉に〈氷雪無効〉……こっちが〈物理無効〉と……で、これはなんだっけか？」

男がシシリアの前にしゃがみ込み、ひとつひとつの装飾品を見せびらかしては勝手に説明していく。

無効化能力など、希少な古代遺物の中でも、さらに稀有とされるものだった。その効果は神代の奇跡とされ、まずお目にかかれるものではない。そんなものがこのオンパレード――

しかも、これらを個人が有しているのだから、尋常ではない。単身で国軍とすら矛を交えることが可能な戦力なのは明らか。その力――まさに神に匹敵するといっていい。

「……興が乗ってきたとこだったが、今はここまでだな。取引の時間だ」

男が説明をやめて、立ち上がった。

その視線の先――洞穴の入り口のほうから、やってくる者たちがいる。

「ぺっ、ぺっ！　まったく、埃っぽくて敵わぬわ！　なぜ、このわしがこのような場所にわざわざ出向かねばならぬのだ⁉」

「まったくでございますな！　かくも畏れ多きことに、陛下をこのような場所に呼び出すとは！　時が時ならば極刑ものですぞ⁉」

（この声は……！）

逆光で姿は見えないが、シシリアは声の主をすぐに悟った。五年近くも会っていなかったとはいえ、己が父親の声だ。そうそう忘れるものでもない。

「小汚いところにご足労願ってすんませんね、陛下に閣下。なんせ、人目につきたくないもんで」

いかにも小馬鹿にした慇懃無礼な男の態度だったが、呆れることに相手は気づきもしない。

「さもしい詫びなどいらん！　で、肝心の娘はどこだ？　まさか、失敗したとはいうまいな？」

「んなわけないっての。ほれ、そこに」

「おおっ⁉　でかしたぞ、ガレーシャ！」

「ご覧の通り、ご要望に沿って傷ひとつつけちゃいねえよ」

嫌味たらしくさらっと吐かれた嘘に、シシリアは反射的に男――ガレーシャを睨むも、どこ吹く風と流された。

「さすがは犯罪者ギルドの長よ、そこいらのチンピラどもとは格が違うよな！　がははっ！」

「まさに！　ようございましたな、陛下！」

喜色で顔を染めた壮年の男がふたり、どたばたと興奮気味に駆け寄ってきた。

縛られて地面に転がされたシシリアは、視線を順に巡らせる。メタボーニ元王配と、アーガスタ元宮廷魔術師長――そして、犯罪者ギルドの長、ガレーシャ。

そこいらの小悪党には見えなかったが、悪名高きあの犯罪者ギルド、しかもそのトップだったとは。ならば、組織力を用いて古代遺物を掻き集めることは可能かもしれない。そのために、どれほどの悪辣非道な手段が用いられ、夥しい血が流されたのだとしても。

(仮にも国の上に立っていた者たちが、そんな悪党に加担して王女の身柄を狙うとは……浅ましいにもほどがある)

隣国に留学していた王女の今回の帰国は、女王からの内密な要請であり、極秘とされていた。

これまでの度重なる襲撃に、どこから情報が漏れていたかと思案していたのだが、それが実の父親たちによるものだったとは。おそらく、国の中枢にはまだ前王時代の甘い汁の味を忘れられない者たちが潜んでいるのだろう。今回はその伝手を使い、極秘情報を入手したとみえる。

女王は法を遵守し、正義を尊ぶだけに、直情的で敵も作りやすい。脛に傷を持つ者たちは、なにかと生きづらい世の中になったに違いない。そんな者たちから、メタボーニの復権を望む声が陰で囁かれていることは大いにあり得る。

「おお、会いたかったぞ、我が娘シシリアよ！」

メタボーニは身動きの取れないシシリアを抱き起こし、わざとらしい猫撫で声を上げていた。

その娘と呼ぶ者に、胸元から冷徹な眼差しで蔑まされていることなど、気づいてもいないらしい。

「聞いてくれ、愛する娘よ！　聞き及んでおるやもしれぬが、この度のベアトリーの復権は、嘘と偽りに塗り固められておるのだ！　これまで国を盛り立て、さらには魔王軍から二度も王都を救ったわしに対し、あらぬ悪行の濡れ衣を着せて追放するという凶行――そなたの母は病魔に侵され、狂ってしまったのだ！　シシリアよ、今回は手荒な真似をしてすまなかった。だが、これも親として娘を思う愛がゆえ！　あやつめはそなたを城に招き寄せ、亡き者にしようと画策しておる！　さあ、父であるわしとともに手を取り合い、国を正常なあるべきかたちへと戻そうではないか！　なに、安心するがよい、そなたはまだ若い――そなたが正統なる女王に即位した暁には、この父が後見として手助けを惜しまぬぞ？　ふははははっ！」

そこまで一気にまくし立ててから、メタボーニは初めてまともに娘の顔を見た。そして、どこか不思議そうに首を傾げる。

「んん？　そなた……シシリア、よな？　なにやら五年前とは少々印象が……？」

「陛下。このアーガスタめは、面影に見覚えがございまする。この年頃の少女とは、成長著しいもの。そのせいではありませぬか？」

「う～、う～！　うう――！」

その途端、メタボーニの腕から逃れるように、シシリアが上体を振り乱して暴れ狂う。

「これこれ、暴れるでない！　なにか父に伝えたいことでもあるのか？　アーガスタ、猿轡を取ってやるがよい」

「御意に」

アーガスタが猿轡を外すのを待つのももどかしそうに、シシリアは頭を左右に振り回した。

「――ぷはっ！」

ようやく解放されたシシリアは、開口一番怒声を張り上げる。

「い……いうに事欠いて――我が子の顔すら忘れたと申すか⁉」

シシリアのあまりの剣幕に、ふたりとも完全に及び腰だった。

「は、ははは。じょ、冗談に決まっておろう？　そんなに声を荒らげるものではないぞ、シシリアよ。王太女ともあろう者が、はしたない。この父たるわしが、愛娘を見紛うわけなかろう？」

「そうでございますよ、王太女殿下。久しぶりの再会での父親の照れ隠し……親子の軽いスキンシップというものでございます」

宥めにかかるふたりに、シシリアは大きく深呼吸をして――そのままの勢いで烈火のごとく怒りを吐き出した。

その対象はメタボーニではなく、隣に控えるアーガスタだった。

「貴方も大概だが、俺はあんたにいってんだよ、アーガスタ・アドニスタ！　アドニスタ家の面汚しが！　この糞親父！」

「は、はああ？　お、親……とは？　な、なにを申されますか、殿下――わたくしには娘など」

慌てふためいたアーガスタが、しどろもどろになってしまう。

メタボーニなど、娘が口汚く罵る変貌についてゆけず、目を白黒させながらおろおろするばかりだ。

「だーから！　てめーの息子の顔すら忘れちまったのかって訊(き)いてんだよ!?」

「……む、息子？　お、おおおまえ、まさか――クリスティーンか!?」

「他の誰に見えるってんだよ、この糞親父(くそおやじ)が！」

シシリア――もとい、本名、クリスティーン・アドニスタ。当年とって十三歳、大貴族アドニスタ公爵家の嫡男である。

クリスティーンは白金髪(プラチナブロンド)を振り乱し、声の限りに吠(ほ)えたのだった。

◇

洞窟の入り口には見張りもなく、あっさり侵入できました。自然と、クリスさん、レナンくん、私の順で進んでいるのですが、なんだか順番がおかしくありませんかね、これ。

さして遠くもない奥のほうから声がしています。話し声……いい争いでしょうか。複数の男性の声が反響していますね。

「や、やめ……息子に手を……すな！　ぐあっ」

聞き覚えのある声です。これは……ノッポさんでしょうかね。

「ひぃぃ！　き、貴様……このわしを誰だと――ぶひっ！」

このブヒり声はメタボさんでしょうか。

現場に駆けつけて暗がりからこっそりと様子を窺(うかが)ってみますと、こちらに背を向けて蹲(うずくま)る男性がいました。革のジャンパーに革ズボンと、後ろ姿は一昔前のローラー族を彷彿させますね。

その傍には、鼻血を出して気絶しているノッポさんと、腰を抜かしているメタボさんの姿も見えます。

「これは、いったい……？」

おそらくは、ローラー族っぽい彼こそが王女様を連れ去った犯人――もしくはその一味なのでしょうが、黒幕であるはずのメタボさんたちとはどうにも仲間という雰囲気ではなく、不穏な空気が漂っていました。

洞窟内には、その三人の他に誰もいなそうです。肝心の拐かされた王女様は、どこにいるのでしょうね。

「ぐっ、ぐぅぅ……」

とそのとき、男性の足元からくぐもった呻き声が漏れました。男性が馬乗りになっている影のようなもの、あれはもしかして人――いえ、王女様なのですか!?

「そこでなにを――」

「なにをしているのです、この下郎！」

「――しているのですか、って……」

私が叫び終える前に、クリスさんが怒涛の勢いで突貫していました。

背後からの神速の急襲でしたが、相手の男性は一瞥しただけで、苦もなく躱して距離を取ります。

「……んだあ？　なんだ、てめえら？」

男性が不機嫌そうに吐き捨てました。事前に声をかけたにしても、あの勢いのクリスさんの攻撃を躱すとなると、相当な実力者のようですね。

「タクミ様！　お願いいたしますわ！」

「ええ、ヒーリング！」

倒れていたのは、やはり王女様でした。全身を縄で縛られた無抵抗の状態で、剥き出しの顔面を何度も殴打されたようで血まみれです。あれほど美しかった長髪も、無残に血で濡れそぼっています。

「うぐっ……はあ、はあ……」

神聖魔法で即座に外傷は完治しましたが、どういうわけか王女様はぐったりしたままです。ヒーリングで全快しない症状は、宿屋での騎士さんたちのときと似ていますね。なにかされたのでしょうか。

「失礼しますね」

抱き上げて、邪魔な縄を引き千切りました。これで少しは呼吸も楽になるでしょう。

王女様を守るように、クリスさんとレナンくんが男性との間に立ちはだかりました。ふたりは一触即発――特にクリスさんは鬼気迫る様相ですが、相手の男性はどこか冷めたような態度で、こちらを胡散臭そうに眺めてくるばかりです。どうにも緊張感が窺えません。

「どこの誰かは知りませんが……婦女子に対してなんてことを。大人として恥ずかしいとは思わないのですか!?」

「婦女子？　そりゃ、その女装したガキのことをいってんのか？」

「は？」

思わぬ切り返しに、反射的に腕の中の王女様を見下ろしました。

宿屋での戦闘の折か、今縄を千切(ちぎ)った拍子か、衣服のところどころが裂けてしまっており、いろいろと見えてしまっています。……たしかに、男の子みたいですね。

「馬鹿……シシリー、どうして来た？　キミが来てしまっては、意味がないじゃないか……」

王女様……いえ、王女くん（？）が弱々しく語りかけました。その相手は、メイド服姿のクリスさんです。

「わたくしに、幼馴染(おさななじみ)を見捨てるという選択肢はありませんわ。クリス、生きていてくれてよかった……本当に……」

はて。おそらく、シシリーとはシシリアの愛称みたいなものですよね。王女様がクリスさんをシシリアと呼び、クリスさんが王女様をクリスと呼ぶ。その心は。

ぽくぽくぽくぽくぽくぽく、ち～ん。

「つまり――」

「クリスさんが本物のシシリア王女で、そこの彼は影武者だったということですか？」

私がいう前に、今度はレナンくんに先を越されてしまいました。ちょっとしたり顔になったのが恥ずかしいではないですか。

「詳細は後ほど。今はこの不埒者(ふらちもの)を成敗いたしますわ」

「成敗ねえ……」

クリスさん――ではなく、こちらがシシリア王女になるのでしたっけ。王女様を前に、男性は不敵な笑みを浮かべていました。

「まあいいけどよ。こう慌ただしくちゃ、こっちも混乱するってもんだ。まずは互いに情報交換といかないか？」

相手はひとり。戦況としては圧倒的に不利と思われますが、いかにも余裕綽々といった感じです。どこから、これほどの余裕が出てきているのでしょうね。なにか秘策でもあるのでしょうか。

「俺はレニンバル犯罪者ギルドのトップ、ガレーシャってもんだ。んで、そちらさんは？」

なるほど、彼が例の古都で悪名を馳せる犯罪者ギルドの首領でしたか。どうりでといいますか、悪意を含んだ底知れぬ昏い気配を発しているわけですね。

「悪党に名乗る名など持ち合わせておりません――と申したいところではありますが、よいでしょう。わたくしはシシリア・オブ・カレドサニア。この国の王太女ですわ」

「おおおおー！　シシリア、そなたが真のシシリアであるな!?　会いたかったぞ！　このわしの危機に、馳せ参じてくれたか!?」

「ご無沙汰しておりますわ、お父様。今は少々お静かに」

横合いから四つん這いで突進してきたメタボさんを、王女様の回し蹴りが一閃――顎先を掠めて沈黙させました。

脳震盪でも起こしたようですね。話が先に進みませんので、静かになってなによりです。

「ほほお。その王太女様が、なんでメイドの格好なんざ？　そこのアドニスタ家の小僧とやらが、女装趣味のど変態でなければ……影武者だよな？　いかに身の安全を図るといっても、野郎に身代わりさせて自分は下女に身をやつすかね、王太女ともあろう者がよ？」

「黙りなさい！　わたくしの幼馴染への侮辱は許しませんわ！　彼はわたくしの身を案じ、こうして望まぬ姿にも甘んじてくれているのです！　そして、わたくしのこの格好は——趣味ですわ！」

清々しいほどのどや顔でいい切りましたね、王女様。私も偽装か変装の類だと思ったのですが、以前に聞かされた趣味というのは本当でしたか。たしかに女子の好みそうな可愛らしい服装ではありますが。

「……そーかい。で、そこの軍服の坊主は？」

「誰が坊主ですか⁉　ぼ——私は、国軍東部方面軍所属、レナン十人長！　あなたを王女襲撃の咎により、拘束します！」

「おーおー、ご立派ご立派。可愛い見かけして、勇ましいねえ、坊や？」

「くっ、馬鹿にして！」

あからさまな挑発に、レナンくんが歯を食いしばり、軍刀を構えました。

可愛いのには同意せざるを得ませんが、レナンくんを侮辱されるのは我慢なりませんね。可愛いのには同意せざるを得ませんが！　これは後ほど、お灸を据えてあげませんと。

王女様、レナンくんと続き、次は私の番でしょうかね。

「私は——」

「おめえはいいや。なりも動きも素人然とした雑魚に用はねえ」

「……そうですか」

いえ、別に悪人相手に自己紹介したいわけではありませんから、いいのですけれどね。ただ、なんとなく疎外感といいますか、釈然としないものがあるといいますか。

「名乗りはもうよいでしょう。情報交換がしたいといい出したのはそちらではありませんか？　こちらの事情は至極簡単、わたくしの大事な幼馴染が連れ去られたから取り返しにきた、それだけですわ」

「俺のほうも簡単だ。そこの豚陛下に王女を拉致しろとの依頼を受けてよ。張り切って出張ってみりゃあ、偽者なんて冴えねー結末だ。一杯食わされたなんて久々で、ついムカついちまってよ、そのガキの小綺麗な顔面潰して憂さ晴らししてたところだ。男でなけりゃあ、他の楽しみ方もあったってのによ？　ははは」

世間話でもするように、冗談交じりにさらっと告げられた言葉に、王女様の気配が変わりました。

「おお。怖いねぇ、お嬢ちゃん。そう怒るなよ？　こう見えても、俺は今ご機嫌なんだよ。ちんけな報酬なんぞより、王女を攫い損ねたのが正直痛かったんだが――こうしてわざわざ本物のほうからやってきてくれたんだから、鴨葱どころの騒ぎじゃねえ。くはははっ」

「その口ぶりでは、依頼は関係なしにわたくしの身柄を欲していたようですわね。わたくしを捕らえて、どうなさるつもりだったのです？」

笑顔を絶やしたことのない王女様から、いつの間にか笑みが消えていました。

「いやな？　恥ずかしながら、いいアイディアが浮かばなくてよ。あのスカした女王にトラウマ確実の痛手を与えるには、どんな方法が効果的だと思う？　平凡な凌辱あたりじゃあ芸がねえ。年頃の実の娘が寄ってたかって嬲られて、五体不満足で帰ってくりゃあ、少し応えるかね？　いっそ、いたぶる本人にリサーチしながら、いろいろと試してみようと思ってたところだ。自分のことだ、そんときが来るまでに考えといてくれよ、王女様？」

ガレーシャさんは、おどけるように肩を竦めました。

……驚きました。いるんですね、こんな外道。王太女とはいえ、年端もいかぬこのような少女に対し、淡々と垂れ流す悪意が聞くに堪えません。さすがの私も、むかっ腹が立ってきますね。

「――いい加減にしろ！」

堪らず激昂して斬りかかったのは、レナンくんでした。軍刀もこれまでのように峰打ちではなく、刃を反していません。

斬り込んだタイミングは申し分なく、体重を乗せた見事な一撃でしたが――肝心の刃は、ガレーシャさんが無造作に突き出した指先で止まっていました。

「おいおい。慌てんなよ、坊や。まだ話の途中だろ？」

驚くべきことに、軽く摘むようにわずか二本の指で完全に押さえられてしまっています。レナンくんはなおも渾身の力で押し込んでいるようですが、びくともしません。

「わたくしとしましても、これ以上話し合う必要性を感じませんわ」

王女様が固めた拳を腰だめに――空手の型のように身構えています。背景に『ゴゴゴゴ』と擬音が浮かぶほどの気合いですね。

「くくっ、そうつれないこというなよ。こっちばっかり答えるのは不公平ってもんだ。今度は俺の番だろ？　宿を襲ってから、さほど時間も経ってないはずだが、どうやってここを嗅ぎつけた？追ってきたにしても早すぎる。俺は疑問を疑問のまま放置しておくのが我慢ならない性質でよ」

王女様は水面下で熱くなっているようですし、レナンくんもいわずもがなです。ここは、少なくとも一番冷静な私の出番でしょうか。

「その点は私が答えましょう。私のスキルを用いました。居場所を突きとめましたので、それはもう最短距離でまっすぐに」

「まっすぐ？　まさか、地下坑道を通ってか？」

「そうなりますね」

一瞬、ガレーシャさんのこめかみが痙攣したように見えました。

「この俺の縄張りを我が物顔でねえ……？　途中には、念のために始末組を配備していたはずだがな。あいつらはどうした？」

始末組……ああ、いましたね。あの黒子ふうな。

「邪魔をされましたので、やむなく排除しました」

最後にはきっちりと水で流しておきましたから、今頃は都市のどこかの出口から放流されていることでしょう。

「ちっ——糞の役にも立たねえ連中だ。そうやって国軍引き連れて、坑道をここまでゴリ押ししてきたってわけか……それで、他に何人連れてきた？　外にどれだけ待機させてやがる？」

「他……？　いませんよ？」

「……あん？」

「来たのは、私たち三人だけです。急いでいましたから」

その言葉を聞いた途端、ガレーシャさんが絶句しました。事実を告げただけなのですが、なぜか衝撃を与えてしまったようで、レナンくんの軍刀も手放してしまっています。

「タクミさん、助かりました！」

即座にレナンくんが間合いを取りました。お礼を述べられるようなことは、なにもしていませんけれどね。

「……く、ふふっ。どれだけの軍勢を連れてきたかと思いきや……たった三人だと？　この三人だけで、俺を……この俺をねえ。くっくっくっ、そうかわかったぜ。てめえらは俺を舐めている、だろ？」

ガレーシャさんの歪に吊り上がった口の端から、嗤い声が漏れはじめます。

「なあ、舐めてんだろ？　舐めてんよな？　なあ――なぁなぁなぁなぁなぁ!?　なあ、って訊いてんだろうが、ああ!?　――俺はなぁ！　他人から舐められるのが、いっとう頭にくるんだよ!?　ああ、イラつく――イラつくイラつくイラつくイラつくイラつく！　この畜生どもが！　てめえら全員――ぶち殺してやんよ!?」

にわかに殺気が膨れ上がり、洞窟を満たしました。あまりの豹変ぶりに、こちらが呆気に取られるほどです。大事な脳の血管が何本か切れてしまったのでしょうかね。

「狂人ですわね……タクミ様！　クリスと彼の父上を安全な場所に――あと、それも！」

「了解しました！　これですね!?」

クリスくんを肩に担ぎ直し、気絶しているノッポさんを小脇に抱えてから――ついでに顔面から地面に突っ伏していたメタボさんの足を引っ掴みました。

狭い洞窟内ではこれから起こる激しい戦闘に巻き込まれないとも限りませんので、そのまま外まで運び出します。引きずるメタボさんが地面の凹凸でばいんばいんはねていますが、まあ大丈夫でしょう。


「……こ、ここは……？」

メタボさんとノッポさんを表の馬車の中に放り込んだところでクリスくんが呻きました。しばらく気を失っていたようですが、太陽の刺激に目を覚ましたようですね。直上からの日差しに、眩しそうに目を細めています。

「あなたが先ほど捕らわれていた洞窟の外ですよ。ちょうどよかった。いくらなんでも黒幕のふたりと同じ場所に閉じ込めるのはどうかと悩んでいたのですよ。やっぱり嫌ですよね？」

「シシリー……いや、クリスは……？」

「あ、大丈夫ですよ。おふたりが入れ替わっていたことは、もう知っていますから。王女様はうちのレナンくんと一緒に、今は犯罪者ギルドのボスのガレーシャさんとやらを洞窟内で押さえています」

「……だ、駄目だ！」

私に身を預けたまま、ぐったりと辛そうにしていたはずのクリスくんが突然はね起きました。

「そんな急に大声上げては、びっくりするじゃないですか」

「あいつは普通じゃないんだ……！　いくらシシリーでも……戦っては……いけない……！」

「あ、ちょっ——暴れないでください。危ないですよ？」

いわゆるお姫様抱っこしている最中で、じたばたされるものですから堪ったものではありません。女装していても中身はさすが男の子、全力でもがかれては、うっかり取り落としそうになってしまいますね。

「まったく……どうしたというのですか、そんなに慌てて」

宥めながら、クリスくんを近場の岩壁に下ろしました。

「気持ちはわかりますが、そこまで心配しなくても。王女様もレナンくんも強いですから、そうそう負けることはないですよ。私もすぐに参戦しますし」

「そ、そうじゃない……！　あいつには……負けることがなくても……絶対に勝つことが、できないんだ……！　くそっ……なんだってあんな化物が……シシリーが、シシリーが……危険だ……」

息も絶え絶えに、必死に訴えかけてきました。その焦燥した様子には、あのいつも凛として、余裕と風格に満ち溢れていた姿は窺えません。

これまでは影武者として、そういった王女様像を演じていただけなのかもしれませんが、それにしても動揺がすぎますね。そうするだけのなにかを見たとでもいうのでしょうか。

「おや？」

その答え合わせでもないのでしょうが、洞窟からふたりの人影が弾き出されてきました。レナンくんと王女様です。

別段、外傷など見当たりませんが、ふたりともひと目でわかるほどに顔が強張ってしまっていますね。その表情にあるのは困惑……でしょうか。なにがあったのでしょうか。

「おいおいおい、おふたりさんよ。そうも逃げてばっかじゃシラケるってもんだろ。俺からは、まだ一度も手出ししちゃいないってのによ？」

洞窟の暗がりから、ポケットに両手を突っ込んだまま、悠々とガレーシャさんが歩いてきました。陽光に晒された顔には、洞窟内で見たとき以上の昏い笑みを湛えています。ふたりと正反対に、あちらはずいぶんと余裕ありげですね。

「どうしました、レナンくん？」

「気をつけてください、タクミさん！　あいつ、普通じゃありません！」

「――参りますわ！」

王女様が地を蹴り、飛び出しました。特殊な技能でしょうか、一足飛びに間合いを詰めて、するりと懐に滑り込む技には目を見張るものがありますね。

上体を深く落とし、力強く踏み締めた両足で、足元の岩盤にひびが入りました。

「はあぁ！」

　気合一閃。腰溜めから放たれた右ストレートが、ガレーシャさんの鼻面に炸裂しました。右拳を戻す反動で左フック、次いで右の膝蹴りから左足での後ろ回し蹴りへと続きます。流れるような左右のコンビネーションですね。しかも狙いも的確で、人中・こめかみ・水月・金的と、えげつないまでに急所を捉えていました。特に最後の金的への蹴りなど、思わず股間がひゅっとなってしまいますね。

「たぁっ！」

　そして間髪いれず、レナンくんも軍刀片手に突っ込みました。甲高く可愛らしい掛け声ですが、それに似つかぬ猛攻です。

　すれ違いざまに、右左右——と、指揮棒でも振るかのような靭やかな剣捌きには見惚れてしまいます。あれだけの剣速に加えて、細かなフェイントを織り交ぜての上段、下段、中段との斬り分けでは、相手もなす術がないでしょう。速度重視の技には、レナンくんの小回りが利く小さな身体も優位に働いているようですね。いえ、そこまで見越して技の修練を積んでいるのでしょうか。成長しました、強くなりましたね、本当に。

「いやはや、見かけによらずやるねえ、おふたりさん。ここでぶっ殺す予定でなければ、手下に欲しいくらいだぜ」

　ただし、問題は——そんなふたりの攻撃が、ガレーシャさん相手にはまったく通じていないことでした。防御や回避したのならまだしも、棒立ちもいいところです。ずっとポケットから手すら出していません。

「くぅ！　また駄目だ！」

悔しそうにレナンくんが吐き捨てました。これが先ほどクリスくんとレナンくんのふたりが告げた、〝普通じゃない〟の正体でしょうか。

これは、打たれ強いとか以前の状態でしょう。なにせ、裸拳の王女様はともかく、レナンくんは真剣で斬りかかっています。直撃してもなお、生身で傷ひとつも負わないとは、どういうことなのでしょうね。

「まだですわ！　スキル——〈世紀末覇王〉！」

「僕も使わせてもらいます！〈祝福〉〈加護〉！」

ふたりの気勢が一気に高まりました。

「強化スキルか？　判断としては悪くねえな。無駄だとしてもよ」

それでもガレーシャさんに焦りは微塵もありません。

ふたりの身体速度も一撃の威力も格段に飛躍していることは、私からでも見て取れます。しかしながら、その余裕の態度が示す通りに、ふたりの輪をかけた猛攻も先ほどの焼き増しに過ぎませんでした。岩をも砕きそうな王女様の拳にビクともすることはなく、レナンくんが浴びせる軍刀での連撃も意に介していません。

背後からどさりっと重い音がしたのでそちらに振り返りますと、クリスくんが地面を這いずって王女様に近づこうとしていました。

「……くっ、シシリー！　無効化スキルだ……！　そいつに……通常攻撃は通じない！」

クリスくんが弱々しくも懸命に声を張り上げました。

「――――！」

一瞬アイコンタクトしてから、王女様がガレーシャさんに向き直ります。

「爆ぜなさい、〈豪襲破〉！」

「なるほど――僕も！　貫け、〈双貫〉！」

「と来るわなぁ？　ワンパターンすぎて呆れんぜ。〈超速回避〉！」

王女様とレナンくんのスキル攻撃が、あえなく空を切りました。

身体速度の増したガレーシャさんは軽やかに攻撃範囲から脱し、ふたりの背後に回り込みます。

「来るとわかってる単発スキル攻撃なんぞ喰らうかよ。あ～あ、あのガキにネタバレすんじゃなかったぜ。もうちっと楽しめると思ったが、そろそろ潮時かねえ？」

ガレーシャさんが悠然と両手を振り上げました。

「ふたりとも、攻撃が来ますよ！　避けてください！」

「無駄無駄。こいつらは、スキル硬直で動けねえよ」

ガレーシャさんの狙いすました打ち下ろしが王女様の首筋を痛打し、続く前蹴りがレナンくんを背中から蹴倒しました。

「く、くそっ！」

レナンくんが泥に汚れた顔を拭って起き上がり、王女様も眩暈を振り払うように頭を振って、戦線に復帰します。

（まずいですね、これは……）

繰り広げられる攻防は、旗色が悪いなどというものではありません。通常攻撃はすべて弾かれ、明らかに警戒されているスキル攻撃は当たりません。それどころか、スキル攻撃後の硬直状態とやらで、身動きが取れないところを狙って攻撃されています。

なんという理不尽な。こちらの攻撃ばかりいっさい効かないなどと、不公平が許されていいのでしょうか。

しかも、頼みのスキル攻撃は躱されてしまい――逆に反撃のチャンスを与えることになってしまうとは。せめて相手から攻撃してくれれば、その隙を突くこともできるでしょうが、向こうにそのような危険を冒す気は毛頭なさそうです。これでは勝ち目などあろうはずがありません。

さらには、当初は互角に近かった両者の動きに、明確な差が出てきてしまっていました。王女様もレナンくんも肩で息をして、見るからに身体が重く辛そうです。スタミナ切れのようにも思えますが、少し違和感がありますね。これは……？

「おっと、ようやく浸透してきたか？」

ガレーシャさんが両手を広げて、無造作に近づいてきました。無防備なのはこれまでと同じですが、スキルを警戒する素振りすら消えています。

「轟け、〈天将烈破〉！」

「はぁ――〈双連撃〉！」

疲れていてもそのような隙を見逃すふたりではなく、王女様とレナンくんは同時に仕掛けていきました。必中のタイミングに、私も胸中で喝采を送ります。

ふたりのスキル攻撃は、見事にガレーシャさんに直撃した——はずなのですが、攻撃を仕掛けたふたりのほうが、逆にそのまま倒れてしまいました。

「くはは——ひゃっーはっはっはっ！　絶好のチャンスだったのに残念だったな、おふたりさんよぉ!?　今ので倒せるとか思っちゃったかなあ？　そう、その絶望の表情、最高だぜ！　ひゃははは——！」

地に伏し動けないふたりの状態……これは、クリスくんや宿屋での騎士さんたちと症状と似通っています。

「なにを……したのです？」

それまで傍観していた私が問いかけますと、ガレーシャさんは喜色を隠そうともしない狂人の眼差しをこちらへと転じました。

「あ？　なんだ、おめえ、まだいたのか？　聞きたいなら教えてやるよ。こいつは呪系スキルでな、時間経過とともに弱体化させるレアスキルだよ。こうやって粋がって突っかかってくるやつらを虫の息にしてよ、羽虫の翅を毟るようにじわじわ絶望を味わわせていたぶるには、最適のスキルってわけだよ。こんなふーに——な！」

あろうことか、レナンくんの頭を踏みしだいて頬に唾棄しました。

「う……ああ……」

辛うじて意識を繋ぎ止めているのか、レナンくんが呻きます。

奥歯の軋む音が、自分でも聞こえました。

「なんだ、そんなに睨んでよ？　雑魚のくせに、これ見てもまだ俺とやろうってのか？　おめえには犯罪者ギルドの恐ろしさを喧伝してもらおうと、一応生かして帰してやろうと思っていたのによ。いいぜ、そこは個人の自由だ。分も弁えずに挑んで華々しく散りたいってんなら、止めやしねえよ？」

挑発するように、レナンくんをぐりぐりと踏みにじります。

「……私の見通しが甘かったようですね……」

岩壁近くにいた私は、思わず後ろ手に握り拳を壁に叩きつけていました。途端に岩壁に亀裂が走り、岩山の一部が崩れ去りました。

「は……え？」

「足、どけてください」

「お？　おお……」

相手が唖然としている隙に、レナンくんと王女様を担いで、クリスくんのもとまで連れていきました。

ヒーリングをかけて傷を癒しても、ふたりともやはり完全復活とまではいかないようです。これは、スキルによる呪いの効力でしょうか？

「レナンくん、気をしっかり」

ぺちぺちと頬を叩きますと、レナンくんがうっすらと瞼を持ち上げました。

「タクミさん……力及ばず、ごめんなさい……」

「私のほうこそ、申し訳ありませんでした。お詫びにあとは任されます。安心してください」

「お願いします……でも、くれぐれもやりすぎないように……してくださいね……」

「ふふっ、レナンくんってば。わかっていますよ」

レナンくんはおどけるように小さく笑みを浮かべてから、意識を放棄しました。

「さて……」

もっと早くに手を出すべきでした。若人たちの意気込みと熱意に水を差すのもどうかと思い――もっというと、成長したレナンくんの勇姿を見たいがために、参戦するのに躊躇してしまっていました。これは私のミス、というか我儘でしたね。自分に腹が立ってきます。

「ここからは私が相手です。あなた、子供たち相手に少々やりすぎです。レナンくんにはああいわれましたが、きつめのお灸を据えてあげましょう」


とはいったものの、どういう手段が有効なのでしょうね。無効化スキルというものが、本当にすべてを無効化してしまうのでしたら、決着をつけるというのもなかなか難しそうです。

「……順にひとつずつ試してみますかね」

私相手にあれほど余裕ぶっていたガレーシャさんですが、今では警戒の色が滲んでいます。岩壁を崩してみせたのが、多少は脅しになったのでしょうかね。じっとしていてくれたほうが、こちらとしてはいろいろと試しやすいというものです。

ここは石切り場の岩山だけに、そこいらに大小の石がごろごろしています。手始めに……手頃なのは、こんなものでしょうかね。

「ほいっ！」

「うおっ⁉」

拾い上げた石を投げつけてみましたが、避けられてしまいました。

石はそのままガレーシャさんの脇を通り抜け、背後の岩壁に命中して粉砕しました。衝撃で岩壁に放射状に亀裂が走り、岩山の表面がごっそりと崩れ落ちます。まあ、当たらなければ意味はないですよね。

では、次は下手な鉄砲なりに数撃ってみましょうかね。

「えいえいえいえいえいっ」

「うわ、ちょ――待ちやがれっ⁉　うおっ、うわっ！」

雪合戦の雪玉のごとく連投してみました。狙いはバラつきますが、一個くらいは当たってくれるでしょう。

「お？　当たりましたね」

二個同時に投げた内の一個が、ガレーシャさんのどてっぱらに命中しました。しかし、予想通りといいますか、石は直撃と同時に失速し、その場に力なくポトリと落ちてしまいます。

「く……はは、驚かせやがって！　見たか、この無効化スキルの力を！」

外した石を受け続けた岩山のひとつが完全に崩壊してしまいましたが、肝心のガレーシャさんはぴんぴんしています。動揺しているようですが、ダメージを負った様子はありません。

うーん、これは威力が足りない云々ではなく、衝突の際のエネルギーを無効化させられている感じですね。これが石ではなくとも、たとえ刃物でも同じ結果になりそうです。

物理的攻撃が無駄でしたら、魔法はどうでしょうね。幸い、ここは四方を岩壁で囲まれた岩山だけに、火を熾しても延焼の心配はないでしょう。

「〝ファイア〟」

指を差して発動のキーワードを発した途端、紅蓮の炎が視界を真っ赤に彩りました。

「うおおっ！　なんだ――こりゃあ!?」

そんなガレーシャさんの叫びすら呑み込んで、天を突く特大の炎の柱が出現します。その炎熱たるや凄まじく、距離が離れていても放射熱だけで服がちりちりと焼け焦げてしまいました。

可燃物でもあれば大火事になっていたかもしれませんが、そこは岩場のど真ん中だけあって周囲の岩肌が熔解する程度で済みました。一部、溶岩化しているようですが、風で冷やされて凝固しはじめているので、問題もなさそうですね。

ちなみに、そんな中でもガレーシャさんは無傷でした。軽い火傷どころか、衣服が燃えた形跡もありません。

「これでも駄目ですか……ふむ」

「ふむ、じゃねえよ！　おい、てめえ!?」

ガレーシャさんがぷるぷると震えていました。

「なんでしょう？」

「いきなりとんでもないことしやがって！　さすがの俺も、今のは死んだかと思ったぞ⁉　いったい、てめえは何者なんだ⁉　上位の魔法持ちにしても、あんな馬鹿げた威力の魔法――最上級の爆炎魔法だって、もうちっとは大人しめだ！　なんだ、ありゃ⁉」

何者だなんだと問われましても、自己紹介の必要はないといったのはそちらでしょうに、勝手な人ですね。

「魔法に関していいますと、今のは生活魔法ですね」

「生活……魔法？」

「おや？　知りませんか、生活魔法？　生活魔法というのはですね――」

「生活魔法くらいは知っとるわ！　ふざけるなよ、こんな物騒な火力が必要な生活なんぞあってたまるかっ！」

そういわれましても。

「いろいろ小うるさい人ですね。非常識ですよ、こんなときはもう少し真面目にやってください。私、これでも怒っているのですよ？」

「てめえにいわれたくねえ！」

肩で息をしながら声を荒らげています。なにをそこまで興奮しているかは知りませんが、どうやら沸点も低いようですね。

ともかく、これで魔法も通じないことが確認できました。やはり、一筋縄ではいきそうにもありません。

「くそ、この俺を舐めやがって——てめえは絶対にぶっ殺してやる……！」

となれば次は、〈万物創生〉の出番でしょうか。無効化スキルでもスキル攻撃は無効化できないみたいですが、私の場合はスキル自体が攻撃手段ではなく、スキルで創生した物質での二次的な攻撃ですからね。さて、効いてくれるのでしょうか？

「聞いてんのか、てめえ!?　いいか、俺を舐め腐る野郎は全員死ぬんだ！　これまでも——そしてこれからもだ！」

ま、こうして悩んでいても仕方ないですよね。案ずるより産むが易しといいますし、実地で試してみることにしましょうか。

「くっくっくっ。俺としたことが、予期しない事態に、ちーっとばかり焦っちまったようだぜ。そうだよ、どんな大層なスキル持ちか知らねえが、どうせこの俺の鉄壁の守りを破れるやつなんていやしねえんだ！　勝つのは俺だ！　それを今からてめえの身体に教えて——って、え……？」

『鋼鉄人、クリエイトします』

まずは鉄の巨人による鋼鉄のパンチです。フルスイングで直撃し、すっ飛んでいったガレーシャさんが、向かいの岩壁にめり込みました。

「ぐおおっ!?」

……めり込みはしましたが、効果はないようですね。

『ゲット・トマホーク、クリエイトします』

「そーれ、ブーメラン〜！」

巨大手斧を二連続で投擲してての追撃です。超質量が岩壁ごと切り裂いて、突き刺さるというよりもガレーシャさんを圧潰しました。

「はううっ⁉」

が——これにも耐えたようですね。しつこい。

『フライング・トーピドー、クリエイトします』

空中魚雷ではありますが、地上で使ってはいけないということもないでしょう。先端のドリルが削岩しながら、岩壁の奥にいるガレーシャさんをさらに奥底へと押し込んでいきます。

「ちょっと待てぇぇぇぇぇぇぇ——」

そして、大爆発。岩壁どころから岩山自体が半分ほど爆砕しましたが——崩壊した瓦礫の中で、蠢いている影が見えますね。まだですか。

『スラスターライフル、クリエイトします』

まさか、これを対人相手で使用する日がこようとは。大型ロボット専用ライフルを、身体全体で支えます。

「うおおおぃ！　待て、それは見た目からして駄目だろ⁉　無理無理無理無理——」

「よっこいしょっと」

巨大な引き金を引き——もとい、体重をかけて押し込みました。

ライフルの銃口に収束する膨大なエネルギー。次いで視界を灼く鮮烈な閃光——放たれた渦巻くした。

破壊の奔流は、周囲を蒸発させながら岩山を貫き、今度こそ山全体を完全に消し飛ばしてしまいました。

「………う～ん。ちょっと、やりすぎましたかね？」

岩山だったはずのその場所が、清々しいくらいの更地になってしまっていました。石切り場なのに、切り出せそうな石がもうありません。……怒られちゃいますかね。

さておき、これならさすがのガレーシャさんも――

「――でもなさそうですね」

驚くべきことに、消失した岩山跡にはガレーシャさんの姿がありました。

「う、く……くそ……」

若干ふらついてはいますが、特に手傷を負っているようにも見受けられません。これでも健在とは恐れ入ります。非常識な人ですね。

「今のは確実に死んだかと思ったぜ……ふふ、くふふふ……」

ガレーシャさんが青ざめて呟いてから一転、今度は笑いはじめました。

「くふふふっ！　ふははは――はぁっーはっはっ！」

歓喜とばかりに天を仰ぎ、身悶えながら高笑いを続けています。……これは少々まずいことになりましたね。

「弱りましたね。こちらにも心療内科はありますかね？」

「なんの心配をしてやがる!?」

あなたの頭の心配を。

「……ああ、そうか。そうやって平静を装ってるが……内心、焦ってんだろ？　なあ、いいんだぜ、隠さなくてもよ？　ビビッてんよな、ああ？　くっくっくっ！」

なにをのたまっているのでしょうね、この人は。これは本格的にどこか灼き切れましたかね。

「前言は撤回してやる。てめえは単なる雑魚じゃねえ。すげえよ、大したもんだ。ただし……攻撃力に関してだけはな。だが、俺のほうがもっとすげえ！　俺はてめえの攻撃に耐え切った！　どれだけ最強の矛を持っていようとも、こうして凌ぎ切った最硬の盾を持つ俺のほうが上だ！」

ああ、そういうことでしたか。

「今度は俺の番だ。もっとも、てめえの番が回ってくることはもうないがよ。くっくっくっ……ちーっとばかし、強力なスキルを持っているからって――とことんまで舐めくさりやがって！　誰に盾突いたのか、教えてやんよ!?　斬馬刀！」

どこからともなく、ガレーシャさんが背丈を超える大型の諸刃の剣を取り出しました。あれは井芹くんも持っている収納系のスキルとやらですかね。なんとも多彩な芸をお持ちで。

「死ぃぃぃぃねぇぇぇぇやぁぁぁぁ――」

肩で担ぐように、斬馬刀を両手で掲げて突進してきます。

「ひゃっはぁー！」

太陽を背にしたガレーシャさんが直前で飛びかかり、大きな影に陽の光が遮られました。逆光の中に浮かんだガレーシャさんの表情が狂喜に歪み、巨大な刃が私の脳天を直撃します。

「――って、あれ？」

それはさておき、ガレーシャさんの言にも一理ありますね。あれだけの攻撃が通じなかったとなりますと、攻め手に欠けることは事実。私は他の攻撃スキルを有しないだけに、どうしたものでしょうね。

「このっ！　くそっ！　なんでだ⁉」

思案していますと、ガンガンガンガンと何度も頭を乱打されました。うるさいですね、私の頭は木魚ではありませんよ。

「もう少し静かにしてもらえませんか？　落ち着いて考え事もできません」

「この状況で考え事をしているほうがおかしいだろうが⁉」

ガレーシャさんが斬馬刀にもたれかかり、肩で息をしています。

「…………！　そうか、その余裕――まさか、てめえも高位の耐性スキル持ちか⁉」

「よく気づきましたね。だとしたら、どうします？」

「こうするまでよ！　死にくされ――スキル、〈螺旋斬（らせんざん）〉！」

猛スピードで回転しての縦横無尽の斬撃が、立て続けに襲いかかってきました。

武器の重量に加えて、回転による遠心力で破壊力を増す攻撃スキルのようですね。巨大な斬馬刀との相性もよさそうです。荒れ狂う鋼鉄の刃の嵐が、無差別に私の頭部や胴体を抉（えぐ）りました。

――が、見た目は派手な割に、そこまで大した威力（いりょく）はなさそうですね。服についた土埃（つちぼこり）をぱたぱた叩（たた）き落とします。

「はああ⁉　馬鹿なっ、こいつはスキル攻撃なんだぞ！　素の身体能力だけで防いでいるってのか⁉なんて、でたらめな野郎だ！」

「あなたにいわれたくありませんが……」

「ならば――多重発動！〈身体飛躍〉〈剛力鋼体〉〈膂力倍化〉〈古今無双〉〈能力超向上〉！」

ガレーシャさんの身につけている装飾品が、鈍く光を発しました。身体までが仄かに輝き、空気がピリピリしているように感じます。

「かーらーの！　絶技、〈破砕龍〉！」

上空高くにジャンプしたガレーシャさんが、突如、物理法則を無視して空中で向きを変え、こちら目がけて急降下してきました。斬馬刀を突き出して猛回転しながら迫りくるさまは、さながら天上より降臨する龍のごとし、といったところでしょうか。弾丸は回転することで威力を倍増させるそうですが、これも同じような効果があると見るべきでしょう。

「――この〈破砕龍〉は、突貫攻撃に特化した超攻撃系スキル！　攻撃力を増幅させる付与効果付き！　このスキルを受ければ、跡には塵も残らないといわれている――なのに！　どうして無傷なんだよ、てめえはよ⁉　ええぃ！」

そういわれましても。

ガレーシャさんが、自棄気味に斬馬刀を地面に叩きつけています。

「しかも、戦闘開始してからすでに十分以上……この〈呪怨縛〉のスキルは、一秒に1ずつ身体パラメーターを減少させ続けるはず……どんな野郎でも、今頃はとっくに足腰立たなくなっているはずなのに……効いてないってのか……？」

左手の腕輪を見下ろして茫然（ぼうぜん）と呟（つぶや）いています。

「ははあ……」

なるほど。私にもわかってきましたよ。男ながらに貴金属をジャラジャラと、単なる悪趣味な成金ではなかったのですね。あれらすべてが、スキル効果を秘めた古代遺物（アーティファクト）ということなのでしょう。

一般的に、スキル攻撃は防ぐことはできないと聞き及んでいます。ヒーリングでは回復できない皆さんの衰弱ぶりが、スキルのせいなのでしたら納得ですね。あれは、極端に身体能力の数値が低下したことによる身体機能への弊害（へいがい）でしたか。

それにしても、一秒間に1ずつ減少ですか。十分では６００減。私がレベル2の頃の能力値でも、減らし切るには十日以上かかりそうな計算になりますが……なんとも気の長い話ですね。

「ひっ⁉」

私が一歩踏み出しますと、ガレーシャさんがしゃくり上げ、後退りしました。

「待て――待て待て待て待て！　取引をしよう！　な？」

途端に及び腰になり、愛想笑いを浮かべます。

「取引……ですか？」

「お、おおよ！　そもそも今回、俺があんたらに手を出したのは、元国王の依頼が発端だ！　もともと俺は乗り気じゃなかったんだが、依頼なんで仕方なくよ……わかるだろ？　依頼は破棄して、俺は手を引く。さらに迷惑料として、慰謝料をたんまりとくれてやる！　それで手打ちってのはどうだい？　悪い話じゃねえよな、な？」

「お断りします。私は最初にいいましたよね、やりすぎたあなたに怒っていると。知人を傷つけられて、黙っているわけにはいきません。あなたは捕らえて、役人に引き渡します」

いまだ背後で横たわる、レナンくんたちの仇を取らないといけませんし。

「そんなくだらない理由で……いや、待てよ？　くふっ」

不意にガレーシャさんがにやりと笑いました。厭らしい笑顔です。なにかろくでもないことでも思いついたのでしょうかね。

「だったら、これは交渉じゃなくて命令だ」

懐から、小さな棒状の笛らしきものを取り出しました。

「こいつは緊急招集用の魔道具でな。いったん起動させれば、地下のアジトから手下どもが大挙して押し寄せてくるぜ？　俺の手下は総勢で千人を超える。あんたは無傷で済むとしても、あっちに転がる満足に動けないガキどもはどうなるかな？　間違いなく死ぬだろうぜ？　くくっ」

いろいろと変わり身が激しい人ですね。今度は勝ち誇るガレーシャさんを前に、溜息しか出ません。

「馬脚を露わすといいますか……小悪党っぷりがいっそ清々しいですね。残念ながら、お仲間を呼んでも誰も来られないと思いますよ？」

「……へ？　なにいって……」

「こちらへ向かう道すがら、その地下のアジトとやらはきれいさっぱり洗い流しておきましたから」

「な、流した……？」

「ええ。生活魔法で盛大に水没させたので、その手下さんたちも今頃は都市のどこかに押し流されて、各所でお縄についているのではないですかね？　レナンくんは犯罪者ギルドが壊滅したとかいっていましたが、概ねその通りかと」

「俺の……犯罪者ギルドが……壊滅？　ははっ、嘘だろ？　俺がここまで登り詰めるのに、どれだけ苦労したと……」

「虚しい結末でしたね。これからは、もっと前向きな努力をお勧めしますよ」

「――てめえが抜かすなぁ！」

破れかぶれに突っ込んできたガレーシャさんを、咄嗟に両腕で受け止めました。お互いに腰に手を回し、相撲でいうところの〝がっぷり四つ〟のかたちですね。

さて、組み合ったのはよいのですが、これからどうしましょう。どちらにせよ、このままではお互いに攻撃が通じませんので、千日手になることは間違いありません。

……そういえば、先ほどガレーシャさんが面白いたとえをしていましたね。どんな盾も貫く矛と、どんな矛も弾く盾をぶつけると〝矛盾〟になるわけですが、最硬の盾同士がぶつかり合うと、どうなるのでしょうね。試してみるのも、一興かもしれません。

ちょうど、今の状況は相撲の取り組みに似ています。そもそも相撲は神事、僭越ながら『神』とされる私の決着法としては最適かもしれません。

「はっけよーい――」

腰を落とし、両足を大地に踏み締めました。両腕でしっかりと相手の腰を捉え、上半身を預けて密着させます。

「ま、待て、てめえ！　なにする気だ⁉」

「――のこった」

「うおおっ⁉」

組み合いながら、全力を傾けます。地面がひび割れて足首がめり込み、余波で周囲がクレーター状に陥没しました。

相撲におけるこのがっぷり四つを侮ってはいけません。見た目は膠着状態で派手さこそないですが、両者の持つ純粋な〝力〟を競う組手でもあります。この場合は力比べ以上に、無効化の能力勝負でもあるでしょう。お互いの力を無効化しようとするせめぎ合いが、ぱちぱちと火花を立てているようですね。

「こうなったら――やってやらぁー！　俺を甘く見てんじゃねえぞ、くらぁー⁉」

ガレーシャさんが顔を真っ赤にして、渾身の力をこめて押し返してこようとしてきます。でしたら、それに私も応えましょう。

「どっせい」

「ふぬりゃあ！」

「おいさ」

「ぬあああー！」

さらにもう一段、足元が陥没しました。

――ぴしっ。

なにか、小さな音が聞こえた気がしました。

「まだまだまだー！　全スキル、臨界突破ー！」

ガレーシャさんからの圧力が増しました。顔面の血管が破れそうなほどに浮き出ており、口の端から泡を吹いた決死の表情です。敵ながら天晴れなものですね。

――ぴし、ぴし、ぴしっ。

「私も負けてはいられませんね。ほいさっと」

「うぬあああー！」

「のこった、のこった」

「うがあああぁぁぁー！」

「せいや」

「ぶがびぬばだびがだぁぁぁー！」

両者でいっそうの力を注いだ瞬間――

――ぱきっ。

小さな破裂音を立てて、ガレーシャさんが身につけていた装飾品のひとつが砕けて落ちました。

「…………あ？」

ガレーシャさんは、食い入るように地面に転がる破片を眺めてから――

「あああああー⁉　俺の〈物理無効〉の古代遺物がぁぁ⁉」

と、絶叫すると同時に、脱力して腰砕けになったものですから、私が支えてあげないといけなくなりました。

（物理無効？　となりますと、もう攻撃を無効化できないとかですかね？）

何気に目に留まったガレーシャさんの左手の腕輪を握ってみますと、これまでのように直前で弾かれるような感覚はなく、あっさりと砕け散りました。

「やめてくれ！　わかった、降参する！　この通りだ、許してくれ！」

ガレーシャさんは私の腕を振り払い、地面に額を擦りつけて土下座しました。

「これからは心を入れ替える！　悪事からも足を洗う！　これまでの件含めて役所に出頭する！もちろん、言い値でワビ料も支払おう！　だから、命だけは勘弁してくれ！　これだけ大暴れしたんだ、多少はすっきりしたよな、な？　今の俺じゃあ、あんたに軽く撫でられただけで挽肉になっちまうよ！　どうか～、どうか～！」

まるで人を殺人鬼か破壊魔のように……人聞きが悪いですね。ともあれ、改心して自首するというのでしたら、これ以上の制裁は無用でしょう。

「……あなたが傷つけた方々への謝罪も忘れないようにしてくださいね」

「へ？　ああ、もちろんでさあ！」

さて、これで一応は決着ということでしょうか。王女様の誘拐も未然に阻止できて黒幕は確保、古都レニンバルの住人を悩ませていた犯罪者ギルドの問題も片づいたようですし、結果オーライですかね。

「……そういえば、レナンくんたちは安全な場所に避難させましたが、メタボさんたちを乗せた馬車はどうしましたっけ？　途中からすっかり忘れていましたね……」

岩山の崩壊に巻き込まれていないといいのですが。しぶとさは無効化クラスなので万一もないでしょうが、念のため。

地面が沈んでクレーターの底となってしまったここからでは確認できませんね。まずはガレーシャさんを連れて、この穴から出ないといけなそうです。

「……おや？」

振り返りますと、ガレーシャさんの姿がありません。

「くはははは！　油断しやがって――だ～れが馬鹿正直に改心なんてするかっての！　全部、嘘に決まってんだろ、この馬～鹿！」

いつの間にか、ガレーシャさんがクレーターの縁に立って、こちらを嘲るように見下ろしていました。

どうやら約束を反故して逃げる気満々のようですね。そもそも反省する気など、毛頭なかったということでしょうか。

「この屈辱、覚えてろよ!?　今は退くがよ、今度再会したときには必ずてめぇを殺してやる！　ずったんずったんのめたぼろにして、今の俺以上の地獄を見せて――」

あちらは罵ることに夢中になって気づいていないようですが、こちらからはガレーシャさんの背後に立つ人影が窺えました。メイド服にたなびくスカート、にこやかな笑顔に燃えたぎる闘志を漲らせて、正眼に構えています。

「そうは問屋が——」

「あん？」

「——卸しませんわ！」

教本にでも載りそうな王女様の見事な回し蹴りでした。なるほど、さすがは母娘。かつて見た女王様の回し蹴りを彷彿させますね。

呪いのスキルからもしっかりと回復されているご様子で。あ、もしかして、先ほどついでに壊した腕輪が、呪いの元凶の古代遺物だったりしますかね。

背後から蹴り飛ばされたガレーシャさんが、クレーターの斜面を転がり落ちてきました。

「お帰りなさい。お早い再会でしたね」

「痛つつ……へ？　ひ、ひぃぃ～！　さ、さっきのは、ほんの冗談——出来心でして！　本気で逃げるつもりなんて、その……」

「で、再会は果たしましたが、どのようにしてくださると？」

「～～！　し、死ねや、こんボケがー！」

「当身、ていっ」

襲いかかってきたところを、首筋に手刀の一撃です。しかし、先ほどまでかなり力んでいたからか、くにゃんと首が変な方向に曲がってしまいました。

「おっとっと、これはいけませんね、ヒーリング」

回復しましたが、懲(こ)りもせずに襲いかかってきます。

「こなくそー！」

「やれやれですね」

力加減を思い出すまでに、そうして当身とヒーリングを何度も繰(く)り返す羽目になりました。

◇

周囲は古都レニンバルに駐在する役人さんや、国軍の方々でごった返していました。

都市部からは若干離れていたこの石切り場でしたが、大地を揺るがす戦闘音は都市までしっかり届いていたらしく、役人さんたちは急遽(きゅうきょ)、調査隊を編成して駆けつけたそうです。そこに、王女様保護のためにレナンくんが手配していた東部方面軍の軍人さんたちまで合流したものですから、このような有様(ありさま)となってしまいました。

特にレニンバルの役人さんたちは、指名手配されていた犯罪者ギルドの名立たる面々が、都市のいたる場所で陸に打ち上げられた魚のようになっていて、総出で身柄(みがら)確保に奔走(ほんそう)していた最中でもあったそうですから、本当にお疲れ様ですね。

「……やりすぎないでって、いいませんでしたっけ、僕？」

同じく呪いから回復していたレナンくんからも、開口一番そうぼやかれました。すっかり更地になった周囲を遠い目で見やりながら、かつてないほど深く長く嘆息していたのが印象的でしたね。

はい。

正直、私もはっちゃけすぎた感は否めませんから、ここは真摯に受け止めて反省しないといけません。ただ――

「でも……僕のために怒ってくれたことは嬉しかったですけど」

と、消え入るように小声で付け加えられた言葉は、ばっちり聞こえていましたので、気分としては上々です。心のカセットテープに録音しておきたいくらいですね。もちろん、爪折りで。抱き上げて、頭を撫で撫でしたい衝動を我慢するのに必死でした。

そして、今回の騒動のもうひとつの原因となったガレーシャさんは、といいますと。

すべての古代遺物を没収され、気絶から目を覚ましたガレーシャさんはやけに素直でした。意気消沈といいますか、両膝に顔を埋めて体育座りをしており、時折虚空を見上げてはぶるぶると身を震わせていました。

悪事の虚しさに気づいたのでしょう、役人さんに連行されるときは、なにかほっとしたような嬉しそうな顔をしていました。私を視界に入れないようにしているのは謎でしたが。

こうして犯罪者ギルドマスター、ガレーシャさんの捕縛をもって、一連の王女様襲撃事件は幕を閉じました。

しかしながら、ただひとつ気がかりなのは――実は、一応の黒幕たるメタボさんたちが、今もって行方知れずということです。あれから役人さんたちの協力を得て周辺をくまなく捜したのですが、ふたりを乗せた馬車が発見されることはありませんでした。馬車ごと岩山の崩落に巻き込まれた可能性もありますが、確たる痕跡は見つかっていません。

騒動の最中に目覚めたメタボさんかノッポさんが、これ幸いと逃げ出したのか。はたまた危険を察知した馬車馬が、自ずから繋ぎ止めていた縄を千切って逃げ出したのか……どちらにせよ、のちに禍根を残すことにならないとよいのですが。またろくでもないことを仕出かしそうですからね、あの人たち。

王女様にクリスさん、レナンくんの三人は、国軍によって設置された仮設のテントの中にいます。ヒーリングで外傷は完治していますが、呪いのスキルが与えていた影響を考慮して、軍の救護員さんの診断スキルで、専門の診察を受けているそうです。

ちなみに、私は現場検証に邪魔な瓦礫の撤去を手伝っていたのですが、その様子を見ただけで救護員さんからは「問題なし」と太鼓判を押されました。十メートルばかしの岩塊をぽいぽい放り投げていたからですかね。その作業もつい先ほど終わりましたので、今は手持ち無沙汰ですが。

「お疲れ様ですわ、タクミ様」

「おや、王女様。診断はもう済んだようですね。どうでした？」

クレーターの縁に座って暇を持て余していますと、仮設テントから出てきた王女様がこちらにやってきました。

「ええ。おかげさまで大事なく」

風にさらわれそうになる髪と、たなびくスカートを押さえながら、王女様は私の隣に腰かけました。にこやかな笑顔と柔らかい雰囲気からは、あの戦闘時の苛烈さは想像もできませんね。

ただ、こうして眺めていますと、内に秘められた芯の強さというか、イメージ的なものがあのベアトリー女王と重なります。片や国の危機に命を賭して駆けつけた女王様と、片や幼馴染の危機に危険を厭わず身を投じた王女様。卓越した行動力と決断力も瓜ふたつです。これが王家の血筋というものでしょうか、同じ魂みたいなものを感じます。内外ともに、よく似た母娘ですよね。

「タクミ様。あらためまして、ご挨拶させていただきますわ。わたくしは、シシリア・オブ・カレドサニア。この国の王太女です。身分を偽っていた非礼をお詫びいたします。この度は、わたくしどもの窮地をお救いくださり、ありがとうございました」

深々と頭を下げられました。

「いえ、そんな。偽るなどと。王女様の身の安全のためには仕方ないことですよ。私は気にしていませんから。それに、王女様に対して失礼にあたるかもしれませんが、子供を助けるのは大人の当然の責務です。そんなに感謝されるようなことでは……ああ、そろそろ頭を上げてください。参りましたね。この通りですから」

思わず、こちらも頭を下げ返しました。

この場にいる国軍の方々には、王女様の正体は知れています。そんな方がどこの誰ともわからない者に首を垂れているなど、不審に思われてしまいそうです。

「逆に困らせてしまったようですわね。申し訳ありませんわ。それにしましても……ふふっ、話に聞いていた通り、あのような超常的な力をお持ちですのに、驕らずに腰の低い方なのですわね。タクミ様は」

「その言い方ですと、以前から私のことをご存じで？」

「正確には〝聞いた〟のではなく、〝読んだ〟のですが。帰国前から母王ベアトリーの密書により、救国の使徒にして救命の恩人であるタクミ様のことは常々」

「そうでしたか」

それはなんとも気恥ずかしいですね。これまでのことはすべてなりゆき上ではありますが、他人の口から自分がどのように噂されているかなど、想像するだけで背中が痒くなってしまいます。

「ということは、私が馬車に同乗したときはすでに？」

「ええ。伝え聞いていた風貌とお名前から、そうではないかと。失礼ながら試させていただき、間違いないと判断いたしましたわ」

「試された、ですか？　そのような記憶はありませんが……」

「ないことがその証ですわ。不躾ながら、出会った当初に闘気を放たせていただきました。強者であれば、反射的に身構えますわ。素人であれば、気絶ないしは身を竦めるでしょう。しかしながら、タクミ様は気づいてもおられませんでしたわ。つまり上位クラス『拳王』たるわたくしでも、意に介さぬほどの力を有する超越者ということ。そのような方が、世にそうそういるとも思えませんわ」

うん、やはり素晴らしい行動力と洞察力ですね。ですが、初対面の人物に気絶するほどの闘気をぶつけるというのも、どうかと思いますよ。王女様なのにアグレッシブすぎやしませんかね。

「なんだ、シシリー。こんなとこにいたのか、捜したぞ」

王女様に次いで、診断を終えたクリスくんもやってきました。千客万来ですね。

クリスくんの着ていた制服はボロボロになっていましたから、今は借り物の軍服を上から羽織っていました。その下は、前のままのミニスカート姿ですね。男の子と判明した今でも、どう見ても女装に違和感がありません。むしろ、よく似合っているといえるでしょう。これも一種の才能ですかね。

「師匠もご一緒でしたか」

「……師匠？」

なにやら聞き慣れない単語が聞こえたような。

「アドニスタ公爵家が嫡男、クリスティーン・アドニスタ。公人としては王太女を、また個人としては幼馴染のシシリーをお救いくださったこと、心よりの感謝を申し上げます」

クリスくんが、騎士のように片膝をついて礼を取りました。その堂々とした礼節っぷりたるや大人顔負けなのですが、服装がミニスカート姿なので、いまいち締まりません。頼りない短いスカートの裾が風に煽られてひらひらしています。

時折、太ももどころか中身まで見えそうになっていましたから、隣の王女様から無言で押さえられていました。幼馴染とあって、いいサポートです。

「きみまでやめてください。ささ、顔を上げて」

ふたりとも義理堅いことですね。ですが、この歳の時分から、他人に素直に礼を述べることができるのは大切なことでしょう。それが将来人の上に立つ貴人であればなおのこと。他人の私がいうのもなんですが、ふたりとも父親があんな感じですので、是非とも反面教師にしてほしいものです。

「それはそうと……師匠ってなんです？　私のことじゃありませんよね？」

訊ねますと、クリスくんが顔をがばっと上げ、嬉々として私の両手を掴みました。片膝を突いたままのポーズですので、なにやらまるでこれからプロポーズでもされるみたいです。

「朧気な意識の中……師匠のあの絶大なる魔法を拝見し、感激いたしました！　聞くと火の魔法のみならず、水の大魔法にて敵本拠地を沈めたとか。さぞや高位の魔法職で、日々厳しい修練を積まれているとお見受けいたします。今回の一件で、我が力の矮小さを知るにいたりました。不躾なれど、この不肖クリスティーンめに、その強さの秘訣の一端なりとも、ご教授いただけないかと！　師匠！」

美しい長髪を振り乱しながら、クリスくんがきらきらと目を輝かせていました。まるでどころではなく、求婚の熱意もかくやといったところです。

それにしても、困りました。クリスくんのいう〝魔法〟とは、アレのことですよね。

「生活魔法なのですが」

「え？」

「私に魔法は使えませんよ。あなたがいう魔法とは、生活魔法のことです。私の場合……ちょっと威力が強めというだけで。他人に教えるほどのものではないのですよ」

クリスくんはしばし目を点にしていましたが、

「――素晴らしい！」

そう叫んで、さらに私の手を力強く握り締めました。

「つまり魔法職に驕らず、誰でも使える生活魔法を、鍛錬により極大魔法の域まで昇華させたということですね⁉　このクリスティーン、感服いたしました！　魔法の強さとは、より強い魔法を覚えることのみと信ずるばかりだった自分に恥じ入る思いです！　心洗われました。ここは是非、私の心の師匠として、今後の師事を願えないでしょうか⁉」

思いがけず、師匠度がレベルアップしてしまいました。なんでしょう、心の師匠とは。

熱いですね、この子。凛として、何事にも動じずにいた王女様の影武者のときとはえらい違いです。

「ほら、クリス。それ以上はタクミ様のご迷惑ですよ？」

「あ痛っ」

クリスくんが後頭部を押さえて蹲りました。私からは角度的に見えませんでしたが、王女様の鉄拳が飛んだようですね。

「なにするんだ、シシリー⁉　すぐに手を出すのは、きみの悪い癖だといつもいっているだろう！」

「騒々しくて申し訳ありませんわ、タクミ様。この子、思い込みの激しいところがございまして」

「無視⁉　だいたい〝この子〟なんて、すぐに子供扱いして――いっとくけど、俺のほうがひとつ年上なんだからな？」

「あら。紳士たる者が、年長を笠に着るとは嘆かわしい。とはいえ、わたくしのほうが精神年齢では年上ですわよ？」

「なんでだよ！」

途端にふたりが口喧嘩をはじめました。

まさに、喧嘩するほど仲が良いといったところでしょうか。普段は大人然としているふたりですが、こうしていますと年相応な普通の子供たちですね。これも幼馴染同士の気軽さというものでしょうか。微笑ましくて、笑みが零れてしまいます。

「あ。これは、師匠の前で失礼を……」

「人前ですのに、ついいつもの癖で……嫌ですわ。わたくしとしたことが、はしたない」

「いえいえ、いいんですよ。おふたりとも仲がよろしいようで、なによりです。子供は素直で元気が一番かと。肩書きでの不自由はあると思いますが、無理に背伸びしなくても、いずれは否応なく大人になっていくものです。それまでの限られた時間を子供らしく過ごすのは、いいことではないでしょうかね。そう思いますよ」

気恥ずかしさからか、ふたりとも頬を赤らめました。

「年寄りのお節介はこれくらいでやめておきましょう。それにしても、クリスくんは以前とずいぶんと印象が違いますね。あれは影武者としての役作りだったのですか？」

その質問に、ふたりは顔を見合わせていました。

「影武者といいますか……実は、そもそもそんな大げさなものではなかったのです」

「はて？　といいますと？」

「事の発端は五年前ですが、ご存じのようにシシリーが他国に留学することになりまして。俺も周囲を説き伏せて、同じく留学することにしたんです」

「わたくしとしましては、そんな必要はないと何度も申したのですわ。名目上の留学ですから、諸国への物見遊山と変わりませんわ」

「馬鹿。あの親父さんから傀儡教育をされないために、ベアトリーおば様がシシリーの身を案じて手配してくれたんじゃないか。それに名目上だからって、他国に行くのには違いない。そんな場所に、シシリーひとりだけ行かせるわけにはいかないだろ？」

「ご覧の通り、心配性の幼馴染でして。ふふ」

からかい気味にいってはいますが、王女様は嬉しそうでした。見知らぬ異国の地に幼子がひとりきり、気心の知れたクリスくんの存在がなにより心強かったのは容易に想像できますね。

「他国とはいえ王族、しかも当時はまだ七、八歳の子供です。シシリーはこのように始終ニコニコしていて外面だけはいいですから、よからぬ考えを抱く者が寄ってくることも多く――って、だからぶつなよ!?」

「外面だけというのは余計ですわよ」

本当に仲がいいですね、おふたりさん。

まあ、思いつくこととしましては、取り入りやすい子供の内からお近づきになってコネを作っておく。もしくはそこまで明確な意図がなくても、権力者と縁を深めることにデメリットはないでしょう。ただでさえ国の庇護下を離れた場所ですから、与しやすいと近寄ってくる者も少なくなかったでしょうね。

「ったく……それで、ならば男の俺がシシリーの代わりに矢面に立とうと決めまして」

「そう。勝手に決められまして。言葉通りに一方的で強引でしたわ。ある日、いきなり幼馴染の男の子が女の子に変わっていたのですから」

「俺は公爵家の人間であることを伏せて、あくまで付き人としての留学でしたので。もともと母親似で女顔でしたから。また、留学先に王太女の容姿を知る者がいないことも幸いし、入れ替わりは別段疑われることもなく……今にして思うと、お遊びみたいな幼子の思いつきでしたが、これがすんなり上手いこと嵌まりまして」

「わたくしにとりましては、おかげさまでと申しますか、実に平穏な留学生活でしたわ。お気に入りのメイド服を誰憚ることなく自由に着ることもできましたし。苦労したのは、男子からのクリスへの取次くらいでしょうか？　毎日、素敵な殿方からたくさんのお誘いがありましたわね。ふふ」

「それはそれは。ははははっ」

クリスくんは姫様の格好をしていながら、有象無象から本当の姫様を守る騎士だったわけですか。

「思い出したくもない……男から愛を囁かれるぞわぞわ感ったらもうね……あれは辛かった」

心なしかクリスくんがげんなりしていました。触れてはいけない部分みたいですね。

「つまり、今回の帰国に際してクリスくんが女装していたのは、影武者を意図していたのではなく、自然の流れでそうなっていたわけなのですね」

「お恥ずかしながら、そうなります。もっとも、帰国の途で予期せぬ襲撃に相次いで見舞われたものですから、途中からはあえて王太女を名乗っていましたが」

どうりで、違和感がないわけです。なにせ、キャリア五年のベテランさんですからね。

「私もすっかり王女様と信じ込んでしまいましたよ。言葉は悪いですが、あの高飛車っぽい性格も、ずいぶんと堂に入っていましたし」

「どうせやるなら、リアリティを追求して一国の王女になりきろうかと。若かりし日のベアトリーおば様を参考とさせていただきました。なにせ幼心にも、豪快で爽快な方でしたから」

「ああ、そういうことでしたか。納得しました」

血気盛んな頃の女王様は、あんなイケイケな感じだったのですね。今でこそ落ち着いた淑女という感じですが、いわれてみますと雰囲気的にもイメージばっちりな気はします。まさに名実ともに女王様。口にしては怒られてしまいそうですね。

「歓談中、失礼いたします」

和気藹々としているところに、レナンくんもやってきました。

そのままレナンくんもお喋りに加わるかと思いきや、至極真面目な表情で、直立姿勢を崩していませんでした。どうやら、軍人としての職務上での用件のようですね。

「どうなさいましたか？」

察した王女様も、先ほどまでの少女然とした物腰を潜めています。

「王太女殿下、出発の準備が整いました。ここから先の護衛は、我ら東部方面軍が務めさせていただきます」

いつの間にかレナンくんの後方には、五十名近い国軍の皆さんが整列していました。軍馬と軍用馬車も待機しているようです。まずはここから東部方面軍の拠点である東の城砦アンカーレンへ向かい、その後にあらためて王都へ至るといったところでしょうか。

「お任せいたしますわ。王家への忠義に感謝を。タクミ様はどうなされますか？」

「お気遣いありがとうございます、王女様。私のことはお気になさらず。もともと急いで王都に戻る用事もありませんでしたからね。寄り道でもしながら、のんびり行きますよ」

「そうですか……残念ですわ」

さすがに国軍が警護する王太女ご一行に、図々しく紛れ込むわけにはいきませんからね。いろいろと秘密を抱える身としても、目立つことは避けたいところです。名残惜しいですが、おふたりとはここでお別れということになるでしょう。

「此度のタクミ様のご尽力、王太女として感謝の念に堪えませんわ。母王ベアトリーにも、細大漏らさず伝えましょう」

「師匠……いずれ、また」

王女様やクリスくんと握手で別れを惜しみました。

「では、お二方はこちらへ。馬車までご案内いたします」

レナンくんが、ふたりを丁重にエスコートします。

振り向きざま、レナンくんが目配せしてきましたので、私もジェスチャーで返しました。

（おふたりのこと、お願いしますね）

レナンくんは、他の方々に気づかれないように、ウィンクしてきました。これで、私もお役ごめんでしょう。

そうして国軍の皆さんも去り……私ひとりこの場に取り残されたわけですが、なにやら侘しいものがありますね。このところは連日誰かとずっとわいわいやっていただけに、寂しさもひとしおです。

とはいえ、こうやってここにただ突っ立っていても始まりませんよね。

本来なら、今回の件の参考人として、事情聴取でも受けないといけなそうなものですが、なにもなかったところをみますと、王女様の鶴の一声で免除されたみたいです。わざわざレニンバルに戻る必要がないのであれば、さっきの寄り道話ではありませんが、このままふらっと気の向くまま、どこかに行ってみるのも一興かもしれません。

空は晴れ晴れ、陽気も暖か、気持ちいい風が吹いているとなれば、絶好の旅日和でしょう。

いきなり異世界召喚とやらに巻き込まれて、これまでずいぶんいろいろなことがありました。様々な人に出会いました。定年して、あとは緩やかに終えていくばかりと思っていた第二の人生が、かくも壮大な物語の開幕となったものですね。

このまま、この物語がどこまで続くのかわかりませんが……ここは今まで通りにのんびり気ままに、これからも続いてゆく人生を楽しんでいきたいと思います。

これがまた新たなはじまりの一歩となるのでしょう。

「ただ……なーにか、忘れている気がするのですよね……はて、なんでしたっけ？」

――王都カレドサニアへの道案内。

古都に残したままの姉弟のことを思い出すのは、ずっとあとになってのことでした。

寺尾友希 Terao Yuki

第12回アルファポリス
ファンタジー小説大賞
大賞受賞作!

チート級に愛される子犬系少年鍛冶士は
あらゆる素材を調達できる
Lv596!
最強の見習い!?

犬の獣人ノアは、凄腕鍛冶士を父に持ち、自身も鍛冶士を夢見る少年。しかし父ノマドは、母の死を境に酒浸りになってしまう。そんなノマドに代わって日々の食事を賄うため、幼いノアは自力で素材を集めて農具を打ち、ご近所さんとの物々交換に励むようになっていった。数年後、久しぶりにノアの鍛冶を見たノマドは、激レア素材を大量に並べる我が子に仰天。慌てて知り合いにノアを鑑定してもらうと、そのレベルは596！　ノマドはおろか、国の英雄すら超えていた！　そして家族隣人、果ては火竜の女王にまで愛されるノアの規格外ぶりが、次々に判明していく――！

●定価：本体1200円+税　●ISBN 978-4-434-27158-8　●Illustration：うおのめうろこ

解体の勇者の成り上がり冒険譚
Kaitai no Yusha no Nariagari Boukentan
無謀突撃娘
勇者パーティを追放されたけど…
地味すぎる特技
解体技術で
知らぬ間に下剋上!?
追放から始まる、異世界逆転ファンタジー!
魔物の解体しかできない役立たずとして、勇者パーティを追放された転移者、ユウキ。実はあらゆる能力が優秀だった彼は、勇者パーティを離れたことで、逆に異世界ライフを楽しみ始める。一方その頃、解体技術を軽視し、いつもユウキを小馬鹿にしていた勇者たちは窮地に追い込まれていた。そして、何もかも上手くいかなくなった彼らの怒りの矛先は――ユウキに向かうのだった。
◉定価:本体1200円+税
◉ISBN978-4-434-27331-5
◉Illustration:鏑木康隆

この作品に対する皆様のご意見・ご感想をお待ちしております。

おハガキ・お手紙は以下の宛先にお送りください。

【宛先】

〒150-6008 東京都渋谷区恵比寿4-20-3 恵比寿ｶﾞｰﾃﾞﾝﾌﾟﾚｲｽﾀﾜｰ 8F
（株）アルファポリス　書籍感想係

メールフォームでのご意見・ご感想は右のＱＲコードから、
あるいは以下のワードで検索をかけてください。

アルファポリス　書籍の感想

ご感想はこちらから

本書はWebサイト「アルファポリス」（https://www.alphapolis.co.jp/）に投稿されたものを、改稿、加筆のうえ、書籍化したものです。

巻き込まれ召喚!?　そして私は『神』でした?? 6

まはぷる

2020年 6月30日初版発行

編集－加藤純
編集長－太田鉄平
発行者－梶本雄介
発行所－株式会社アルファポリス
〒150-6008 東京都渋谷区恵比寿4-20-3 恵比寿ｶﾞｰﾃﾞﾝﾌﾟﾚｲｽﾀﾜｰ8F
TEL 03-6277-1601（営業） 03-6277-1602（編集）
URL https://www.alphapolis.co.jp/
発売元－株式会社星雲社（共同出版社・流通責任出版社）
〒112-0005 東京都文京区水道1-3-30
TEL 03-3868-3275
装丁・本文イラスト－蓮禾
装丁デザイン－AFTERGLOW
印刷－図書印刷株式会社

価格はカバーに表示されてあります。

落丁乱丁の場合はアルファポリスまでご連絡ください。

送料は小社負担でお取り替えします。


ISBN978-4-434-27444-2 C0093